图书 影视

失真

[英]
史蒂夫·卡瓦纳
——
著

郎振坡
——
译

TWISTED

天津出版传媒集团

百花文艺出版社

图书在版编目（CIP）数据

失真 /（英）史蒂夫·卡瓦纳著；郎振坡译.
天津：百花文艺出版社，2025.6. -- ISBN 978-7-5306-8997-4

Ⅰ. I561.45

中国国家版本馆 CIP 数据核字第 20257XB428 号

TWISTED
Copyright © Steve Cavanagh 2019
This edition arranged with THE MEARNS PARTNERSHIP c/o Rogers,Coleridge & White Ltd.
Through BIG APPLE AGENCY, INC., LABUAN, MALAYSIA
Simplified Chinese edition copyright:
2025 Jiangsu Kuwei Culture Development Co.,Ltd.
All rights reserved.

著作权合同登记号：图字 02-2024-090 号

失真

SHI ZHEN

[英]史蒂夫·卡瓦纳　著；郎振坡　译

出　版　人：	薛印胜
选题策划：	胡晓童
责任编辑：	李　信
出版发行：	百花文艺出版社
地　　址：	天津市和平区西康路35号　　邮编：300051
电话传真：	+86-22-23332651（发行部）
	+86-22-23332656（总编室）
	+86-22-23332478（邮购部）
网　　址：	http://www.baihuawenyi.com
印　　刷：	天津旭丰源印刷有限公司
开　　本：	880毫米×1230毫米　1/32
字　　数：	253千字
印　　张：	10.125
版　　次：	2025年6月第1版
印　　次：	2025年6月第1次印刷
定　　价：	48.00元

如有印装质量问题，请与天津旭丰源印刷有限公司联系调换
地　址：天津市宝坻区新开口工业园天通路16号
电　话：（022）82573686　邮编：301800
版权所有 侵权必究

WISHED

一位年轻的妻子因丈夫经常夜不归宿，而疑窦丛生。她与一位调酒师兼潜水教练开始了一段充满激情的恋情。在此期间，她意外发现了丈夫一直隐藏的秘密，伤心欲绝的她与情人共同谋划了一个可以影响自己未来人生的计划。然而，更大的意外却发生在了她认为最亲近的人身上……

在让人一头雾水的谋杀案中，警方始终追查不到真正的凶手，而真正的转折是：如果你发现凶手是谁，那么你就是下一个受害者……

失 真

J.T. 勒博

作者注

这本书将是我的封笔之作，我不会再写新书了。等读到故事结尾时，你应该就会清楚我为什么会封笔了。"故事"是一个有趣的词，这本书是真实的故事吗？是一本回忆录，还是虚构的？我不能告诉你。你可能会在描写真实犯罪的书架上，或是在当地书店的惊悚小说区看到这本书。这些都无所谓，忘了吧。你需要知道的只有两件事：

一、根据我的要求，我的出版商没有编辑过这本书。这本书里没有任何编辑说明、目录或其他外部干预，这里只有你和我。

二、从现在开始，不要相信你读到的任何一个字。

J.T. 勒博

加利福尼亚，2018

失真

结束的开始
八月

中午的烈日下,保罗·库珀带着口袋里的枪和满脑子的坏主意,在拉布雷亚大道上的一家剧院外等着。他摘下太阳镜,用 T 恤的袖子擦去额头上的汗水,又在心里预演了一遍计划。

他会等到剧院里的客人都离开。保罗设法在靠近围栏的地方找到一个位置,那是一条从剧院通往路边的用围栏隔开的人行道。哀悼者们走向街道和等候他们的豪华轿车时,都要从他身边经过。这使他能够清楚地观察人群。目标就在这里。他对此很有把握。而且很有可能在剧院里。虽然不太可能在人群中,但他还是扫视了一下周围人的面孔。他不能错过这个机会。等看到目标时,他会从裤兜里拔出那把使用点 38 特殊弹的手枪,对着他的脸扣动扳机。

剧院外的停车场已经满了。两三百人挤在围栏的两边。他们在向死去的偶像致敬。那天剧院没有演出。因为剧院被预订了,用来举行一场纪念已故的 J. T. 勒博的追悼会。

追悼会开始得很晚,进展也比对外发布的流程要慢。像所有的追悼会一样,演讲持续的时间太长了。组织者们能怎么办呢?难道要他们把斯蒂芬·金或约翰·格里沙姆①从舞台上拉下来吗?而当作家们

---

① 约翰·格里沙姆(John Grisham, 1955 年 2 月 8 日—),美国畅销书作家、律师、政治家和活动家,其处女作《杀戮时刻》在美国社会引起巨大反响,连续居于《纽约时报》畅销书排行榜,且多次位列榜首。著有《失控的陪审团》《造雨人》《终极证人》等。其作品全是以律师为主角,描写的是美国社会的犯罪案件与法律界的黑暗勾当,所以被美国评论界界定为"律师小说家"。

在有空调的剧院里朗读勒博的作品时，剧院外面的粉丝们则紧握着书，高举着标语，唱着歌，互相支持，表达着他们共同的、毫无来由的悲伤。

保罗感到恶心，而原因要么是他周围大规模的歇斯底里——一群成年女性在为一个死去的作家而哭泣，要么是炎热的天气，或者两者兼而有之，再或者是他肚子里的伏特加。他需要喝几杯烈酒才能让自己的手不抖。

他对杀戮没什么兴趣，至少目前还没有。他手上有命案——很多的命案，但这次不太一样，这次很特别。

每当他听到周围有人提起勒博这个名字时，他肚子里的"刀"就会搅动一下。虽然J.T.勒博是一个家喻户晓的名字，但作者的面孔却鲜为人知。事实上，人群中没有人见过这位作家。他们或许拥有勒博的每一部小说，或许拥有比那部著名的处女作更为罕见的签名本，他们可能认为，通过对作品的仔细研读，自己已经了解了这位作家，但他们中没有人见过自己的偶像，甚至没有人见过勒博的照片。更不用说见过作者本人了。现在，他们永远也没有机会了，死去的作家不可能给他们签名。

世界上只有四个人知道J.T.勒博的真实身份，而这四个人中的其中一个即将被保罗·库珀口袋里的手枪所发射的子弹击中。

剧院入口处的玻璃门打开了，一群人拥出来，暴露在洛杉矶令人难以忍受的高温中。当然，他们是特意穿成这样的。男人们推搡着去找自己的汽车，淡色亚麻西装挂在他们瘦骨嶙峋的肩膀上。大多数男人喜欢穿白色或奶油色的西装，并配上黑色领带，这些足够作为致敬的象征了。在如此严酷的热浪中，一身忧郁的黑色西装无异于蓄意谋杀。女人们则穿得更为正式，为了礼节而牺牲了舒适度。她们调整着帽子，戴上墨镜，暗沉的丝质连衣裙粘在她们的腿上。

汗水顺着保罗的脸颊淌下来，流进了胡子里。他把衬衣下摆捧在手里，擦了擦脸，一时露出了苍白的腹部。衬衣下摆落下来时，粘在了他的肚脐上。口袋里的枪感觉很沉。这也给他的思想带来了压力。他又检查了一下人群，一只脚踩在路障底部，站了起来，把脖子探到周围人头的上方。人群中没有目标的踪迹。他开始怀疑自己的计划。也许目标根本就不会出现。

然后，毫无预兆地，目标出现在那儿。

他没有时间思考了，在距他约 1.5 米的红地毯上，目标正在低头走着。

他曾多次想象过这一刻。对方会害怕地盯着枪口吗？对方会喊出来吗？安保人员有时间做出反应吗？

目标周围有四名武装警卫，步调一致，缓慢而小心翼翼地移动着。目标低头时，他周围的安保人员会仔细观察围栏两侧的人群。

枪声一响，警卫们就会争先恐后地来抓自己。他知道自己准备在光天化日之下，当着至少 500 个人的面杀人，但是他也知道自己一定会逃脱惩罚。他认为逃脱谋杀的罪名比较容易，毕竟保罗至少要对几具尸体负责，可能更多，所以很容易数不清。

对保罗来说，最难的部分是扣动扳机，这从来都不容易。他一只手抓住围栏，另一只手伸进口袋，抓住了枪。他告诉自己能做到。一阵震颤穿过五脏六腑，把灼热的胃酸送进喉咙。他咽了下去，然后吹掉嘴唇上的汗。此时他的心跳加快，耳朵里如有鼓声阵阵，砰砰作响。

他想起了自己所遭受的一切。如果有什么能让他熬过接下来的 10 秒钟，那一定是愤怒。他需要愤怒，他必须把自己的愤怒变成不可阻挡的引擎，推动他采取这一行动。在过去的几个月里，他一心只想着复仇，为背叛、谎言和痛苦而复仇。

动手吧,他想,现在就动手!

保罗开始拔枪,但他随后就僵住了。一只手搭在他的肩上。

他身后的人向前倾着身子,张嘴说话的时候,热气吹到保罗的脖子上。

即使身边很多人紧紧地拥着他,即使他身体里的血液在咆哮,他还是像听号角声一样清楚地听到了那句话。那句话就像一场爆炸,在他耳边炸响。保罗觉得那句话仿佛把他背上的肉都剥掉了一层。

"我知道你是谁,"他耳边的声音说,"你是 J.T. 勒博。"

00:01

四个月前

玛丽亚万万没想到自己会坠入爱河。

然而眼下她再也不能否认了。玛丽亚爱上了达里尔,英俊、体贴的达里尔。他们一起躺在床上,阳光温暖了他们的皮肤,从卧室窗户吹来的微风偶尔能让他们的激情之火得到喘息。玛丽亚从达里尔的头发里闻到了大海的味道,达里尔的嘴唇紧贴着她的嘴唇,双手抱着她的身体。

那天下午她想要的只有达里尔。

玛丽亚凝视着落地窗外的大海,那是一片平静而纯净的蓝色。一条狗在山脚下的一小片沙滩上玩耍。她听了听,没听到狗叫,太远了。一对年轻夫妇沿着海滩散步的景象映入玛丽亚的眼帘,只见那女孩向狗挥舞着一根棍子,然后扔进了海浪中,接着她与她的爱人手挽着手。

玛丽亚感到肚子上长了一个洞,她的喉咙又粗又干。

她吻了达里尔,这个吻充满了渴望,玛丽亚知道她真的很爱达里尔,真的。她之所以感觉肚子上有个洞,是因为她知道自己可能永远不会和他一起在海滩上散步,不像外面沙滩上的那对年轻夫妇。她退回来,双手捧着他的脸。

是的,玛丽亚很爱这个男人,但她嫁给了别人。

想到她丈夫,那感觉就像有人偶然碰到了唱片机,让唱针在黑胶唱片的凹槽上跳跃,把现实变成一首情歌。她有事情要做,得打扫一下。她又吻了达里尔一下,一个匆匆的轻吻,与其说是吻,不如说是在号召行动。现实世界威胁着要侵占她和达里尔在一起的时间——把他从她身边偷走,把她猛然拉回现实世界。

"你还好吗?"达里尔问。

"我很好,"玛丽亚说,"我只是在想现在得换床单了。"

"稍等一下,我来帮你。"达里尔说。

他站起来,走向套房浴室。玛丽亚看见自己的衣服堆在床脚,然后穿上了牛仔裤和衬衫。她用一条带子把乌黑的长发绑起来,然后开始清理床铺。有工作要做的时候,玛丽亚总是做得很快。她不能容忍懒惰,她做的每一件事都以每小时 100 公里的速度完成,整理,清洗,打扫,走路,甚至是做爱。

她扯被套的时候差点把它扯破,然后她把被套抱在怀里,扔进身后的浴室中,里面有一个很大的亚麻篮子。她扯下床单后把它揉成球,但这次她转身扔了出去。她回到床边去拿枕套,感觉脚下有什么硬硬的东西。她踩到什么东西了,是达里尔的裤子。她把它捡起来,也扔进了浴室。

"谢谢。"达里尔说。达里尔穿上他的蓝色牛仔裤走出浴室时,玛丽亚正在展开她放在床垫下面抽屉里的新床单。达里尔打开床头柜上

的收音机，它被调到了摇滚电台，这是玛丽亚丈夫的爱好。达里尔点击了搜索按钮，找到了一个播放20世纪80年代流行歌曲的电台，当挪威流行组合A-HA乐队演奏的歌曲的第一个节拍响起时，他笑了。这是玛丽亚的最爱之一，他知道这一点。她从他脸上的苦笑中看出来了。达里尔拿起床单的一端，帮她铺床。他把床单塞到床垫下面，没有折边角。玛丽亚走到他那一侧的床前，把床单拉出来，把角折好。达里尔掀开床垫，让她把床单塞到下面。她丈夫从来没有换过床单，没帮她做过任何事。她发现自己在随着节拍摇摆，惹得达里尔露出了一个轻松的微笑。

他把手放在她的臀部，感受她的摇摆，轻轻把她拉到身边，亲吻着她的脖子。她咯咯地笑着，挣脱了他的束缚。如果达里尔再给玛丽亚一个吻，她知道那会有什么结果——玛丽亚会和达里尔回到床上。达里尔的魅力让人无法抗拒。

她和丈夫刚结婚就搬进了这所房子，下个月是他们结婚两周年纪念日，但她一点也不期待。下周是她和达里尔在一起五个月的纪念日，她知道自己最期待的是哪一个，肯定不是她的结婚纪念日。玛丽亚向后退了几步，对床很满意。她丈夫永远也不会知道他俩的关系，不过，事情逐渐到了她想让他知道的地步了，她拖延的唯一原因是她不想吓到达里尔。事情变得越来越严重，而且随着时间的流逝，达里尔变得越来越珍贵。她可不想把这件事搞砸。

自从她来到这个城镇，还没有找到工作，孤独港对公关经理的需求并不大，实际上，这个港口对任何东西都没有很大的需求。即使在夏天，人行道上挤满了游客和度假屋的居民时，街道上也弥漫着空虚。这个小镇有几家不错的餐馆，一条有十几家商店的主街，两个高尔夫球场以及大海。这就是孤独港。

在城里住了一年后，玛丽亚感到自己陷入一个黑暗之地。起初，

她偶尔会在丈夫带她去的餐馆里和男人调情。她会吸引房间里最英俊的男人的目光，然后她把目光移开，一旦他们回望她，她就会报以微笑。当这些动作都没有引起回应时，她想过更进一步——也许可以来个一夜情，但她从来没有那样做过。丈夫继续出差，留她一人在家。他说，营销是一项与人打交道的业务，面对面交流的效果最好。去年12月，在她遇到了达里尔之后，情况发生了变化。如果没有遇到达里尔，玛丽亚确信自己会疯掉。

"要我给你放洗澡水吗？还是你想先抽根烟？"达里尔问。

他只穿了一半的衣服，衬衫还放在窗边的椅子上，裤子也耷拉得很低，腰带还没系好，一层薄薄的汗水覆盖着结实的腹部。达里尔喜欢锻炼、潜水、冲浪和抽烟，但喜欢的程度并不一定是按照这个顺序。在城外高速公路上的汽车旅馆里吸烟不是问题，但在家里就成问题了。她喜欢在和达里尔待了一段时间后泡个澡放松一下，泡澡抚慰了她，让她轻松地进入一种不同的生活。

玛丽亚感到喉咙发干，但她更想抽根烟，而不是洗澡。玛丽亚从来都不是一个烟瘾很大的人，只是在做完爱或者喝完葡萄酒之后才会有这种抽烟的欲望。

达里尔静静地站在那里，凝视着自己的指甲，等待着玛丽亚的回答。她不想回答，而且发现自己正咬着嘴唇，拖延着开口，这样就可以只是看着。玛丽亚并没有因为达里尔的话而把他带到床上，他们不是那种关系。达里尔和她见过的任何人都不一样，他身上有一种安静的自由，一种帅气的漂泊者的气质。他是一只玛丽亚决定养起来的金丝雀，这并不是在说达里尔很蠢，相反，他懂得很多东西，或者更准确地说，对很多事情都知道一点，他的知识没有深度，但玛丽亚不在乎。达里尔很有气质，淡黄色的头发和脸上的硬朗线条吸引着人们。她最快乐的事，就是他们一起抽烟的时候，达里尔把她搂入他粗壮的臂弯里,在门廊上的太阳椅中轻轻摇晃。

"稍等一下,然后我们就出去。我不想让房子里有烟味。"玛丽亚说。

达里尔漫不经心地把衬衫甩到肩上,领着她下了楼。这所房子看起来仍然像房地产经纪人宣传册上展示的那样新,尽管它已经在市场上待售很长时间了。乳白色的油漆已经开始变暗,被前卖家掩盖的天花板上的裂缝在某些地方又出现了。两周前,她问能不能重新装修。这句话仍然在她的喉咙里挥之不去——而且这句话她必须问她的丈夫。丈夫拒绝了她,他说自己喜欢这所房子现在的样子,而且说她应该给自己另找一个装修项目,最好是不用花太多钱的,最好是他能控制的。

玛丽亚跟着达里尔穿过厨房,走出玻璃门,来到后门廊。两把摇椅摆在那里。椅子以一种忧伤的风格被漆成绿色,在玛丽亚看来,那个给椅子上色的人仿佛很忧伤,这一点在他的作品中表现出来了。

"该死。"达里尔说。

他从牛仔裤口袋里掏出一包骆驼牌香烟,然后检查起里面的东西。玛丽亚看着他把松散的烟草和两根折断的香烟倒进手掌。

"哦,对不起,我踩到你的牛仔裤时,感觉到里面好像有什么东西。"玛丽亚抱歉地说。

"没关系,亲爱的。"达里尔说着把手里的烟盒和碎烟揉成一团,扔进了门廊外的长草丛里,这与她和丈夫在一起的时间形成了鲜明的对比,丈夫忧郁的目光不再像以前那样吸引她了。她意识到,自己的丈夫不可能像她想象中的那样能够被温暖并且敞开心扉。她刚遇到自己的丈夫时,他还是一个甜蜜的男人,带着一种巨大的悲伤。玛丽亚在自己身上也发现了某种悲伤,而且他们之间的关系似乎以试图弥补对方为特点。玛丽亚曾以为自己可以改变他,让他快乐,并由此修复自己那从不快乐的部分。最终,她意识到自己无法改变丈夫,也无法温暖他内心深处的寒冰。达里尔不需要被融化,他温暖而开放,幽默且善良。也许有点平凡,但生活中最美好的事情正是如此——平平凡凡。不知为何,对玛丽亚来说,与达里尔分享这种亲密,分享在门廊上的沉默,比在卧室里发生的事情更深刻且更令人满足。

"我知道哪里可以找到烟。"她说。说完,她转身回到厨房。走进大厅时,她能听到达里尔紧跟在她身后的声音。他们一起停在一扇橡木门前,玛丽亚把手伸到门框上方的窗台上,她的手指碰到了某种冰冷的金属制品。玛丽亚取下一把小钥匙,打开了丈夫书房的门。她的丈夫非常注重保护自己的隐私,但却在壁炉架上方的门框上放了一把钥匙,原因只有一个——他把一把左轮手枪藏在书架上一本狄更斯的书后面。如果有人闯进来,她知道在哪里能找到枪。

在书房里,她看到了深色的橡木镶板,许多书排在一面墙上。角落里有个地球仪,房间尽头有一张结实的宽书桌,正对着门。桌上放着一盏绿色的银行家台灯,旁边有一台笔记本电脑和一个笔记本。玛丽亚站到一边,示意达里尔进来。

"他在这附近放了一盒烟,我知道他有时偷偷抽烟,我偶尔能从他身上闻出来,也能在房间里闻出来,他习惯于认为我没有注意到这些东西。"她说。

"那他显然不太了解你。"达里尔说着,用双臂搂住她的腰,用鼻子蹭着她的脖子。她调皮地把他推开。如果不马上阻止他,她知道自己最后只会再做一次爱。在床上做爱是一回事,但在她丈夫私人书房的书桌上做爱,不知何故,就感觉太过分了。她的丈夫不是个坏人,他可能很疏远,很冷淡,但她知道丈夫爱自己,并尽可能地表现出了对自己的感情。两年前,这些理由就足以让她步入婚姻了。现在,她意识到自己嫁给他的理由完全是错误的,玛丽亚爱上的,是她丈夫可

能成为的那种人。她年轻、浪漫,而且她开始意识到这一点,结果,丈夫辜负了她的期望。

玛丽亚和他一起搜寻书架,搜寻地球仪里隐藏的可翻转隔间。达里尔走到书桌前,玛丽亚则在飞机模型、玩具汽车和她丈夫放在书架上的二人的合照相框后面查看。

她听到木头裂开的声音,迅速转过身来,看见达里尔一只手拿着一包香烟,另一只手拿着一个坏掉的抽屉。

"我找到烟了。但是对不起,它从我手里掉下来了,我以为它卡住了,所以我就拉了一下。"达里尔说。

"该死!"玛丽亚说。

抽屉里的纸张掉在了地毯上,玛丽亚看见抽屉顶上有一小块木头断了,那是原来装锁的地方。

"天哪,他会注意到的。"她说。

"他什么时候回来?"

"周日晚上。"那天是星期五下午。在玛丽亚看来,在这段时间内找到一个熟练的木匠来修理锁和抽屉的机会就像达里尔的简历一样单薄。

"该死,该死,该死。别光站在那里,帮我把这些东西捡起来。"玛丽亚说。

他们一起跪在地毯上,把从抽屉里掉到地毯上的纸捡起来。其中有些只是潦草的涂鸦,有些是为他的客户草拟的营销策略,有些可能是关于他的一次竞选活动的粗略笔记,还有一些是剪报——它们被岁月染成了黄色。玛丽亚在地板上把纸张堆整齐后,转向达里尔,让他把捡起来并分好类的纸收起来。

只是达里尔没有给任何纸分类,他正盯着一张纸,嘴唇做出了一个完美的"O"形。

"我知道你们干得不错,但宝贝,我不知道你们这么有钱。"他傻乎乎地咧着嘴笑着说。

玛丽亚皱着眉头,从达里尔手里抢过那页纸。她丈夫有他的投资,有营销咨询公司,公司每年都能带来十几万的收入。他们的储蓄账户里有2万美金。就经济上而言,他们只是还可以而已。正如她丈夫不断提醒她的那样,他们并不富裕。

她看了看文件,是去年的银行对账单。200万美金被存入了她丈夫名下的一个支票账户中,账户左上角有他们的家庭住址。她查看了账单上的日期,看了看金额,又检查了一遍名字,然后检查拼写。

没错,她丈夫有一个秘密银行账户。

去年支付了两笔款项,大约相隔六个月,每次支付100万美金,而且前一年支付的金额更多。账上的余额超过了2000万美金。

一股兴奋的洪流席卷了她的全身,攫住了她的呼吸,将其捏住,并沸腾成愤怒。她感到脖子上涌上一阵潮红,脸上冒出了汗珠。

她在卧室里的小叛逆跟这个比起来不算什么,根本就是小巫见大巫,这个大骗子。

在那一刻,玛丽亚说了一些言不由衷的话,没有事实根据,而且毫无分量,只是因愤怒而说出。然而,听到这些话被大声说出来时,她很惊讶自己竟然说出了这种话。

"我要杀了他。"她说。

00:02

玛丽亚太生气了，无法反对达里尔的提议，于是坐进了达里尔的敞篷车里，由达里尔开车，二人去镇上喝其实她并不想喝的酒。汽车沿着弯弯曲曲的道路驶向小镇，她不在乎风会怎样吹她的头发，就只是坐在那里，用胳膊肘支在门上，手贴在嘴唇上，看着大海消失在高高的悬崖后面。从某种意义上说，离开了那所房子让她感到很高兴。

达里尔试图和她说话，但她听不太清楚，因为发动机的轰鸣声和狂风的呼啸在他们周围肆虐。最后，达里尔闭嘴了。每一句话都伴随着的尴尬的沉默最终战胜了他。

对她短暂婚姻的回忆就像路上的路标一样，转瞬即逝。

她想起那次她买了一双昂贵的由知名设计师设计的高档鞋子时他脸上的表情。想起在他们结婚一周年纪念日那天，他对香槟的种种抱怨。他没喝多少，而且认为一瓶昂贵的香槟和一瓶便宜的香槟没什么区别，那么玛丽亚为什么要买一瓶将近200美金的佳酿呢？她甚至还记得他是怎么说的——200美金啊！就像她刚在法国南部买了一座城堡。

他们第一次见面时，玛丽亚未来的丈夫给她的印象是一个孤独的人。那天晚上，她在曼哈顿的一家地下酒吧跟他打招呼，他脸上的表情就是这个样子。在她丈夫之前，玛丽亚有许多充满自信的男朋友，有才华的人，有自尊心的人，有摩托车的人，而且大多数都有音乐天赋。"麻烦缠身"这个词也可以用来形容那些人，女人想要的那种男人。几乎每个晚上，她都能看到另一个女人渴望地凝视着自己的男朋友。

而这种情况从来没有在她丈夫身上发生过。他长得很帅，有一头漂亮的头发，微笑起来很可爱。然而，他的眼睛里总是萦绕着一种悲伤。也许这就是那天晚上他吸引她的原因。回想起来，他们第一次约会时，他并没有那么担心花钱，至少就她观察而言并非如此。

玛丽亚摇了摇头。她不敢相信自己竟然如此愚蠢，所有这些时候，他都让她觉得自己在钱的问题上不被重视，而实际上一直都不是钱的问题。

她已经好几个月没有和丈夫做爱了，他总是很累，总是在办公室工作到深夜。偶尔他会喝瓶酒或抽根烟放松一下，然后他们会在那些夜晚做爱，但这样的机会越来越少。

在这之前的一年里，她感到丈夫对自己有所隐瞒。当他们谈起婚前的生活时，她丈夫几乎不说话，而且有一种冷淡的感觉落在他身上，仿佛他在他们之间筑起了一道屏障，把自己生活的某些部分只留给自己，即使在他们一起坐在孤独港新房子的沙发上时，她偶尔瞥他一眼，也会发现他已经陷入沉思，给人一种遥远的感觉——尽管他握着她的手。

现在她知道了，自己一直都是对的。

她的丈夫并不是她所想象的那样，她的生活也不是她所想象的那样，这一切似乎都不在她的控制范围之内。她仿佛在一列火车上，开往鬼才知道的地方，而且她并不喜欢这趟旅程。玛丽亚试着做一些其他的事情，让自己忙起来。陶艺课起初听起来不错，后来她发现自己讨厌手指粘上土的感觉。城里没有健身房，所以她养成了在家锻炼然后去私人俱乐部吃早餐的习惯，就是在那里，她第一次见到了达里尔。达里尔在私人俱乐部当服务员，她注意到了他，但他们从未说过话，是孤独港一个周末的无聊让他们走到了一起，她放弃了陶艺课，转而报名了水肺潜水课。在那个凉爽的12月的早晨，她来到码头，发现达里尔穿上了潜水服，她感到很惊讶，而且非常高兴。达里尔是她的教练，她喜欢他的微笑，喜欢他的眼神，他们在水下手牵手，而且事实证明他是一位耐心且细心的教练。她马上又订了一节课。在第二周的课程结束时，玛丽亚建议一起去喝一杯，结果当天晚上他们就住进了一家汽车旅馆。

她那时就知道达里尔是个特别的人，这减轻了她的负罪感。她不是在随便乱搞——达里尔对她有着不一样的意义，也许她的婚姻是个错误，也许达里尔才是她的真爱。他们在一起时，达里尔使她感到充满活力，使她感觉生活的画卷正徐徐展开。她的婚姻在很大程度上是关于未来会发生什么——等她丈夫不那么忙的时候，等事情平静下来的时候，等他有时间的时候，而达里尔却有世界上所有的时间陪着她。她打电话时他总会接电话，总是付在汽车旅馆过夜的账，即使自己好几天不打电话也从不抱怨。

达里尔身上还有一团火。他们做爱的时候，有一种热量。他们彼此拥抱的安静时刻，有某种神秘的联系，这让她感到既安全又危险。她和达里尔的关系越来越近。达里尔给了她丈夫不再给她的东西：温暖。达里尔从不退缩，他们之间有一种联系，一种不可否认的、奇妙的联系。达里尔让她觉得自己像个21岁的孩子——傻傻的、兴奋的、被保护的、被爱的孩子。

汽车拐过一个急转弯，悬崖的顶部逐渐下降，露出大海。在前方，她看到了城镇的开端。两年前，她坐在新婚丈夫的玛莎拉蒂里，就在这条路上，他们第一次看完房子，往城里开去。当他们开车经过城镇边缘的大房子和俱乐部，最终停在主街时，玛丽亚认为她可以在那里开始生活。那里的一切都是平和且古色古香的，非常安静。丈夫紧紧地握住她的手，微笑着对她说："我们在这里会很幸福的。"

有一段时间确实是这样的，他们很幸福。丈夫花了几个月的时间装修房子，而且谢绝了玛丽亚所有的帮助，除了最"随便"的帮助——拿着一把他指定颜色的画笔"乱涂乱画"。房子完工后，他开

始更多地把时间花在外面——与客户一起出差，星期天和朋友打高尔夫球。他经常不回家，即使好不容易回趟家，也已经累得吃不下她准备的饭菜了。她并不是什么大厨，但她努力尝试过，而他似乎并不感激她的努力。这个海滨小镇古老又可爱的宁静很快就失去了魅力。这是一种新的生活，一种孤独的生活。对玛丽亚来说，她觉得自己被弃之如敝屣。

达里尔开车穿过主街，经过当时玛丽亚和她的新婚丈夫停车手拉手的地方。她闭上眼睛，强迫自己忘掉那些记忆。也许她还是需要喝一杯的。

孤独港有两家酒吧。玛丽亚以前只各拜访过一次。

有一家酒吧叫克拉伦斯，一杯莫吉托要 12 美金，里面住着一位上了年纪的爵士钢琴家，他看起来像是刚从钢琴里挖出一条路来，拼命想逃离消毒剂和鳄梨的味道。

另一家酒吧则不知道莫吉托是什么，而且如果他们遇到鳄梨，可能会开枪射击。这家酒吧平时只供应两种酒——啤酒和波旁威士忌。虽然大家都知道，在"女士之夜"，酒保会吹掉一瓶龙舌兰酒上的灰尘。

当地人更喜欢第二家酒吧，而且通常只有当地人会光顾这家酒吧。偶尔会有一群年轻的富家子弟走进酒吧，但他们最多坚持 30 秒，然后就有一个人或所有人因为害怕而离开。酒吧外面的招牌上写着"巴尼之地"。巴尼已经死了 25 年了，从洗手间传来的气味判断，他可能被埋在地板砖下面了。

达里尔把车停在了巴尼酒吧的外面，玛丽亚挽着他的胳膊走了进去，因为私人俱乐部的成员不可能在这里看到他们在一起。那些周日必须系领带的私人俱乐部的成员是不会接近巴尼酒吧的。孤独港当地人服务的是那些有钱的、住在第二故乡的人，而这里的这些人给的小费不多，也不跟雇工混在一起。

除了几位常客坐在吧台外,这个地方看起来空空如也。玛丽亚坐在角落里的一张桌子旁,达里尔去拿饮料。里面很黑,对面墙上的百威啤酒霓虹灯招牌发出嗡嗡的声音,头顶上还有一些保留着灯泡的顶灯,艰难地向她的方向投下为数不多的光线。

在和上了年纪的酒保讨价还价之后,达里尔拿来了两杯龙舌兰,每一杯都配上一杯米勒啤酒。

"我知道我们搞砸了,但你应该高兴。"达里尔说着,在玛丽亚旁边的皮沙发上坐了下来。

她看着他,摇了摇头,想起了自己对男人的品位。他们要么相貌堂堂但愚不可及,要么绝顶聪明但谎话连篇。在她的人生中,这两种情况她都经历过。她的第一任稳定的男友,回头率很高,但绝不会动手赚一分钱或做家务。她的第二任男友,也就是她嫁的那个,是个骗子。真的好极了。然后是达里尔,有时他会说一些奇怪的话。他有一颗孩子般天真的心,甜美、可爱、玉树临风。通常,她会让达里尔的天真成为他魅力的一部分。但这次有点过分了。她的情绪嗡嗡作响,像一群苍蝇围着百威啤酒霓虹灯的标志旋转。

"你是说真的吗?你难道不明白他对我做了什么吗?"她提高了嗓门说道。

"别这样,我知道这很奇怪,但往好的方面想。你很有钱,姑娘。"

"不,我没钱。你是从哪个星球来的?"

达里尔摊开双手,那一刻他似乎不确定自己来自哪个星球。玛丽亚向他解释了自己的想法。

"如果他一直瞒着我,那肯定是有原因的。他的生活中还有别的东西能给他带来数百万的收入——而我却不是那其中的一部分。为什么?他是罪犯吗?他外出旅行的时候,是否有另一个家庭,另一种生活?到底是怎么回事?而且他不会让我在任何一件昂贵的东西上多花一分钱。我是有零用钱,但是你知道吗,一星期只给我300美金。如果我超过了限额,他就会生气。好吧,我现在很生气。你明白了吗?"

他点了点头,拿起小酒杯。玛丽亚和他碰杯,勉强笑了笑,表示她没有在生他的气。然后,他们喝了几杯龙舌兰酒,都是一口干。玛丽亚不喜欢龙舌兰酒,她的喉咙开始有一种恶心的灼烧感。玛丽亚环顾桌子四周寻找柠檬,可达里尔没有买,于是她喝了一大口米勒啤酒,以缓解灼烧感。

"对不起,宝贝。"达里尔说。

玛丽亚不知道他是在为没有为酒加盐和没买柠檬而道歉,还是因为同情她的婚姻状况。不管怎样,她挥手示意让他闭嘴。

啤酒瓶因凝结的水珠而变得光滑,达里尔开始心不在焉地抠着标签。他全神贯注地剥下一块,然后问:"你要跟他当面对质吗?"

回答之前,玛丽亚又喝了一口啤酒。事实上,她不知道该怎么办。玛丽亚的一部分有点想在他面前挥舞银行对账单;另一部分则想离开他,向法院提交离婚申请。在内心深处,她知道这两种做法都不明智。在做出过激的举动之前,玛丽亚知道自己需要了解更多关于这笔钱的细节。她听到达里尔用手撕掉标签的声音。达里尔仍然没有看她。

玛丽亚知道达里尔现在也在担心他自己。她看得出来,他很紧张,他不想被玛丽亚扔到那个男人的脸上。

你从哪里得到这笔钱的?对了,顺便说一句,我和俱乐部的一个服务员搞上了。

"别担心,我不会告诉他我们的事。"玛丽亚说。

她差点脱口而出:"别担心,我不会告诉他关于你的事。"但是临

近出口时她改变了主意。这笔秘密的钱在她和丈夫之间竖起了一道水泥墙,但也使她和达里尔走得更近了。玛丽亚不再害怕说出这段关系了,事实就在那里。也许因为这件事,他们的感情会更牢固,但不可避免的,也是有时他们会谈论的是,如果她离开她的丈夫,他们在一起的生活会是什么样子?她看得出,达里尔想要那种生活,但他很紧张。达里尔告诉她,自己没有什么可以给她的。他当服务员,也教人们如何潜水,如何冲浪——但他不认为自己未来会是一个在经济上有保障的伴侣,这对他来说是一种耻辱。在这种情况下,玛丽亚告诉他,她不在乎他赚多少钱——但事实上,她很担心。玛丽亚想要安全感。她需要安全感。钱一直是个问题,而她再也不想为它担心了。这也许是她坚持婚姻的唯一原因。安全感,即使每周只有 300 美金。

她把手伸进臀部的口袋中,拿出银行对账单,打开,平摊在书桌上。

所有的付款都来自一家名为勒博企业的公司。这个名字有些耳熟。她在脑子里搜索着这个名字,努力回忆她丈夫是不是曾经提起过。然而她什么也想不起来,但如果给她一些时间,或许她能够想起点什么。

"你听说过勒博企业吗?"她问。

达里尔思考这个问题时,玛丽亚看到他的眼睛在地板上搜寻。过了几秒钟,他轻轻地摇了摇头,又皱了皱眉头,但什么也没说。他闭上眼睛,咬紧牙关。

"这个名字有点蹊跷,不是吗?"

"是的,我不知道。很奇怪。有什么东西在我脑海深处,但就是想不起来。也许我现在头脑有些不清醒。"

玛丽亚环视了一下阴暗的酒吧,丈夫的背叛使她如鲠在喉,所以说话时,她的话语因激动而颤抖。"我在欺骗谁呢?我知道自己现在头

脑不清醒。"

"我能再看一眼吗？"达里尔问。

他说这话时带着一丝乐观。而这足够让玛丽亚把对账单拿给他了。在浏览条目时，达里尔拿出一部手机，开始在屏幕上打字，滚动搜索结果并看了起来。

他笑着。

"怎么了？"

"对上了。我的天，对上了！"

"你在说什么？"玛丽亚说着，把手机抽出来。

"等一下，让我再检查一下。"达里尔说。

玛丽亚等不及了。她在搜索栏里输入"勒博企业"，然后按下回车键。屏幕变成了白色，一条蓝线开始在页面上方挣扎。酒吧里的信号很弱。玛丽亚很想问酒保有没有无线网络。她瞥了酒保一眼，见他握着电视遥控器，顿时改变了主意。

达里尔把手机反过来，用屏幕对着玛丽亚，说："也许你嫁给了这个家伙。"

玛丽亚从他手中接过手机。屏幕上是一个网页，展示着作家 J. T. 勒博写的书。

"这些款项在银行对账单上的支付日期，与 J. T. 勒博最后几本书的出版日期一致。"达里尔说。

她点击手机上其中一本书的封面，那上面有枪和蛇的图片，向下滚动到信息部分，查看了出版日期，又看了一眼银行对账单——相同的日期。她又查看了另外两本书，发现了完全相同的情况。出版之日支付了 100 万美金。

"这是什么意思？这和保罗有什么关系？"她问。

达里尔交叉着双臂，微笑着，露出一种自我满足的样子。

"你还不明白吗?这可是件大事。你丈夫保罗·库珀就是 J. T. 勒博。"达里尔笃定地说。

玛丽亚把手机放在书桌上,意识到自己的嘴已经张开了,她说:"J. T. 勒博到底是谁?"

纽约客

J. T. 勒博是谁?

布莱恩·埃弗雷特
2013 年 5 月

每个人都喜欢神秘。悬疑小说、惊悚小说和犯罪小说的销量经常超过其他小说。J. T. 勒博显然是一个从中受益的作家。他（因为我们知道作者是"他"）的作品销量超过了 7500 万册。每过 5 秒半，世界上就会有一个人买一本 J. T. 勒博的惊悚小说。他在大多数国家都是一个家喻户晓的名字。你家里很有可能至少有一本他的小说。读者对这些引人入胜的作品欲罢不能。但是，扣人心弦、节奏紧凑的情节和生动逼真的人物并不能完全解释这位作者为何具有如此巨大的吸引力。读者、书商和出版商都认为，他不可思议的成功归结到一点，就是——故事的反转。

你永远预见不到故事情节的走向。当你把书放下，回味着书中诸多的反转变化，你想做的第一件事就是让朋友读这本书，这样你就可以讨论它的情节了！（编者注：我对他的每一本书都这么做过。）他的出版商也知道这一点。没有宣传之旅，没有在哥伦比亚广播公司的《早间新闻》节目上露过面，没有书店签名会，没有美国国家公共广播电台的采访。无论宣传的对立面是什么——这本书都站在了宣传的对立面。J. T. 勒博是假名还是笔名，又是谁的笔名？这一切我们一无所知。没有人知道，甚至连他的出版商都不知道他的真名。我们只知道作者是男性。这也是他的出版商所知道的，或者也许他们只愿意说这么多。

在写这篇文章时，我尽量不提之前出现的几十篇猜测作者真实身份的文章。因为所有这些文章都是猜测。相反，我想问的是，为什么？

为什么世界上最受欢迎、最畅销、最富有的作家之一仍然隐藏自己的身份？问问你自己，你会这样做吗？我当了25年的作家，出版了四本书，没有什么比一屋子崇拜我的书迷等着我宣布自己的佳作，然后找我签名更让我高兴的了。

有人曾经说过，对于内向的人来说，当作家是一种表演。这可能所言不虚。我绝对属于内向的那一类（我会在星巴克对咖啡师低声说我的名字，而且在他们说错时我从不会抱怨），但是拜托！

你得有多内向啊？

我不认为这是内向，也不是任何形式的"长期内向行为"。在这个星球上，没有人能抵挡住名扬天下并接受数百万粉丝之爱的诱惑。

我的理论——因为我意识到它必须是一个理论——是，J. T. 勒博的匿名有一个更黑暗的原因。有可能 J. T. 勒博是个前罪犯，他的犯罪记录会让亨特·斯托克顿·汤普森①都脸红；又或者勒博是一个长着两个脑袋，患有可怕皮肤病的家伙，他认为只要瞥一眼他的容貌，读者就会对他的书永远敬而远之。我猜应该是因为前者，而不是后者。我之所以这样想，只有一个原因。

每一个好的悬疑故事的核心，都有犯罪行为。

但凭良心说，我不能指控一个不认识的人做了坏事。当然，J. T. 勒博小说的成功还有一个更商业的原因——作者本人的神秘感。围绕作者身份的猜测就像他故事中的节奏和反转一样，给他的读者带来了乐趣。勒博每出版一本小说，你可以打赌，至少会有十几篇纸媒文章、

---

① 亨特·斯托克顿·汤普森（Hunter Stockton Thompson，1937年7月18日—2005年2月20日），美国记者、散文家、小说家。1952年被阿西纳姆文学协会吸纳为会员。1955年因抢劫而进了监狱，也被阿西纳姆文学协会取消会员资格，刑满释放后加入美国空军。

电视新闻报道，以及疯狂的社交媒体流量，围绕着尚未解开的有关作者身份的谜团展开讨论。如果这一切都变了，我们看到了面具后面的那个人，那么有可能，而且很有可能，这些书的销售量会因此受到影响。

就目前而言，J. T. 勒博，这个世界上最著名的无名氏，仍将是一个谜。

00:03

主街上的书店对玛丽亚来说是一片全新的领域。他们很快就喝完了啤酒,达里尔领着她穿过街道,越过一个街区,来到"使命书店"。在窗口的右侧,玛丽亚看到了六本基督教书籍,书名都很奇怪,比如《耶稣与我》《数字时代的基督》。在另一边,她看到了她认为是畅销书的东西:浪漫小说,封面上的弱不禁风的女人都被一个赤裸着上身、肌肉发达的男人从背后抱着;神秘小说,封面上有嘀嗒作响的时钟或男人的剪影;儿童书籍,书衣上都有色彩鲜艳的图画。

然而,在窗户的中央,也就是最显眼的位置,她看到了几本封面相似的书。每本书上的图片都不一样,但封面上的名字是一样的。名字的设计类型很大胆,是约 2.5 厘米高的白字。

J.T. 勒博

作者的名字下面只有一句话。每本书上都是一样的话。在同一个地方。

大卖 7500 万册。

"你不会是认真的吧,"她说,"这人是保罗?这些书是保罗写的?"

"来吧,我们进去吧。我需要查看一些东西。"达里尔说。

她跟他走了进去,一进门就感受到了脖子后面的空调风,并且想在凉爽的空气里站一会儿。松木地板和淡蓝色的实木架子为空间设置了中性基调,让书籍成为大胆色彩的唯一来源。这家书店里有几个顾客。两个上了年纪的女人在浏览真实犯罪版块的书，其中一个肯定有八十多岁了。她急切地读着一本名为《世界上最恶劣的性杀手》的书背面的简介。

靠近柜台的一个高大的独立展台上陈列着J. T. 勒博的书。她看着达里尔打开了其中的一本。他低下头，浏览着前几页，然后停住了。他把书折叠起来，把食指放在两页之间做记号，示意玛丽亚过来。他又往店里走了一步，走到一个专门摆放基督教作品的角落里。这个角落没有随意浏览书的人。她跟在他后面，站得很近。他打开书递给她。

那是一本精装本的小说，有书衣。他给她看了书衣的里面，里面的折页上都没有作者的照片。作者简介中只写着：J. T. 勒博是笔名。请尊重作者的隐私。

"这些书的宣传信息有一半来自记者和博主，他们认为自己找到了真正的作者，但他们从来没有确定过。市面上有一些关于作者是谁的推论，仅此而已。没人知道勒博到底是谁。"达里尔说。

然后他打开了书的扉页。那一页的背面是法律声明之类的东西，再就是出版信息，而且似乎每本书上都有，尽管玛丽亚一个字也没读过。

当她拿着打开的书时，达里尔说："让我再检查一下对账单。"

她把手伸进牛仔裤臀部的口袋，拿出银行对账单给了他。尽管什么也没说，但他的眼睛里流露出有了某种奇妙发现的感觉。他把对账单放在她面前那本书的扉页上。

"看看这些信息。"他说。

玛丽亚读了一系列令人眼花缭乱的数字，可能与书的印刷有关，然后读了法律免责声明。无论达里尔悟到了什么，玛丽亚似乎都没有意识到，她紧紧地抓着书页，咬紧牙关小声问："我到底要找什么？"

"著作权信息。"达里尔脸上带着假笑说。

她的眼睛扫视着那一页，接着停了下来，把那一行再读了一遍，然后看看银行对账单。半分钟的时间，她都在重复这个过程，仔细对照银行对账单上的拼写，检查版权页上的小字。

毫无疑问，保罗账户里的钱来自勒博企业。这个名字又出现了，在她面前的那一页书上。

Ⓒ 勒博企业。

她觉得很不舒服，捂着嘴，转身迅速离开了书店，不理会达里尔让她等等的声音。玛丽亚不知道该往哪边拐，也不知道该怎么办。她站在路边，弯下腰，手撑着自己的膝盖。她深吸了口空气，闭上眼睛，咽下快要冒出来的胆汁。一股难闻的味道充满了嘴巴，她知道如果不控制住，自己就要吐出来了。

强迫自己干咽下去让她感觉舒服了点，但喉咙还是火辣辣的。事实证明，龙舌兰酒是个坏主意。在内心深处的某个地方，她还是对达里尔的猜测持怀疑态度——保罗肯定不会在这一点上对她撒谎。他怎么可能呢？这就是作为千万富翁兼名人作家的秘密生活，一种他不愿与她分享的生活？

玛丽亚的成长经历很艰难。一个残忍的父亲和一个爱她却救不了她的母亲。没有钱，没有安全感，只有断断续续的快乐时光。看电影或在中央公园野餐是玛丽亚记忆中仅有的童年快乐时光。即使这样，这种幸福的持续时间也不会超过一个下午，回家后，她们所要面临的威胁总是笼罩着她。

然后在她10岁的时候，意外发生了。

在那之后，就只有母亲和她住在纽约市布朗克斯区的公寓里，直到她17岁。她们靠着母亲的工资生活，母亲每周在熟食柜台工作六天。

当时的日子很艰难,她们没有多少钱,但日子还算过得去。母亲死后,她过着省吃俭用的生活。她在曼哈顿的一家广告公司找到了一份实习工作,负责管理宣传活动。实习结束后,她没有成为正式工——该机构明确表示,他们不会雇用那些买不起正装的年轻女性。玛丽亚转而去经营乐队,赚了点钱,潦草地交了几个男朋友,一个比一个差。

一天晚上,在下东区的一个小酒吧里,她遇到了保罗。他们的相遇很偶然。玛丽亚对大多数向她献殷勤的男人都不予理睬。她在酒吧看到了保罗,他看起来是那么的伤心,那么的脆弱。她和他攀谈起来。保罗告诉她舞台上的乐队很糟糕。他们是玛丽亚的乐队,她告诉了保罗,然后他笑了——说他们有全国最好的经理,但他们仍然是垃圾。保罗请她喝了一杯,他们聊了一整夜。几天后他们又见面了,保罗似乎不再那么伤心了。她给了保罗一些东西,这让她感觉很好。他是她遇到的第一个对她没有任何要求的男人。保罗只是很高兴和她在一起,令人难以置信的是,他也很高兴慢慢来。

他经常这样说,但语气并不使玛丽亚感到自己在被拒绝。

让我们慢慢来。

这是他的口头禅,也是他的免责条款。他知道她的一切,除了关于她父亲的意外。她没有告诉任何人那天晚上到底发生了什么。她编造了一个父亲失踪的完美谎言——有天晚上他起身走了,再也没有回来。坏父亲抛弃家庭是如此普遍的故事,以至于没有人质疑过,保罗当然也不会。在他们交往的早期,玛丽亚对他几乎一无所知。

玛丽亚追问他的童年、大学生活,甚至是他在纽约住了多久时,即使是温柔地追问,他也会关上心扉。他会闭口不言,什么也不说或改变话题。最终,玛丽亚停止了尝试。

他答应过给她更好的生活。玛丽亚现在知道，他本可以给她一个美好的生活，一个她不必担心自己花多少钱的生活，一个她可以不再反复担心自己会像母亲一样的生活，但他选择了为自己保留那种生活。

玛丽亚在马路边俯下身去，这时她看见了她那双价值200美金的靴子。鞋跟一星期前就裂开了，保罗则提醒她那双靴子花了多少钱，而且让她把靴子修好。

记忆在她的脑海里来得太快、太充分了——快得让她的头都晕了。她吐到了街上，龙舌兰酒混着唾液溅在她的麂皮靴上。达里尔搂着她，把她带到他的车里，让她坐在副驾驶座上。她感到头晕，双腿发软。

"我送你回家。如果你受不了就告诉我，我会把车停在路边。"他说。

玛丽亚没精打采地坐在副驾驶座上，捂着眼睛。一阵头痛袭来——她能感觉到。避开阳光会好受一点，她让达里尔把敞篷车的车顶拉起来。他一边与老式车顶搏斗，一边气呼呼地喃喃自语。这辆车是经典车型，而这也意味着它中看不中用。

他们默默地开车回去。一路上她都没有看达里尔，但她能感觉到他不时地看向自己，那是一个男人紧张的目光，他时刻准备靠边停车，即使这意味着要开到沟里或玉米地里，也不愿让她毁了车的内饰。

尽管达里尔鬼鬼祟祟的目光分散了玛丽亚的注意力，她还是有时间安静思考的。她想和保罗对质，但她也知道保罗会闭口不言。没有争论，没有否认，他只会把自己封闭起来，离开房间，就像每次她试图提起他的过去时他所做的那样。

当达里尔把车开进她家的私人车道时，她揉了揉太阳穴。

"你认为真的是他吗？保罗就是J. T. 勒博？"他问。

"他读了很多书，推理小说、侦探小说，诸如此类的书。我不知道。可能吧。他肯定不是因为做营销工作而拿到数百万美金的。"

玛丽亚捂着眼睛不让达里尔看见，努力思考着。书桌是个大问题。

也许她能把书桌修好?然后把银行对账单交给律师,用它来对付他?

她不能再干等下去了。他几天后才会回来。她能假装什么都不知道哪怕一个晚上吗?这种感觉就像有什么东西会蚕食她醒着的每一刻,直到她面对他。

仅仅是想到那一刻,她的心跳就加快了,嘴唇上也冒出了汗珠。

肯定有别的办法。

玛丽亚下了车,关上车门,向前门走去。达里尔跟着她,脚踩在砾石上嘎吱作响。她把钥匙插进锁里,打开门,径直向书房走去。她想看看那个抽屉里剩下的文件。

她在地板上找到了文件,又浏览了一遍。那些笔记很难辨认,但在那一页顶部的内容似乎容易辨认一些,于是她停下来仔细地看起来。

第六卷 未命名。希区柯克式阴谋。一名女子在等红灯时从公寓窗户看到了疑似谋杀案的场景。不。完成了。主题?

在其他页面上有更多这样的注释,讨论角色动机、情节或时间线。她把这些书页放在一边,捡起一些剪报。有些剪报是崭新的,有些则因年代久远而泛黄。这些剪报来自《纽约时报》《卫报》《纽约客》和《时代》杂志。它们都有相似的标题或主题。

J.T. 勒博是谁?

达里尔站在她身后,隔着她的肩膀看那些剪报。"是他对吗?天啊,我是对的。玛丽亚,就是保罗。这是件大事。"

玛丽亚迅速站起来说:"不要对任何人说一个字。我们不能让这件事泄露出去。答应我。"

她的话使他平静下来，让他回到现实。达里尔就像要过平安夜的10岁小孩，兴奋得快要失控了。

"我们可以利用这一点。这可能是我们的出路。我们可以在一起。"她说。

现在她有机会过上更好的生活了，那种她知道自己非常想要的生活。她只需要想出如何利用这个谎言来对付他。

而在那之前，她需要先以某种方式解释一下抽屉的情况。即使她修好了，他也会注意到的。保罗心思缜密，这点逃不过他的眼睛。玛丽亚停顿了一下，低头看着那个破抽屉。这是个大问题，她不想让他知道她打开过抽屉或者看过任何文件，直到她想出处理这个事情的最佳方法。

如果她去质问他，他会怎么做？她想了想，根据她在过去几个小时里了解到的情况，她认为自己根本不了解自己的丈夫。保罗可以离开她，带着钱远走高飞，或者更糟，保罗会告诉她那是他的钱，她一毛钱都不会看到。他可能会消失，实际上，他已经消失一半了。她不了解这个人。这个男人可以把她一个人丢下好几个星期。他冰冷的目光，他的痛苦，然后是她身边的达里尔，敞开心扉地爱着她，全心全意，而且她对他也是如此。

不管还意识到了什么，她知道今晚不适合和保罗对质。但她不能就此罢休。对背叛的怨恨和愤怒一下子涌上了她的心头。

她走出书房，穿过厨房，走出后门来到门廊。她的视野越过沙丘望向大海。风起云涌，海浪沸腾成白色。沙滩上空无一人，天空开始变暗，一团积满雨水的乌云从海岸滚滚而来。她听到达里尔在门廊上的脚步声，然后他就转过了房子的拐角。

她不予理睬，眼睛盯着地平线。接着，她突然确切地知道应该如何处理这件事了。

"你没事吧？也许我该让你自己来处理这件事。他毕竟是你丈夫，也许我把事情弄得太复杂了。"

"不，"玛丽亚说，"你没有把事情弄复杂。现在，你是我的一切。我爱你。"

"我也爱你。"达里尔说。

这是他第一次大声说出来。

"我要和他谈谈。就今晚。我不能继续置之不理了。我要他回家，给我一个解释。我得让他敞开心扉。只有这样，他才会配合。如果我跟他对质，他会闭口不言的。"

"好，你想让我留下来吗？"

"你留下来对他来说太难接受了，我必须一个人去做。"她说着，回头看了一眼房子，脑子里想的是那个坏掉的抽屉。她需要一个无伤大雅的解释，一个能让她摆脱困境，并让保罗说出抽屉里装了什么东西的解释。

"你怎么说都可以。我走之前你需要什么帮助吗？"他问。

玛丽亚深吸了一口气。"是的，"她说着转过身来对他说，脸上流露出一种冷酷的决心，"在你走之前，我要你打我。"

00:04

保罗·库珀的手指在笔记本电脑上乒乓作响。他自信地敲着键盘，每一下都铿锵有力。这种节奏似乎总是在他小说接近尾声时出现。刚开始的时候，他盯着一个空白的屏幕，键盘敲击得很缓慢，很轻且具有试探性。他的手指必须摸索着进入一个故事。

他停顿了一下，把手从键盘上移开，喝了一口绿茶。茶是他在孤独港东侧的小公寓里沏的,在那里有属于他的一间办公室。他已经出海两天了,没有无线网络,而且几乎没有手机信号。船上只有他的笔记本电脑和一杯绿茶。当他的 GPS 系统突然发出风暴警报时,保罗保存并备份了他的工作成果,合上笔记本电脑,把船开回码头。谢天谢地,他的办公室就在街对面。他可以相对平静地继续写作。

快要写完一本书时,他需要全神贯注,不能有任何形式的干扰。

在这个时候,一切都取决于最后的反转。

结局太糟糕了,他想。

没有两个作家的创作方式是一样的。保罗凭感觉写作,不知怎的,他总能想出反转点。

对于这本书来说,最后的反转尚未显露出来,他必须有耐心。

他放下杯子里的茶,把手指放回笔记本电脑上,对键盘施加更多的惩罚似的敲击。

句子写到一半时,他停止敲击键盘。房间里的嗡嗡声分散了他的注意力,他把手伸进口袋,但什么也没感觉到,接着同样的声音又出现了。他站起来,从夹克里掏出手机。是玛丽亚的未接来电。

她很少在语音信箱留言。他们开始约会后不久,她在纽约的公寓里为他做晚餐。玛丽亚说那是一次正式的约会,有红酒、烤鸡沙拉,然后他们在沙发上喝了一瓶酒。保罗起身去洗手间时经过了她的电话,电话放在一张小桌子上。那是一部带圆柱表盘的老式电话,在它下面是一个看起来像磁带播放器的东西,但保罗随后认出那是一台磁带答录机。机器旁边放着一盒磁带,有些是空白的,有些则被清晰地标注着。它们都被贴上了不同的有关"母亲"的标签,比如"母亲,1985 年圣诞节"或者"母亲,录像机提示"。

当他回到沙发上时,他问了她关于电话和答录机的事。

"我看到你的电话了,是件漂亮的古董。你知道我们现在有数字语音信箱还有互联网吗？"他开玩笑似的问道。

她笑了，有些意味深长。

"那是我母亲的。我们用我父亲的一部分人寿保险金买了这部电话答录机，我母亲很喜欢，这对她来说就像是一种重大的仪式——能够买得起我们自己的电话和电话答录机这件事让她颇为自得。我一个人在家做作业的时候，她经常从单位打电话回来。她会确保我没事，并提醒我把录像机调到《神探可伦坡》或《星际迷航》等诸如此类的电影。每当我在家里感到孤独或害怕，而她在工作时，我就会播放其中一段电话录音。除了她没人打过电话。她去世后，我保留了磁带和录音机。我时不时地播放它们，只是为了听听她的声音。"

想起这些，保罗笑了。玛丽亚非常多愁善感。他们搬到孤独港的时候，她坚持要把那该死的电话和答录机带来。一切都安装好后却没有人打电话到家里，她也从不用旧电话，总是用手机给他打电话。

保罗的目光落回了笔记本电脑上。那个电话分散了他的注意力，让他走上了回忆往事的道路。他哼了一声——还有工作要做。

手机时钟显示现在是 11 点 30 分。保罗本以为只有 6 点左右。他没有吃晚饭，公寓窗户上拉着遮光窗帘，他经常忘记时间。在某种程度上，这是个好兆头。他满脑子都在书里，而不在现实世界中。他把手机放在桌上，又回到笔记本电脑前。

这一次，手机亮了起来，在桌子上吵闹地振动着。手提钻式的振动把桌子上的手机震了个底朝天。还是玛丽亚打来的电话。

她这么晚打电话来很不寻常。

他不情愿地接了电话。

"嗨，一切都好吗？"他问。

他先是听到了她的呼吸声。呼吸困难，气喘吁吁。

"天哪，保罗，不！我给你打过电话，家里有人闯进来了。我被袭击了。"

"哦,我的上帝!你还好吗?"

"他打了我,我摔倒了。我还好,他跑了,我好害怕。"她说,声音因恐惧而变得嘶哑。

"我马上回家。我刚把船开回来。锁好所有的门。我的枪在书房的保险箱里。拿过来,以防他回来。你报警了吗?"他问。

她犹豫了一下,说:"没有,我先给你打了电话。我现在就给他们打电话。"

保罗还没来得及说什么,她就挂了电话。

他低声咒骂。一想到某个不值一提的小偷会伤害玛丽亚,他就感到一阵恶心。

他保存了文件,合上笔记本电脑,生气地把它塞进包里,然后关上灯,锁好公寓门,跑下楼梯来到街上。玛莎拉蒂在码头的停车场里等着。船和车是他的玩具,是他给自己的小礼物。在孤独港这样的小镇上,这辆跑车并不显得格格不入。玛丽亚的车要便宜得多,但她对汽车并不感兴趣。在这种时候,他很高兴那辆车的引擎盖下有很多动力,尽管他买它是为了一个完全不同的原因——你永远不知道什么时候你会需要离开,飞快地离开。

他快速打开车门,上了车,把包扔到副驾驶座位上,发动了引擎。5分钟后,他以每小时约130公里的速度行驶在海边的公路上,后悔当时玛丽亚叫他的时候,他没能更快地反应过来。

保罗最不愿意看到的就是警察在他家附近窥探。他用车载系统给玛丽亚打电话,但电话占线。她可能还在给警察打电话。

他用尽全力踩油门。车前灯是唯一的向导,道路在露出地面的岩石周围急剧扭曲。他的后视镜里闪过一道光,红色和蓝色在一辆车的车顶上旋转,他及时把速度降到每小时约100公里。警车从他身边呼啸而过，发出一片模糊的噪声，红蓝相间的颜色旋转而去。

保罗咒骂着，重重地捶击着方向盘。

10分钟后，他把车停在了院子里的警车旁边。光线从房子的每一扇窗户洒出来，前门开着。他看见一个戴着棒球帽的大块头男人的剪影出现在他卧室的窗户里。这个男人看着保罗。

保罗下了车。走到前门时，他看到那个戴着帽子的人站在走廊里。是一名警长，他五十多岁，留着警察常有的小胡子，有点胖，肚子从枪带上探出来。

"你是库珀先生吗？"

"是的。"保罗走进屋子说。

"我想刚才在路上的是你。我认出了那辆野兽般的车。我是治安官亚伯拉罕·多尔，"他轻碰帽子说，"你妻子在厨房里。她受到了很大的惊吓，但会好起来的。闯入者走了，如果你不介意的话，我想再看看房子周围？"

"完全不介意。"保罗说。

警长上楼时，保罗穿过客厅和走廊走向厨房。当他看到书房的门开着时，一阵寒意袭上了他的脊背。他走过时向里面瞥了一眼，一会儿他会更彻底地检查一下，但乍一看，书房并没有被折腾过的痕迹。玛丽亚一定打开过门，要么是为了拿枪，要么是为了让警长检查房间。

他坐在厨房柜台旁的高凳子上，看见玛丽亚拿着一袋冰敷在脸颊上。她用厨房毛巾把冰包起来，但冰化成的水还是渗了出来，弄湿了她的头发和左脸。看到他时，她放下冰块，跑进他的怀里。保罗抱紧她，吻着她的头发。

他低声对她说，现在没事了，她很安全。他把一只手放在她的肩膀上，另一只手轻轻地拍打她的背部，试图看看她的脸。可她把头偏向左边，好像不想让他看见似的。保罗轻轻地摸了摸她的下巴，扶起了她的头。

她脸上有一道红色的伤痕。这是一张肿胀、愤怒的脸颊，眼睛因泪水而红肿。玛丽亚低下头，靠在他的胸前，紧紧地拥抱着他，什么也没说，但能感觉到她啜泣时身体在温柔地晃动。保罗抚摸着她的头发，然后用双臂搂住她，扫视了一遍厨房。这里什么都没动，除了柜台上的冰袋和旁边放着的玛丽亚的手机外，什么都没有。

"发生了什么事？"他问。

她紧紧抓住他，含泪说着，声音嘶哑。"我正在看电视，突然听到一个声音，好像是打碎玻璃的声音。我起身来到了厨房。我一开始以为是杯子掉了，但是什么也没有。我安慰自己可能是幻觉，正要回到沙发上，突然听到你书房里有声音。我用你的钥匙打开了门，就在那时，我看到了他。"

保罗把玛丽亚抓得更紧了。

"你看见谁了？"

"一个穿着黑色衣服，戴着兜帽的男人，我看不见他的脸。他正撬开你的书桌。他看见我了。我跑来厨房拿电话，被他在走廊里抓住了头发。我立刻转过身尖叫起来。就在那时，他打了我，我摔倒了。他一定是吓坏了，从前门跑了出去。"

书桌，保罗心想。

"他说什么了吗？"保罗问。

"没，"她接着说，"保罗，你弄痛我了。"

保罗赶紧放手。他把她抱得太紧了：他的手指一直在掐她的肉。

玛丽亚向后退了一步，他又看了看她的脸，然后转身跑进书房。书、装饰品和纪念品都在它们应该在的地方。对着门的书桌上放着一台笔记本电脑，没有被动过。当走到书桌的另一边时，他看到窗户被打破了。玻璃碎片散落在他办公椅后面的地毯上。闯入者是这样进来的——打破玻璃,够到窗锁,打开窗户,爬了进来。他迅速地转过身来检查了一下书桌。左上角的抽屉被强行打开了,里面的东西撒了出来。他跪下来,快速地翻阅着笔记和剪报。这是他私人书房里的私人书桌。他回头看了看被打碎的窗户。天太黑了,看不到高高的草丛后面的海滩,那里一定有人在监视他,那个知道抽屉里有什么的人。房子里唯一能暴露他的东西就在这张书桌里。

他脖子后面的汗毛都竖了起来。

玛丽亚站在书桌的另一边,看上去既困惑又痛苦。使她痛苦的不光是她脸颊上的伤口,还有别的地方出了问题,更深层次的问题,他看得出来。

"那个人没有拿走任何我能看到的东西。他没抢我的珠宝、车钥匙或笔记本电脑。他想干什么?"她问。

保罗觉得撒这个谎很容易。即使是现在,即使是对他爱的人。

"我不知道。"他说。

这句话轻轻地从他嘴里说出来,毫无罪恶感。他的良心早已放弃了战斗。他爱玛丽亚,就像他爱任何人一样。谎言是其中的一部分,而且一直都是。

"他为什么要打开这个抽屉?如果发生了什么事,我有权知道。"她说。

"他一定是在找现金或信用卡。我不知道他在找什么。"他说。

有那么一瞬间,保罗可以发誓,他看到她脸上闪现出厌恶的表情,仿佛有什么不愉快的事情出现在她的眼前。玛丽亚噘起嘴唇,打量着他,然后突然哭了起来。

他朝她走去,但她甩手离开了房间,在门口撞上了警长。

"对不起,夫人。"多尔警长说。他再次向保罗敬礼,然后也进入了保罗待的书房。这个大个子走得很慢,但他的眼睛转得很快——把房间各处都打量了一遍。

"除了这一间,其他房间里的东西似乎都没被动过。"他说。

警长绕过书桌,跪下来看了看窗户。保罗站在后面看着。警长看了看地毯上的玻璃碎片,把注意力转向窗户。他检查了一下窗户的把手,从破碎的窗玻璃探出头去,并从腰带里掏出一支手电筒。保罗注意到,警长不需要看他的腰带就能准确摸到他的手电筒,也没有用手指摸索。保罗猜测警长一定这样做过上千次了。

"你们不介意的话,我明天早上到后面去看看?这家伙肯定不是飞过来降落在你家门廊上的。他是走到这里的。地上可能会有脚印,晚上太容易错过脚印了。"警长说着,关掉了手电筒。

"可以啊,好主意。"保罗说道。

多尔警长把注意力转向书桌。地板上有一堆乱七八糟的纸张,在纸张上方,抽屉是开着的。

"有什么东西丢了吗?先生。"多尔警长问。

保罗摇了摇头,说:"我没看出来丢了什么。看起来玛丽亚在他得手之前就发现了他。"

"是想伤害你或你妻子的人吗?"多尔警长追问。保罗摇了摇头。

警长点点头,看着书桌抽屉上那把坏了的锁。其他抽屉都没被动过。保罗交叉双臂,看着警长,又环视了一下房间。

"你不打算采集指纹什么的吗?"保罗问道。

"没必要。小偷都戴手套。三十五年了,我还没从小偷身上得到过任何一枚指纹呢。"

"如果这个人没戴手套呢?难道你不应该至少试一试吗?"保罗问道。

多尔警长的胡子动了一下,他说:"也许这次我们会试试。明天我会派个警官过来。你确定没丢东西,是吗?"

"我很确定,但我明天会再确认一下。"

"那好吧,"警长说,"晚些时候我还会派人来,不过只是看看,确保你们的安全。我们不会打扰到你们,到时候我们也会录一份口供。好吧,祝你们度过一个愉快的夜晚。"

警长边说边脱帽致意。保罗送他到门口,在警长身后把门关上并锁上。当听到警长的车驶出车道时,他松了口气,然后转过身来,看见玛丽亚站在楼梯顶上注视着自己。

"没事了,亲爱的。我现在到家了,你去睡一觉吧,我打算熬个夜。这混蛋应该不会蠢到再回来了,如果他来了,我就在这里等着。"

玛丽亚什么也没说。有很长一段时间,她站在那里俯视着保罗。她的双手放在身体两侧,身体完全静止。保罗无法面对她的目光,低头看着地板,然后转身走回书房。

他试着去想自己把什么东西留在了抽屉里。他闭上眼睛,努力回忆自己是否还从办公室带了什么东西到家里。在把保险箱安置在位于码头的办公室之前,他带了一两份银行对账单回家。他把银行对账单带回办公室了吗?他不记得了,也不确定。

多年以来,保罗一直很小心。没有大额的开支,至少没有什么是他无法在纳税申报单上隐瞒的开支。那辆车是他用假账户买的,那艘船是他私下里买的。它们很贵,但并非像百万富翁的"玩具们"那样贵,也远不及普通孤独港居民车库里或码头上的的车或船。他并没有脱颖而出,而是一直低调行事。

然而,他还是被发现了。

一种熟悉的感觉从泥土中爬了出来。他能感觉到它爬到他身上,夺下了控制权。他汗如雨下,口干舌燥,肩膀蜷成一团,他发现自己的手指已经握成了颤抖的拳头。

恐惧卷土重来。

他拿出手机，开始输入一封电子邮件，然后停了下来。他删除了草稿，现在还没有必要把她牵扯进来。如果是她背叛了自己呢？不。他惊慌失措，不再去思考了。反正这个时候她也无能为力。如果自己给她发邮件，她可能会打电话过来，而玛丽亚在楼上，很可能会听到。

保罗摇了摇头。他被恐惧控制住了，现在唯一的选择就是静观其变。无论发生什么，他都会做好准备。他悄悄地回到书房，从书架上取下一本厚厚的《狄更斯文集》，把手伸进书的后面。它还在那儿，丝毫未动，它准备好了，等着他需要的时候出现。

一把点 38 史密斯 - 韦森特殊弹手枪。

00:05

当多尔警长驾车从库珀家门前的车道上开出来后，他抓起无线电麦克风，按了两下发送按钮。

"回来吧，亚伯拉罕。你抓到小偷了吗？"接线员问道。

"我到那儿的时候，小偷早就走了，苏。"他说。

苏和两名全职警官组成了孤独港的警局。作为一个犯罪率很低的小镇，警局的资金非常充足。在旅游旺季为小镇带来收入的富人非常关心安保问题，他们不希望当地人行为暴戾，刮伤他们的法拉利或者在他们的玫瑰上撒尿。因此，这些人通过诸如每人 100 美金的餐盘饭菜、烘焙义卖和烧烤活动等"黑领结筹款晚宴[①]"，为执法部门的预算

[①] 是一种高档筹款晚宴，参与者需要穿着正式的服装，通常是带黑领结的服装，活动旨在为特定的事业或组织筹集资金。这些活动通常在高档场所举行，包括现场娱乐、拍卖和其他活动，以鼓励捐赠。这些活动的门票价格通常很高，单人价格通常是 100 美金或更高。

做贡献。结果就是，资金积累得比警长们花得还快。

苏和多尔一起工作了二十年里的大部分时间。她很精明，不听废话，尽管她不是外勤人员，但却负责了孤独港的大部分犯罪清理工作。这部分是由于她敏锐的智慧，还有就是她认识镇上的几乎每一个人，且从不错过任何一条八卦。

"那位可爱的女士怎么样了？她在电话里听起来很害怕。"苏说。

"她的脸被打伤了，有瘀青，但她会没事的。"多尔警长说。

"发生什么事了？"苏问。

"她说听到书房里有声音，好像是玻璃碎了。打开书房门时，发现一个蒙面闯入者跪在她丈夫的书桌后面。那人向玛丽亚扑过去，朝前门跑的时候打了她一下。"

"他是怎么进书房的？"苏问。

多尔的胡子抽搐了一下。

"你不会错过任何刨根问底的机会，对吧？"他问。

"当你对一些事感到不安的时候，我总能看出来。来吧，说总比听好。"

"嗯，那所房子里肯定有什么不对劲，在库珀太太和库珀先生之间有一种不和谐的气氛。"

无线电那头沉默了一会儿，突然又传来苏的吼声："别停呀，事情远不止如此吧。"

"你应该教别人审讯技巧，你知道吗？可能其中确实没什么。"

"肯定有事。不要再遮遮掩掩了，警长。"

"好了，我只是觉得没道理而已。库珀太太说她在打开书房门的时候吓到了小偷。小偷是从一扇开着的大窗户进来的。那他为什么要跑向库珀太太，还打了她，然后从前门跑出去，而不是快如闪电般地转身从他进来的窗户逃走？"

"小偷都很笨。也许她说的是实话。"

"可能吧。但这仍然无法解释,为什么在他面前放着价值2000美金的笔记本电脑,这个蠢贼却要砸开旧书桌的抽屉。笔记本电脑在普兰菲尔德的黑市上很容易卖出去。"

"确实容易。"苏同意道,"你明天还要出去吗?"

"估计要。明天早上我会带布洛赫一起去录些口供,然后四处看看。别把我说的话告诉她,让她自己去琢磨。她很聪明,我想确保自己不会贸然行事。顺便说一句,你也不要到处瞎说。"

"好像我真会那样做一样,真瞧不起人。"苏说。

"还真会,你那样做过。那次我在停车场抓到彼得森老头一丝不挂地待在车里,旁边副驾驶座上还放着一个充气娃娃。这件事,我还没回到警局,全镇的人就都知道了。"

她没有争论什么,因为她正忙于大笑着回忆此事。

"我要开车在镇上转一圈,看看能发现什么,一会儿就回来。"警长说。

苏关了无线电,巡逻车陷入了沉寂。他伸手去拿无线电,但看到左边的瀑布时犹豫了。

十年前,多尔从瀑布底部的泄洪通道里拖出了一具尸体,那是一个快三十岁的年轻女人。她赤身裸体,在一个漫长炎热的夏天快结束时被发现,身体被水泡得浮肿。她的伤与从山顶上摔下来相符,也与非自然死亡相吻合,但没有人来认领她。没有匹配的DNA,没有足够的牙齿来进行牙齿比对,而且据他所知,她和当时失踪人口的照片也不匹配。

她被葬在了市公墓。只有多尔和苏参加了葬礼。

每当多尔路过这里的时候——他并不经常路过,都会默哀片刻,缅怀那个女孩。大多数执法部门应该都会把她的死归结为意外事故,因为没有明确的他杀证据。他们会淡忘，然后继续前行。

关于简·多伊①的档案还放在多尔桌子最下面的抽屉里。他偶尔会拿出来，查一下最新的失踪人口数据库。档案一直是打开的，而且会一直如此，直到多尔查出女孩究竟经历了什么。

00:06

玛丽亚早上5点起床，洗了澡，穿好衣服，踮着脚尖穿过客厅，经过熟睡的丈夫，走出门，钻进车里，开车离开。经过孤独港时，初升的阳光照在挡风玻璃上。这里离海边的下一个城镇约80公里远，但她不需要走那么远。她在一家位于孤独港和希望港之间的通宵营业的餐厅停了下来，准确地说这不过是一辆能坐20个人的拖车，提供的咖啡热得能把牙齿上的牙釉质烫掉，而且不给服务员小费也无人在意。

她拉开餐厅的门，闻到熏肉和煎过头的鸡蛋的味道。柜台旁有两个男人，是来自希望港的拖网渔船工人。餐厅的利润就在于一天中任何时候都能提供的高价劣质食物，如果你恰好在凌晨3点下了船，需要一杯啤酒和一个三明治，你就会来这家孤独希望餐厅。

服务员是一个四十多岁的金发女郎，带着五十多岁的微笑，从柜台后面走出来，引导玛丽亚来到一个角落的位置，那里还有一份像涂了胶水一样粘在桌子上的薄板状的菜单。

"只要咖啡就可以了。"玛丽亚说。

女服务员点了点头，这就是玛丽亚得到的全部回答。她的名牌上写着"桑迪"，桑迪在回收菜单时遇到了点困难，需要使劲将它抠下来。

---

① 法律诉讼女方真名不详时对女当事人的假设称呼，相当于无名氏。

最后，菜单终于"离开"了桌面，并发出了吮吸和撕裂的声音，就像有人在撕开湿尼龙搭扣一样。桌上很快出现了一个杯子和一个茶托，杯子里又很快就被斟满了从瓶中倒出来的热气腾腾的黑咖啡。玛丽亚要了奶油和糖块，可是它们姗姗来迟。我不会给桑迪小费了，玛丽亚心想。

早上6点刚过，达里尔走进餐厅，坐在了玛丽亚对面。他给自己要了一杯拿铁。看到桑迪脸上的表情，玛丽亚忍住没笑。这里只有拿铁、黑咖啡或苏打水了，除此之外什么都没有。

"我一夜没睡。"玛丽亚说。

"我也是。我觉得不舒服。我从没打过女人。你的……"他甚至说不出来。他让自己的话随风而去，只是用手在脸颊上擦了擦。这么做的时候，他无法掩饰脸上厌恶的表情。他昨晚越界了，而且打玛丽亚一巴掌这件事也给达里尔留下了阴影。

玛丽亚伸出手，紧握他的手臂，勉强挤出一个微笑。"没事，是我让你这么做的，还记得吗？事实上，我求了半天你才同意的，很抱歉逼你这么做，但我需要他相信我们编造的故事，没有别的办法。没关系，别再想了。"

"我不能不想。我从没伤害过女人。天啊，我昨晚在地板上踱来踱去，一直在担心你。我真想一拳打在自己头上，你知道吗？"达里尔说。

"我觉得你感觉这么糟糕挺贴心的。我很抱歉，我再也不会逼你伤害我了，我会补偿你的，我向你保证。"玛丽亚说。

"你问过他关于抽屉的事吗？"达里尔问。

"他什么也没说，但我看得出他很紧张，他知道抽屉里有他的秘密，最重要的是他没有怀疑我。警察来了。他们将这件事视为入室盗窃。"

"所以,你受了这么多罪却一无所获?"

玛丽亚不自觉地抚摸着自己的侧脸。肿胀消了,但脸颊上还红着。达里尔低下头,避开她的目光,喝了一口咖啡,然后盯着桌子。玛丽亚因强迫他打自己而感到内疚。就他的体型和力量而言,达里尔真是一个甜心——几乎是一个天真无邪的孩子。玛丽亚赶走了那种罪恶感,取而代之的是达里尔温暖的棕色眼睛,她意识到拥有他是多么幸运。

"并不是一无所获,"玛丽亚说,"他没有怀疑我,而是认为有人破窗而入,弄坏了抽屉。仅这一点就值了,但……"说到这里,她沉默了,又摇了摇头,嘴唇颤抖着。透过肮脏的窗户,她凝视着外面的道路。最后,她深吸了一口气,镇定下来继续说下去。

"我问他为什么有人要撬开他的抽屉。他什么也没告诉我。我做了很多暗示,但他就是不肯说。我想让他告诉我,这是把一切都敞开说出来的绝佳机会,但是他一个字也不肯说。"

玛丽亚双手捧着杯子,盯着里面看。她手中咖啡上形成的油腻薄膜不会告诉她答案。她曾经爱过保罗,这一点她在恋爱初期就感觉到了。他们在一起的时间越长,保罗就越成熟,就像他的肩膀上压着一个重担,而他和她在一起每多一个小时,这个重担的重量都会减轻一点:他笑得更多了,更加放松,更加自我,然而这个重担从未真正消失。她曾以为,假以时日,重担是可能消失的;她也以为爱可以征服一切,以为保罗最终会让她融入他的生活、他的过去、他的梦想。当这种情况没有发生时,玛丽亚不再试图转移更多的重量。保罗总是不在她身边——他去参加营销会议,去见客户,或者在他那条船上。达里尔没有被什么重担压着,也没有什么不能分享的秘密,他很坦率,很诚实,而且不求回报。

玛丽亚意识到她无法令保罗解脱。解铃还须系铃人,当他一次又一次地把那些冰冷的障碍放在眼前时,玛丽亚停止了尝试。

早上开车来餐厅的路上，玛丽亚意识到，自己不再对她和达里尔的关系感到内疚了，这种感觉比以往任何时候都好。她的丈夫就像是另一个人，假装和玛丽亚结为了夫妻，一切仅此而已——逢场作戏。现在玛丽亚不用再假装和他在一起了。玛丽亚已经决定，自己陷入的这场烂戏必须结束。看到保罗当着自己的面撒谎，她感到恶心，她再也不想在这场婚姻大戏中继续扮演自己的角色了。

必须有个了结。

达里尔在座位上不安地动了动，问："你打算怎么办？"

玛丽亚微微一笑，说："就现在而言，我想让保罗相信他已经被发现了，让他紧张不安，看看他会怎么做。等他醒来走到外面时，他会大吃一惊。他自己开着那辆价值 9 万多美金的意大利跑车到处跑，却让我开一辆 4 年车龄的尼桑，每周只给我 300 美金用于房子维修和生活开支。我曾经认为这很好——你知道，这是他的钱，但婚姻不应该是这样。这种情况必须改变，达里尔，我在那辆车上留了些东西，希望能把他吓得屁滚尿流。"

00:07

疼痛顺着保罗的脖子往上蹿，把躺在沙发上的他疼醒了。阳光已经洒满了整间客厅，他一睁开眼睛，立刻就被阳光刺得眼前一黑。他坐起来，眨了眨眼睛，眼前的黑斑渐渐消失，接着他摸了摸脖子后面。一些垫子散乱地放在他身旁的地板上。一定是他在夜里碰倒了，把它们从沙发上撞了下去。这就解释了他脖子痉挛的原因。

他刚开始睡在楼下，以防闯入者回来，但几个小时后，他把枪放回书房，然后顺势躺在沙发上，不想面对楼梯。

他还穿着前一天晚上的牛仔裤和 T 恤。衣服皱巴巴的，散发着汗味。因为前一天晚上没有刷牙，他的嘴里充满了不太美妙的味道。洗个澡换身衣服就好了。不过在那之前，他要先喝杯咖啡，再抽根烟。咖啡在左，香烟在右，他两者都需要。

他的笔记本电脑包里有一个带拉链的夹层，里面装着一盒软包装的骆驼牌香烟和一个打火机。他用机器煮了一杯浓缩咖啡，端出来放在门廊上。时间还早得很，玛丽亚通常要到 10 点左右才起床，因此他有时间在外面偷偷抽根烟。尽管玛丽亚已经知道他偶尔还是会抽烟，但他总是否认，而她也从不相信他的辩解。他喜欢这样，如果玛丽亚觉得她在自己偷偷吸烟的问题上更胜一筹，那么她做梦也不会发现他的另一种生活则给了他更多的满足，他想让玛丽亚相信她看透了自己。

他一边抽烟，一边回想着昨晚发生的事。也许他过早下了结论，在阳光下，一切都显得不那么凶险了。有可能就是个小偷，如果这只是一个普通的小偷，即使他拿到了银行对账单，也不会对他造成特别大的伤害，至少目前不会。小偷当然不能取走他的钱，也不能拿他的银行信息做任何事，账户在开曼群岛，有密码保护，万无一失。

他喝完咖啡，上楼去看玛丽亚，发现床是空的。他检查了浴室，叫了她的名字，然后在房子的其他地方转了一圈。她出去了。他突然想到，也许她是早起去海边游泳了。她很少这样做——只有在她头天晚上睡得很香的时候。她喜欢独自在海滩上。早上那里没人，她可以独享整片沙滩。他从后门廊望向外面的海滩，距离大约 300 米。沙滩上没有毛巾，没有人在晒太阳，在他目之所及，也没有人在水里。保罗转过拐角走到房子前面，发现她的车不见了。他正要转身回去冲个澡，突然潜意识里有什么东西"阻止"了他。眼前的景象有些奇怪，他的大脑已经意识到，但还没有完全处理好。

他回头看了看车道，看到了第一眼几乎没有注意到的东西。

他那辆汽车的雨刷下面夹着一个白色信封。保罗没有动，相反，他环顾四周，检查着车道旁的灌木丛和高大的草丛。有人留了纸条，不是玛丽亚，她从不留纸条，即使她怒气冲冲地走了，也不会动笔给他留纸条的。如果玛丽亚想给他留言，她会发短信或打电话，把她的愤怒用大写字母拼出来。把信封放在这里真的很奇怪，小偷们通常会偷偷溜到房子里，从门缝里塞进去，或者放在车道顶端的邮筒里。然而这个小偷不按常理出牌，他把它放在了汽车挡风玻璃上。保罗的大脑根据概率和经验进行了即时计算，然后在几秒钟内就把其中的大部分猜测排除了。把纸条留在雨刷下无非有两个原因，一是小偷想确保只有他看到了这张纸条，也许小偷是在玛丽亚走后才把它塞到这里的；二是小偷想确保看到自己打开信封，此时的他或许就在周围的灌木丛里观察着。

这个想法使他如遭雷击，只剩下眼睛在动。他慢慢地把周边每根草都仔细地看了一遍，每一座小山，每一块巨石，然而什么都没有。他又把注意力集中到远处的一点上，让他的周边视觉尽可能地捕捉周围运动的物体。这个做法没有成功，从海面上吹来的微风似乎在有意地反复轻柔地搅动每一片草叶。

他摇了摇头，走向他的玛莎拉蒂。他的脚底摩擦着圆形的砾石，声音似乎比平时的大得多，就像警钟一样。草在微风中摇曳，没有人站起来，也没有人露面。他意识到这种感觉愚不可及。他的恐惧和焦虑使他的思想混乱不堪——他大脑内的每个神经元仿佛被激活，恐慌和肾上腺素随之激增。

他走到车前，盯着挡风玻璃，抓起信封，几乎同时，巨大的轰鸣声和嘎吱声响起。来不及思考，他的身体就做出了本能反应——蹲下。

"那是什么鬼东西？"他捂着头，连想都没想，甚至都没意识到自己说了什么。这句话和最初吓了他一跳的声音一样令人吃惊。

很快,他抬起头,看到一辆警车向他开来,停在离他的头只有几十厘米的地方。在V8发动机①熄火前,司机一定是踩了踏板最后一脚,同时发动机再次发出一声怒吼。

保罗扶着玛莎拉蒂站了起来,而那辆警车先是主驾驶的门开了,接着副驾驶的门也随之打开。

多尔警长砰地关上了主驾驶的门,从引擎盖上看了看副驾驶的乘客。那是一个身穿警官制服的女人,留着黑色的短发,有些地方的头发"一飞冲天",凌乱却不失时尚。她比警长高一点,这不难看出。保罗身高约一米八五,昨天晚上和警长站在一起的时候比警长要高得多。警长和警官都戴着飞行员太阳镜。很快,两人不再凝视对方,开始打量起周围的环境。

"我们吓到你了吗?"警长问。

保罗一边含糊地说着"没有",一边把信封塞进牛仔裤后面的口袋里。

多尔警长又说:"你看起来确实很害怕,看到我们来的时候你迅速躲了起来。"

保罗恢复了足够的冷静,现在可以做出得体的回应了,他想他最好把事情直接说清楚。

"不,不,你只是吓了我一跳。我还没看到你的车就躲起来了,因为噪声。而且,你知道,昨晚的事还是让我有点害怕。"

"嗯哼。"多尔说。

警官大步从他身边走过,一言不发地从敞开的前门走进屋子。

"啊,一切都好吗?"保罗问。

---

① 是内燃机的汽缸排列型式之一。8个气缸分成两组,每组4个,成V型排列。是高级汽车中最常见的发动机结构。

"当然，"多尔走过来，站到玛莎拉蒂旁的保罗身边时说，"那是布洛赫警官。她只是想看看那扇窗户。你妻子在家吗？"

"啊，没有。她出去了。"

"我也是这么认为的，没看见她的车。她去买东西了？"

"有可能。嗯，我们是不是该进去，然后——"

"不了，"多尔说，"布洛赫最多几分钟就会出来，只是个形式而已。你不介意我询问一些细节吧？"

他从腰带上的口袋里掏出一个笔记本和一支笔，接着把笔记本翻到空白页，开始在上面写下蓝色的字迹。

保罗给出了他的全名和出生日期。多尔用流畅、整洁的字迹慢慢地、仔细地写下每个回答。

"昨晚你妻子打电话来时你在哪里？"

"我刚把船开进码头。"保罗说。他不想让任何人知道自己的公寓。那可能会传到玛丽亚的耳朵里。

多尔从笔记上抬起头来，左嘴角张开，露出闪闪发光的假牙。即使戴着墨镜，保罗也能看出多尔很难直视他的眼睛。太阳照在保罗的左肩上方，灼烧着多尔警长的脸。他能看到那副眼镜反射出的明亮耀眼的阳光。

"你说你的船叫什么来着？"多尔问。

"我不确定我以前有没有告诉过你，没关系，它叫克拉伦斯号。"保罗结结巴巴地说。

"什么时候？"

保罗向后退了一步，他的影子投在警长的脸上。

"什么意思？你是问我什么时候登的船，还是问玛丽亚什么时候给我打的电话？"

也许是灯光的缘故，保罗觉得他看到多尔的胡子在嘴角抽动。尽管保罗问了一个问题,而不是给出一个答案,他看到多尔还是写下了他说的每一个字。

"都问。"多尔说。他用手背擦了擦嘴,把笔尖落回纸上,准备记下对方的回答。

"确切地说,我也不知道。只过了1分钟左右,也许更久,然后玛丽亚就打电话给我了。"

"你带手机了吗?"

"我带了。"保罗没想出什么更好的回答来,就如此说道。他把手伸进前口袋里拿手机,犹豫了一下,想确定这是不是一个明智的举动,然后发现自己别无选择。他把手机拿出来,对着多尔挥舞。

"让我记下她打的电话和你的号码。"多尔说。

他翻看电话记录,找到了打来的电话,给多尔看了,多尔做了个记录。

"请问你的号码是多少?"多尔问。

保罗凭记忆说了出来。

"你四处仔细看了吗?有什么东西不见了吗?"多尔警长问。

"我确实四处看了看。不过什么也没被拿走。"

警长做完笔录,边收笔记本,边说道:"库珀先生,你知道有谁会想伤害你或你妻子吗?"

"没有。我记得你昨晚问过我这个问题。"

"确实问过,但我怕你昨晚没想清楚。"

"我的回答仍然是没有。"保罗交叉着双臂说道。

"好的。你最近有没有注意到什么不寻常的事,也许是路上停着的车,也许是沙滩上一张普通的新面孔?"

保罗感觉后口袋里的信封在自己的牛仔裤上"烧"了一个洞,但他还是强装镇定地想了一会儿,然后说:"据我所知,没有。"

身后传来坚硬的鞋底踩在砾石上的声音，保罗转过身来，看见布洛赫警官离开了房子，一言不发地从自己身边走过，坐回了巡逻车里。

"嗯，我们就到此为止吧。"警长说着，把他的帽子向保罗歪了一下。孤独港的人们通常不愿交谈。他们说了该说的话，然后就闭口不言了。因此，当多尔警长回到他的车里，从车道上倒车出去，向东返回小镇时，并不使人感到意外。

V8发动机像打雷一样消失在远处。保罗从后口袋里抽出信封，打开了它。里面只有一页纸，折叠了两次，上面的文字用的是大写而且是手写的。

我知道你是谁
勒博先生

保罗把信折起来，塞回信封里，转身回到门廊。香烟被放在了摇椅旁边的小桌子上。他先是用颤抖的手指点燃了一支新的骆驼牌香烟，接着把打火机的火苗移到信封上，点燃了它，并看着它燃烧，最后把冒着烟的信封扔进沙桶里，一直看着它变成了黑灰，在微风中飘荡。

他知道这不是巧合。不单纯是小偷，他被发现了。作为回应，他能做的只有一件事，他需要帮助。还有一个人知道他的秘密，她可以帮忙。

保罗在手机上打出一封电子邮件，点了发送键。

一缕灰烬被海上疾驰的西风吹起，掠过他的脸庞。他想起了一辆熊熊燃烧的蓝色丰田凯美瑞，在漆黑的夜色中散发出火红的光，发出尖锐的叫声。他眼见着汽油箱爆炸，地狱随着光亮降临。那时，他的眼睛映着火焰，脸上的皮肤因热度而变得又硬又紧，烟味在他的头发和手上久久萦绕，最让他难忘的是后备厢里的声音。

砰砰砰。

那天晚上,他告诉自己,那声音是火焰烧碎玻璃和车内塑料发出的。是的,他很确定,或者说他说服自己接受了这个解释。不可能是后备厢里的人,他已经死了,他确定是死了。

他的恐惧在那场大火后消失了。

现在,恐惧就像浴火重生的凤凰一样,飞回了他的身体。

如果他想活下去,要么杀人,要么被杀。除此之外,别无选择。

匿名是要付出沉重代价的。

急促的电话铃声打断了他的回忆,是他口袋里的电话响了起来。他瞥了一眼,联系人被备注为"水电工",这么做是为了防止玛丽亚起疑心,查看他的通讯录。保罗滑动屏幕接听了电话。

"你还好吗?"那声音问道。虽然电话是一个女人打来的,但声音低沉,每个字听起来都很沙哑,就好像她喉咙里有烟,然而,不知怎的,这声音在保罗听来,很是抚慰他的心灵。

"不,我不好,约瑟芬,我被发现了。"

00:08

"库珀夫人谎话连篇。"布洛赫警官说。

多尔警长从库珀家的海滨别墅开车回镇上时,布洛赫安静得甚至连呼吸声都听不到。他们左转进入枫树大道,在接近街角的警长办公室时,布洛赫决定谈谈了。多尔摇摇头,把车停在后面的停车场里,咬紧牙关。布洛赫平时话并不多,她会花时间把事情想清楚,不闲聊,也不说"你好""再见"或"谢谢",但当她开口说话时,你可以肯定她有事要说,而且人们通常会好好听。

他轻踩刹车,转向她。

"你在进门的头30秒就明白了这些。拜托,我大老远开车过来就是为了让你跟我说点什么的。我听到的都是谎话,我没获得的信息到底是什么?"

布洛赫避开多尔的目光,透过挡风玻璃凝视着外面。多尔确信她能感觉到自己在盯着她看,他是故意这样做的——试图让布洛赫在尴尬的压力下发言。布洛赫不介意尴尬的沉默,她本身就是一个行走的"尴尬的沉默"。

"我从门廊和楼上卧室的窗户看了那高高的草丛。如果有人曾躺在那片围着库珀家的海滨别墅的草地上,那现在就应该还能看到地上的洼地和被压扁的草丛。但是草地上没有脚印,我什么痕迹都没看到,也就是说,昨晚没有人从海滩上接近那所房子。"

"嗯哼,其余的呢?"多尔问。

"正如你知道的,书房的玻璃窗碎了,从外面被打破,地毯上有玻璃残碴。门廊的窗户上共有十二块玻璃,闯入者打破了最靠近插销的那块玻璃。插销真的很小,你只能从房子里看到它的位置。"布洛赫说。

多尔没有注意到这一点。这进一步证明,他去年聘用布洛赫是正确的选择。当时,他面试了五位来自不同县的警官。梅丽莎·布洛赫是其中最没有经验、最不合适的,除了一封来自纽约的热情洋溢的推荐信外,当然她的上级给她的推荐信也是最差的,而且她和任何人都相处得不好,尤其是和多尔警长。在她的面试中,她只给出了简短、单调的回答,全程没有微笑,性格就像一只死气沉沉的浣熊。为了缓解尴尬,多尔翻看了一下她寄过来的履历,找到了推荐信。她当时在纽约,驻扎在第十四分局,想要离开那里。推荐信的最后一行引起了他的注意。

布洛赫是名很优秀的警察,聪明、勤奋、敬业,只是有点过于安静了。

多尔对此表示赞同。他和死亡两天的尸体交谈都比和布洛赫交谈容易。最终他提前10分钟结束了面试,这样他就可以把她从办公室里请出去。她让他感到很不舒服,多尔猜她让每个人都不舒服。

"好吧,等我们的消息。"多尔站起来伸出手说。

他记得有那么几秒钟,布洛赫就那样毫无反应地坐着。然后,她站起来,紧紧地抓住多尔的手,把他拉近,并低声说:"你身后的那幅画挂反了。"

之后,她松开了他的手,点了点头,离开了。多尔转过身来,盯着他身后墙上那幅装裱好的达利的画:一只表盘上有罗马数字的时钟,在沙漠中央的一张看不见的桌子上融化,周围是奇怪的形状。那幅画在过去的五年里一直那样挂在墙上,那是他在阿尔伯克基市的妹妹送他的生日礼物。天知道在过去的五年里进出过他办公室的有多少人,其中一些人甚至还评论过那幅画,但她是唯一发现问题的人。现在,多尔注意到时钟确实上下颠倒了,他被周围那些引人注目的、畸形的图形吸引住了,而忽略了罗马数字。于是,他在画下面放了把椅子,站上去,把画从墙上拿下来,转过来,又挂了回去。回到地上后,他退后几步,重新审视眼前的画作。他的胡子抽搐了一下——这东西朝上看起来更奇怪了,但画作并不重要,布洛赫很重要。多尔从不忽视自己的直觉,所以聘用了她。自从她开始工作以来,她和他只说了大概500个字。

但她说的每个字都很重要。

我应该注意到窗户的插销的,他想。闯入那所房子的人不管是谁,以前肯定来过那间屋子。

"你觉得玛丽亚·库珀的故事怎么样?哪些是谎言?她惊扰了闯入者,被袭击,然后闯入者急忙向前门逃去?"多尔问。

他不需要她回答。她盯着他,摇了摇头:这些都不是真的。

"嗯哼。"多尔说。

他们下了车,穿过直通后方的安全门——这扇门通往拘留室,今天没有"客人"进监狱——又从另一扇安全门穿过牢房区,进入了警长办公室。苏坐在咖啡机前,从圆形水瓶里给自己倒了一杯咖啡。她身材矮小,体形匀称,腰身浑圆,一头鬈发。她既热情又令人敬畏,但大多数人都觉得她比较亲和。她的粉红色衬衫垂到膝盖处,多尔当然给她订了一套制服,但它仍然待在塑料包装里,安全地存放在她的储物柜里。她告诉他,她不喜欢。

"你抓住那个幽灵似的小偷了吗?"苏问。

多尔说:"他很快就会被逮捕。"

他扫了一眼一排排的桌子,走到布洛赫的桌前。除了文件和邮件托盘,他还看到桌上放着一本J. T. 勒博的小说。当地的书店每天都在大量地卖着J. T. 勒博的书,似乎无论他走到哪里,总有人把头埋进J. T. 勒博的书里。他不喜欢神秘感,多尔总能预见到书中反转的到来。

警长办公室只不过是用玻璃隔出来的一小块区域。除了麦凯恩①和奥巴马的照片外,他的办公桌上几乎没有其他私人物品。照片旁边放

---

① 约翰·麦凯恩三世(John Sidney McCain III,1936年8月29日—2018年8月25日),苏格兰、爱尔兰裔美国政治家、共和党重量级人物,曾任亚利桑那州资深联邦参议员,属于党内的"温和派"。2000年,麦凯恩在美国总统选举中曾经角逐共和党的提名,但被乔治·沃克·布什击败。2007年宣布参加2008年美国总统选举,并在初选中迅速击败党内对手,成为共和党总统候选人,最终在与民主党的奥巴马参议员的对决中落败。

着一台打开的笔记本电脑,文件夹里没有文件,桌子后面的墙上挂着达利的版画。

　　一把价值500美金的矫形椅承受了多尔的体重,他按了一下扶手上的按钮,启动了对他腰部的振动按摩。他总是开着办公室的门,除非他正在会见客人。多尔喜欢和他辖区内的人们交谈,并努力使他们在与自己交谈的时候有宾至如归的感觉。突然,他的脚擦到了一份又薄又破的档案。

　　是那份无名氏的档案。

　　十年前,她被几个徒步旅行者发现,当时她正漂浮在他们下方的水道中。他们绕过山脊,好不容易搜到了手机信号,于是赶紧给多尔打了电话。开车去那个地方的情景历历在目。那天早上,天空阴云密布,每隔一小时左右就下一阵小雨,但都持续不久。老警长卡车上的雨刷一路都在吱吱作响。他开上海岸公路的时候,当地广播电台正在播放"动物"乐队①的《日升之屋》。在开车的过程中,他预想着到达现场时可能会有的发现,但尸体并不在他的预期里。他在想所有可能进入那里的、看起来像一具尸体的东西,垃圾袋、原木、旧衣服、管道。孤独港已经三十年没发生过谋杀案了,还有自杀。

　　当他到达时,等在那里的徒步旅行者把他带到一个可以俯瞰水面的地方。

　　雨又下起来了,泄洪道的水面随着大雨起舞。当多尔意识到徒步旅行者没有搞错时,大雨模糊了他的视线,还在他的脖子后面敲起了

---

① "动物"乐队(The Animals)是60年代初兴起于英国的节奏布鲁斯舞台上的最重要的乐队之一。在英国摇滚乐"入侵"美国的第一次浪潮中,"动物"乐队是仅次于"滚石"乐队的以节奏布鲁斯为基础的乐队。他们所处的年代正是所谓的"英国入侵"时代,众多来自英国的乐队占据了美国的音乐舞台。在那次改变了美国摇滚音乐格局,甚至改变了整个摇滚音乐发展走向的运动中,"动物"乐队一直是一股重要的力量。

沉重的鼓。

一个死去女人赤裸的尸身在水里轻轻地摆动。

多尔掐断了这段回忆。办公室太安静了，很容易让人陷入不好的回忆。

电话没有响，办公室里没有人说话，只有苏手中汤匙碰到咖啡杯沿发出的叮当声，以及空调发出的柔和的嗡嗡声。多尔把手放在脑后，仰靠着矫形椅，然后大声叫苏到办公室来。

她走了进来，关上了磨砂玻璃门，在警长对面坐了下来。

"不给我来杯咖啡吗？"多尔问。

"你自己去拿。"苏灿烂地微笑着说。

"我要你四处打听打听，尽可能多地了解一下库珀一家的情况。镇上的人你都认识，必须有人跟这些人走得够近，才能获得我们需要的背景资料。别提非法闯入的事，据库珀先生说，他没有东西失窃，任何报社打电话的时候，你都这么说。我们最不希望看到的就是媒体到处报道这件事，不然就会有500个房主在床头柜上放着AK-47自动步枪。"

"你采集指纹了吗？"苏问。

"做这个没有意义，我们只会发现房子住户的指纹，没有小偷会留下指纹。采集指纹只会浪费时间和资源，然后让案情回到原点。"

苏的目光投向地板，又喝了一些咖啡。这个动作对多尔来说，就像她心里藏着什么秘密，而她把咖啡往喉咙里倒，就是为了阻止这个秘密从她嘴里蹿出来。

"跟我谈谈。"多尔说。

他像是打响了发令枪。于是一连串的观点和问题以一种高音调、甜美的南方拖腔发出。苏说得很快，而且她的措辞非常完美。

"只是破了一扇窗户，不是吗？什么也没被拿走。也许库珀太太是在编造关于小偷的事,但那又怎样?这并不是犯罪。也许这是在浪费警察的时间,但是管他呢,亚伯拉罕,我们有的是时间可以浪费。我想这就是我们在这里要做的事情。从你在泄洪道里发现那个女孩的那天,到现在差不多十年了,别以为我没注意到。我担心你把球扔进这个破窗框里,只是为了不去想那个可怜的女孩,要我说,要不我们去见牧师吧——"

"不,不,不。听着,不是那么回事。"多尔说,"有些事情并不完全合理。我不知道那房子里发生了什么。我不能确定有没有小偷,甚至不能确定是否真的有人闯入。但我知道我看到了什么。我看到一位女士的脸被打了。这就够了,苏。而且,在我搞清楚到底发生了什么之前,我是不会善罢甘休的。"

00:09

卫星导航系统显示这段旅程需要 71 分钟。事实上,玛丽亚花了将近 2 个小时才到达目的地。洛马克斯城和玛丽亚以前去过的其他城市都不一样,它更像一个中等规模的城镇。20 世纪 70 年代,赌场、金属厂和两座大型浸信会教堂为争取城市地位而进行了艰苦的斗争。最后,赌场的钱进到州议会的口袋里改变了局势。但现在那些都不重要了,那家金属厂已经关闭了;由于现金短缺,赌场很快也会步其后尘。然而,那两座教堂在周日仍然挤满了人,尽管他们的捐款盘比以前更嘈杂了,硬币的叮当声取代了钞票落在盘子里的沙沙声。

玛丽亚在一个十字路口停下车,对着告诉她已经到达的卫星导航系统骂了几句。环顾四周,目之所及只有一个看起来已经关闭了的加油站和对面应该已经关闭了的购物中心。这条商业街里有一家干洗店，窗户被刷成了白色；还有一家小银行，破窗户上伸出一个停车标志。在小银行旁边，她看到一个褪色的指示牌，那里可能就是她要找的地方。

中午路上没有车辆，她开车穿过十字路口，之后在路边停好车，下车，走到商场的最后一个单元楼。果然，她找到了。

执业律师，以西结·大卫。

架这个指示牌在十年前要花一大笔钱，但它现在已经有很长一段时间没被清理过了，青苔和阳光把上面的字侵蚀得很厉害。窗户的百叶窗拉上了，她不知道里面是否有人。她打开门，头顶上响起了铃铛声。玛丽亚此时站在等候室中，地面上覆盖着棕色瓷砖，地上有几把可折叠的塑料椅。房间中央的一张桌子上堆满了发黄的报纸和杂志，它们的书页都卷成了扇形。

等候室另一端的门开了，一个膀大腰圆的高个子男人走出来迎接她。

"是厄斯金夫人吗？"那人问，声音听起来像是从隧道里钻出来的。

"是的，珍妮特·厄斯金，"玛丽亚说，"你一定是大卫先生吧。"

以西结·大卫的头像一块石碑，额头很宽，充满了皱纹，就像是大峡谷中不同层次火山岩的视觉表现。沿着额头上的那些厚厚的皱纹往上，是他光秃秃的脑袋，他的脑袋圆得那么完美，反而使他那令人印象深刻的眉毛上方的脂肪凹痕更加突出。他没有脖子，只有躯体。这是一个多么奇特的身体啊！看起来就像有人在台球桌中间放了一个沙滩排球，把台球桌的一端竖起来，然后用一件廉价的衣服把整个台球桌盖住。

他的灰色西装裤下露出一双穿着闪亮黑鞋的秀丽的脚。玛丽亚无法掩饰她的惊讶，他的脚是怎么支撑住面前这个大个子的身体的？

"请进来。"以西结说。

如果这个男人的块头已经让她觉得不可思议,那她更没准备好接受他杂乱办公桌后面那把办公椅的大小。它看起来更像是一个用来给欧洲皇帝加冕的宝座。然而,当他把他那硕大的屁股放在上面时,它仍然在吱吱作响地呻吟着。玛丽亚坐在他对面,隔着两沓马尼拉纸文件盯着他。

"我想你是在考虑离婚吧。"以西结用一种实事求是的口吻说道,一点同情的语气都没有。玛丽亚猜测他把离婚当作一种昂贵的商品来推销——一种让人渴望并为此付出代价的东西。

"现在我只想知道我有哪些选择,还有这些资产将如何进行分割。"她说。

"没问题。我可以给你做一个概述,但仅此而已。每个案例各不相同,总有争论和妥协,所以,我需要先知道一些个人信息……"他说着并开始写下玛丽亚给他的名字。

"地址?"以西结问。

"先不了吧,"玛丽亚说,"还没到时候,我只想得到一些普适性的建议,我是个非常注重隐私的人,但我可以先付你一小时的钱。"

玛丽亚打开钱包,拿出两张百元大钞放在桌上。以西结放下笔,双手交叉,看着桌上的现金。

"你告诉我的一切都是保密的。受律师与当事人的秘匿特权保护。"以西结说。

"大卫先生,我只想得到一些普适性的建议,但如果不行的话……"她故意拖长了语调,同时把手伸向桌上的钱。

一个上面有五根肥大手指的"肿块"砰的一声落在钞票上。玛丽亚笑了笑,靠在椅子上。

"我可以给你一些普适性的建议。但由于你先付了钱,所以若我们的会面不到一个小时,请你原谅我。"他说。

"没关系,只要我能得到答案就行。"

"你想知道什么?"以西结问道,随即收起现金,放进了他的夹克里。

"我丈夫一直瞒着我藏钱。我不能再相信他了。如果他隐瞒了……嗯,那他还会隐瞒什么?我觉得我有必要结束这段婚姻了。你觉得我处在有利的位置上吗?"

以西结的喉咙里发出一声同情的呻吟。他摇了摇头,发出啧啧的声音,这已经是他能提供的全部的客户关怀了。

"你们有婚前协议吗?"

律师的第一个问题就使玛丽亚不知所措起来。她的嘴动了动,但没有说话。在他们结婚之前,保罗坚持要签订婚前协议来保护她。他说,如果发生任何事情,那笔钱将足以供她生活,并确保他无权得到她的任何收入。起初,玛丽亚没有理会,后来虽反对,但还是签了名还给了他,也没有留下一份副本,并且从那以后就再也没想过这件事。事实上,直到片刻之前,她都不记得它的存在。在婚礼前的那些日子里,她从没想过将来自己会离婚,她以为自己找到了真命天子。本以为协议是用来保护她的,没想到结果恰恰相反,却是保护他的。现在想来,那份婚前协议就像一道旧伤口,一个她一直没注意的小伤口,可是待到她意识到它的危害时,已溃烂化脓。

"是的。我们签了婚前协议。"她小声说。

"你有副本吗?"

"没有,但我在签字前看过。那是很久以前的事了,细节我不太清楚了。我都忘了这件事了,是你刚刚提起,我才想起来的。"

"谁写的,是你的律师,还是他的律师?"

"他的。"

大个子律师用枕套大小的手帕擦了擦鼻子，说："虽然很遗憾，但我还是得告诉你，婚前协议很可能有利于你丈夫。如果不是专门为了保护他秘密存在另一个账户里的钱而设计的，那我才惊讶呢。看起来情况不妙啊，厄斯金太太。"

玛丽亚不会轻易被劝阻，她已经给出了仅有的200美金，现在，她想让她的钱发挥它应有的价值。

"但我听说过婚前协议被驳回的情况。我要是知道真相就不会签了，他对我撒了谎。"她说。

"这是一个争议点，这个争议点可能不会给予我们太大的支持，但这确实是我可以提出的一个点。问题是婚前协议被宣布无效的可能性微乎其微，我不确定你是否能借此大发一笔财。"

"什么？我要怎么做？"

"我猜你们俩都住在这个州吧？"他问。

"是的。"

"有孩子吗？"

"没有。"

"你丈夫知道你发现这些了吗？"

"不知道。"

"这笔钱存在他个人名下的账户里吗？"

"是的。"

"我明白了。在这个州，关于财产分配的法律已经相当完善了。除了他藏起来的钱，他还有什么资产？"

"房子在他名下，他还有一艘船，当然还有一个联名账户，还有我们的车，但是他一直瞒着我藏起来的钱比这些东西都值钱。"

皮椅上传来的"尖叫声"把玛丽亚吓了一跳。以西结在椅子上向下摇晃着，降低了重心。他望着天花板，气得两腮发胀。

"房子和那艘船是在结婚期间买的吗？"

"房子是，船不是。"

"你有工作并为婚姻做出经济贡献吗？"

玛丽亚摇了摇头，叹了口气。她知道这个男人想给她尽可能多的建议，但她不感兴趣，她心里只有一件事。

"在婚姻初期，我做出了贡献，但现在没有了。我已经有一段时间没工作了，他负责还房贷和所有的账单。听着，我对这个没兴趣。我想要知道的是，关于他藏起来的钱，如果我们能让婚前协议作废，离婚时我能分到一份他的隐秘财产吗？"玛丽亚问。

"我不想知道钱是从哪儿来的。我怀疑你丈夫很可能不愿意在离婚诉讼中承认那笔钱为单身时所有，因为那样国税局或其他当局可能会对那笔钱感兴趣，所以，你丈夫会想把那笔钱藏起来。或许我们可以利用这一点，帮助你获得其中的一小部分。州法律规定，在婚姻存续期间，一方获得并保留在其名下的任何财产仍然属于其财产，而不属于婚姻财产，不需要公平分割。"

律师说得很快，快到玛丽亚不能完全听懂他说的话。

"对不起，你的意思是，如果我和他离婚，我就拿不到他账户里的那笔钱了？一分也拿不到？"

"一分也拿不到，除非你威胁他说要曝光那笔钱的存在。当然，如果钱是合法持有的，那么你就玩完了，彻底输了，一分也拿不到。"

"什么乱七八糟的——"

"这就是律法，"以西结打断她说，"你们结婚之后，你的配偶可以获得特殊的资产，离婚时，他仍然可以保留那些资产，就像他婚前赚的所有钱一样。"

玛丽亚闭上眼睛，用手掌捂住前额，深吸了一口气。

"绝不能让这种事发生。"她说。

她坐在椅子上，感觉地板在颤抖，就像在她身下移动一样。她不知道是该吐出来还是抓紧椅子不让自己掉下去。最奇怪的是，玛丽亚突然意识到了这一点——她就像站在角落里看着自己的身体一步步陷入恐慌。她能感觉并看到自己脸颊上的泪水。她的脸像白纸一样苍白，像厚塑料一样坚硬。她的双腿在颤抖，视线模糊，嘴唇紧缩又干燥。

现在，以西结的房间就像一个过山车，玛丽亚从这个看起来一点也不关心她情况的大个子那里得到了一些力量。他看上去很无聊，大部分时间里，他可能都坐在那里，看着一个接一个的离婚客户走进他的办公室，抱怨、哭泣，然后离开。

"我给你倒杯水。"他说，然后费了好大劲从椅子里站起来，走到办公室角落放置的那台饮水机前，给她倒了杯水。那是一个看起来像圆锥体的杯子，玛丽亚接过后一口喝了下去，由于太急，以至于洒了一些在脸上。她恢复了一些对自己声音的控制。

她用长而急促的气息说话，几乎是一字一喘："我……一直……好……傻。"说着，眼泪涌了出来。

"不，你不傻，"以西结提高了音量说，"他欺骗了你。他才是那个该受到谴责的人。虽说之前肯定会有一些迹象，但一般人都不会注意到。而且事情往往是这样，不管你是丈夫还是妻子——欺骗、说谎的配偶会用你的爱来保护他们，我已经见过太多了，而受害者总是责怪自己。这部分到此为止。听着，我不是艾迪·弗林，而是个正派的律师。我们可以在法庭上对某些观点进行辩论，但我不能向你保证什么。我充其量也就能协商到他秘密财产的一小部分，不能再多了，甚至可能一小部分都没有，我得事先告诉你。"

玛丽亚点点头，虽然她没听说过艾迪·弗林，但她明白这个男人是在告诉她，她需要一个奇迹才能更好地从这场婚姻中抽身。她感到又一股泪水流下了她的脸庞。

以西结试图说些什么，把她逗笑。通常情况下，当一个女人心烦意乱时，男人们总会通过逗她笑这招，让她冷静下来，而且通常很管用。但是以西结的玩笑越了界，变成了黑曜石般的黑色幽默。

"也许你丈夫会心脏病发作，把一切都留给你。"

玛丽亚的腿停止了颤抖，地板就像踩了刹车般静止下来，那种揪住她不放的感情之爪似乎如烟般随风消逝了。玛丽亚谢过律师，起身离开了。在关上以西结的前门到坐进驾驶座，虽然只有短短的几秒钟，但一切都改变了。她的内心已经做好了选择，即使这些选择不一定能够达到她的预期。

回孤独港还有很长的一段路要开，有很多时间去思考。她没有开收音机，车中一片沉寂，只有汽车的轮胎行驶在柏油路上发出低沉的隆隆声。

她任自己的思绪飘忽不定。

两年前，在2月一个寒冷的周日早上，她和保罗在中央公园共度了一段美好的时光。那天，他们在她的公寓里睡到很晚，旧暖气片散发出不多的热量，而他俩谁也不想离开床去打开电暖器。相反，他们在那天早上做爱，且一段时间内迷失在彼此身上。一切尽在不言中。那是她第一次感觉和一个人如此亲近。事后，他们穿好衣服，到莱克星敦大道的布鲁姆熟食店吃了煎饼，然后打车去了中央公园。他们坐在长凳上，看着在池塘上滑冰的人们，戴着手套的手紧紧握在一起。整整一天，他们几乎没有说过话，因为没有必要。

"这是我这么久以来度过的最美好的一天，我很抱歉有时候忽视了你。过去那些我不能说的、我不想说的事情，有时会纠缠着我，对此我很抱歉。我爱你。"保罗说道，眼神既真诚又热烈。

玛丽亚全身心都感受到了他的爱。她把这个男人从痛苦中解救出来，给了他生命，现在他将永远属于她。他是个好人，仍然很文静，

但他似乎不再躲避生活，也不再躲避她了。

但她并没有完全治好他，从来都没有。

自从离开纽约搬到孤独港的房子里照顾家庭以来，玛丽亚一直是孤身一人。即使当他和她在一起的时候，他的心也在别的地方。她有一种挫败感，源于自己的失败。为什么她不能让他敞开心扉呢？为什么他总是要离开自己？为什么他所有的时间里都要把自己锁在书房里呢？这些问题现在有了一个简单的答案——他的生活里有一个秘密。他的过去不是什么巨大的悲剧——那只是一个烟雾弹，为了不让玛丽亚问太多问题。

保罗从一开始就对她撒了谎。

她知道自己不是一个失败的妻子，保罗的疏远并不是她软弱或失败造成的，只是因为他在扮演另一个人。

然而，那种伤害依然存在，那种伤害驱使她去找达里尔。

"自私的混蛋！"她大声说，在车里对她自己说，她需要听到这个声音。

她的父亲是个酒鬼，他从玛丽亚的母亲那里榨取钱财。每周末拿走她的薪水后，他会先出去买些食物，带回家，然后把剩下的钱花在廉价的酒上。玛丽亚不太确定，但她猜测，如果父亲知道他的妻子和女儿不会挨饿，而且他总能在街上找到足够的钱来付房租，那他就可以独自生活了。玛丽亚的母亲从来没问过买东西的钱是从哪里来的。在他生命的最后一年，他不再买东西了。他拿走了全部的薪水，没有食物或租金作为回报。她们仅有的一点家当都不见了，包括玛丽亚的自行车和母亲的吹风机。他从她们那里偷走了这些，而且他还打了她们。家里时常会发生暴力事件，即使在安静的时候，暴力的威胁仍然存在。玛丽亚和邻居们一起吃过饭，也接受过福利机构的救济。有时候实在不够，母亲竟然从熟食店里偷东西。

出事那晚，母亲偷了一整根意式香肠和一条面包。回来后，母亲坐在客厅里，肩膀抖动着，为这件事感到羞耻而哭泣。玛丽亚则躺在她的脚边，一边吃着面包和香肠，一边盯着把母亲的鞋子绑在一起的胶带。那是一个星期五的晚上，母亲已经藏好了自己的薪水。父亲走进公寓，一身酒气。当时是夏天，由于空调坏了，玛丽亚的母亲从窗户上卸下空调，放在地板上。她把两扇窗户都打开了，这样可以让微风吹进来。

父亲回来后就开始打母亲，用紧握的拳头重击她的头，说她有事瞒着他。

玛丽亚抓住他的头发，把他设法从母亲身上拉开，而他给了玛丽亚一拳，把她打得抱着肚子倒在地上。当她再次抬起头时，正好看见母亲抡起了椅子。可椅子砸在他的头上，没有坏，接着她推了他一下，把他推了一个趔趄。喝醉了、充满愤怒的他坐在窗框的边缘，半截屁股露出了窗户。

母亲向他冲了过去，这让玛丽亚高兴起来。母亲的本意是要把他拉回来，可醉酒后的父亲似乎不能有效地控制自己的身体。

意外没能被阻止，他从十二楼摔了下去。

尸检结果显示他体内有酒精，警察相信了他自己从窗户掉下去的说法，他们根本不在乎一个游手好闲的酒鬼。

在接下来的几个月里，玛丽亚有时会怀疑母亲当时是否真打算救他。在编织针的咔嗒声中，母亲说话缓慢而从容，而且总是很快转移话题。

如果玛丽亚不能通过离婚得到那笔钱，那就得用别的办法。她不是笨蛋，她盯上了这个冷酷的混蛋，而他还不知道。玛丽亚想回家收拾行李，和达里尔一起离开小镇。她可以说服他，她知道她能说服他做任何事。她会离开保罗，让他留着他的钱吧。

然而这么做，伤痛依然会存在。

不仅仅是伤痛，还有对于从头再来的恐惧：没有钱，还有一个靠当服务员、教冲浪和潜水课才能勉强付得起房租的伴侣。她放弃了自己的事业，尽管是个不怎么样的事业。在孤独港，她除了在酒吧里当服务员，打开啤酒瓶盖倒波旁威士忌酒外，没有别的工作。眼泪又流下来了，她感到一阵害怕。为了和达里尔，和一个真正爱她的男人幸福地生活，值得拿她的安全冒险吗？保罗确实不会让她挨饿，但同时，他又藏了一大笔财富，打算隐瞒她一辈子，这一点她是肯定的。

玛丽亚打了转向灯，慢慢地把车开到路肩，停下了车。现在大雨滂沱，雨水敲打着车顶，发出震耳欲聋的声音。玛丽亚忍不住流下了眼泪，她需要发泄出来。玛丽亚的啜泣和暴雨无情的冲击使汽车摇晃起来。

她和达里尔在一起会很开心，但又会非常担心下一笔钱将从哪里来，一种危险的生活在召唤着他，一种她不知道是否能安然度过的生活，不管他们多么相爱。而保罗这边则是安全以及伴随着痛苦的孤独。

也许她有办法拥有达里尔，同时获得某种经济保障。做出这种二选一的选择，对玛丽亚来说似乎不太公平。

一定有办法两者兼得。

`00:10`

保罗在他孤独港办公室的一楼踱来踱去。每隔几秒钟，只要他听到外面有车的声音，就会隔着木百叶窗往下看。他的办公室也可以俯瞰码头，海浪使停泊在两个码头上的船只摇晃起来。电台说有一场暴风雨将在4点到达。风确实越来越大了，海浪越涨越高，天空看起来很暗,似乎要下雨了。快 4 点了。

一辆灰色的凯迪拉克在外面停了下来,一个金色长发的女人从驾驶座出来,抬头看向窗户。

是约瑟芬·施耐德。保罗离开了窗口。听到对讲机的嗡嗡声后,他按下按钮打开了楼下的门。他从不锁办公室的门,他下面那一层什么也没有,只有入口和楼梯。楼下的商店也有自己的入口,但没有通往这层楼的通道。这家 7-11 便利店很久以前就关门了,保罗一年前将其买下,并关闭了它。他喜欢在安静的环境下工作。

约瑟芬的靴子咚咚地踩着楼梯,她总是穿及膝的皮靴,这是她的风格。她走进来,身上喷着克里斯汀·迪奥的香水,一头飘逸的金发闪闪发光。她吻了他的脸颊,然后给了他一个拥抱,他总是惊讶于她拥抱的力度。拥抱过后,她后退一步,上下打量起他,说:"你最近没好好吃饭,亲爱的。"

"我很好,约瑟芬。嗯,实际上,我离好还差得很远,但这与我的体重无关。"

"哦,亲爱的,这真是一场噩梦。"她说。

约瑟芬从他身边走过,把一个白色购物袋扔在他办公室的沙发旁,接着是她的手提包,然后是她的灰色羊绒外套。像往常一样,她会穿着适合各种场合的衣服,这次是黑裙子、黑皮靴、黑上衣。

保守秘密就像紧紧抓着重物。保罗只和一个人分享过他的秘密——约瑟芬。她不知道整个故事,但她知道的已经够多了。作为保罗的经纪人,她必须知道。能够与另一个人分享这个秘密有助于减轻这种负担——当然也只是一小部分。

"谢谢你屈尊过来。我……没有其他人可以商量这件事。"

约瑟芬朝保罗摆了摆手,发出啧啧声,由于她手腕上金手镯的叮当声,他没有听见。

"亲爱的，你是我最重要的客户，这是件糟心事，我当然会来。"

约瑟芬在曼哈顿上西区的一个富裕家庭中长大，她的声音听起来就像那个阶层的人——高亢而完美，但音调中总是带着一丝讽刺。说话时，她的手部动作和她的嘴动得一样多，几乎每说一个音节，她那粉红色的长指甲都会在空中闪烁，指点江山。

保罗一边说，一边用食指和拇指按压太阳穴。他经常这样做，他的脑袋兼有着压力球的功能。

"快点告诉我发生了什么事。"约瑟芬说。

他告诉了她房子被人闯入的事。玛丽亚被闯入者袭击了，他的私人办公桌坏了——可能有重要文件不见了，也可能是票据，最坏的情况是银行对账单，然后是留在挡风玻璃上的纸条。

"你说得对，有人找到你了。玛丽亚知道多少？"她问。

"什么也不知道。"保罗说。

"什么也不知道？也就是说她毫不知情？你从没告诉过她？"

他摇了摇头。

"我的天哪！我的意思是，这是你的婚姻和生活，我以为你结婚并搬到这里来的时候会告诉她。"约瑟芬说，眉毛在额头上扬起。她伸手拿起包，掏出一盒烟，给自己点上一支，又递给保罗一支。

他以前从不在这间办公室里抽烟。偶尔，他会在家中的书房里点燃一支烟，但他一直在努力减少吸烟。他清楚地知道，如果在这个房间里吸烟，他就停不下来了。不出一周，他就能让这个地方闻起来像个20世纪30年代的爵士俱乐部。尽管如此，他还是没有阻止约瑟芬，并且接过了她递过来的香烟，他需要抽一根让自己冷静下来。约瑟芬用刚刚用过的镀金打火机点燃了他手里的烟，坐到沙发上等待他的回答。保罗吸了一口烟，边踱步边说："我没有告诉她是因为我爱她。一开始，我不能告诉她，因为我不了解她。当我们越来越亲近的时候，我开始考虑这件事，然而那时已经太晚了，而且也太危险了，万一哪天她不小心说漏嘴了呢？或者更糟，故意说出去呢？"

"你对她说你是做什么工作的？"

"我告诉她我是一名营销顾问，这是个走出家门专心写作的好借口。我告诉她自己要去见客户，然后我就可以坐船出去，或者到这儿来。"

"她不知道这个地方？"

"对，我想维持这种状态。我确保玛丽亚拥有她所需要的一切，如果我告诉她，她肯定会想用其中的一些钱，我知道她会的。那种规模的消费会吸引人们的注意，那样还不如直接在房子外面挂个牌子。玛丽亚也喜欢花钱，那对她来说很重要，她喜欢有经济保障的生活，我猜这和她的过去有关，她出身贫寒。"

二人陷入沉默。房间里只有他们吸烟时发出的噼啪声，以及保罗的脚跟踩在地板上的声音。

"有两件事我需要知道。首先，这事最初是怎么传出去的？其次，我他妈该怎么办？"保罗盯着约瑟芬问道。

"我真心希望这不是一种指责。"约瑟芬说。

这个想法曾闪过他的脑海。

"在我们一起经历了这么多之后，你还是不相信我？"约瑟芬问。

她并没有经历过所有的事情，不像保罗。

她并不需要为那些被夺走的生命负责，甚至不知道那是什么感觉，他对她隐瞒了一些事情，原因很明显。

"你们有招聘新员工吗？有更换新电脑系统吗？有遭遇网络攻击吗？"保罗追问道。

约瑟芬不仅是保罗的经纪人，也是他的缓冲器。来自勒博企业的钱将由保罗亲自以现金的方式提取，并通过他在施耐德合伙人公司的委托人账户进行过滤。仅税收优惠一项就使约瑟芬15%的分成物有所值。

"不,根本不可能。你所有的信息都储存在我的笔记本电脑里,除了我没人知道那台笔记本电脑的密码,那是我的安全工作区。我其余的工作是通过办公室的电脑完成的,那台笔记本电脑只用于我们的业务。而且我用的是私人网络,我的机器是唯一的设备,绝对是安全的。"

"那么,已经过了这么久,我到底是怎么被找到的呢?"保罗问道。

约瑟芬跷起二郎腿,把烟头扔进一个咖啡杯里,吹出一缕烟,说:"别问我。我来这里是因为我们为今天做了计划,我要带你离开这里,带你去安全的地方。我包里有你的本钱,足足2万美金,应该够你在别的地方重新开始了。"

"如果我连自己是怎么被发现的都不知道,那我离开还有什么意义?有人在告密,约瑟芬,也许是你们公司的人,我不知道是谁,但他肯定有什么来头。"

"不可能。你肯定还漏了什么别的线索,难道是银行?"

就像一枚在桌子上旋转的硬币一样,保罗脑袋里的旋转速度变慢了——硬币摇晃起来,然后倒下,躺平静止。保罗恢复了呼吸,但神经末梢麻木了。

确实可能是银行,他不应该草草下结论的。其实只有一种方法可以确定真相。

"我打算拿着你带来的应急现金消失。别往心里去,但我不会告诉任何人我要去哪里,你没意见吧?"

"我没事,但玛丽亚怎么办?"约瑟芬问。

"如果我走了,她应该就没事了,毕竟我才是目标。"

约瑟芬叹了口气,看了他一眼,觉得他只有10岁。

"不,保罗,我是问你要怎么跟玛丽亚说?你娶了这个女孩,记得吗?"

他们的婚礼办得很简单，只有一个客人。玛丽亚的一个朋友担任伴娘和证婚人，他记得从那以后她再也没有见过那个朋友。之后是在高级餐厅用餐，没有演讲，没有五彩纸屑，没有繁文缛节，就像他喜欢的那样。保罗觉得自己和玛丽亚很亲近，比其他任何人都亲近，然而他们之间仍然存在距离，那是由他创造并维持着的距离。

"我必须得走，而且不能带她一起走，两个人太容易被跟踪了。她有权使用国内账户里的钱，大概有2万美金，而且还有房子。等没事了，我会想办法再给她寄些钱。这栋房子值40万，我会还清抵押贷款，再给她10万。这对任何人来说都足够了。"

"她会失去你的。"约瑟芬说。

"她从一开始就没有真正拥有过我，我不确定是否有人能做到。她下半辈子再也不用小心翼翼的了。我爱她胜过爱任何人，如果她出了什么事，我会无法忍受的。她不能被卷进来，这太危险了。"保罗说道。

"我明白，但那种做法还是太冷酷了，你应该告诉她这一切。"

他转过身来看着约瑟芬，声音变得尖锐："告诉她什么？告诉她从未真正了解过她嫁的这个男人？顺便说一句，永别了？我不能这么做——"

"她应该得到一个解释。"

"我已经尽我所能给她一切了，剩下的我不能告诉她，那些谁也不能知道。"

约瑟芬叹了口气。

"你打算什么时候离开？"

"明天。我需要时间整理一下东西，然后就走。走之前我会再打一次电话，你得彻底清扫检查一下你的办公室。我知道你不想，但迁就我一次吧，好吗？"

约瑟芬举起双手，表示投降，说："我这边会检查，但我不认为是通过我找到你的,绝对不可能。"

  他打算回家了,回去计划和打包东西。明天他就要离开他的生活以及生活中的一切了。他告诉自己,玛丽亚迟早会好起来的,他会给她留张纸条,说没有他她会更安全,可能也更快乐。在过去的几个月里,保罗感到两人的关系渐行渐远,他们之间似乎悬着一层冰冷的无形之雾。这也许是他的错,因为他总是不在家。他不在家的这段时间并没有增加她对他的感情,反而日渐疏离,也许他俩都不适合这段婚姻。

  他第一次见到玛丽亚时,就确信她是自己梦寐以求的女人,是他的唯一。在她之前,也有其他人被他赋予了同样的救世主似的"头衔",果然,她们都证明了自己是假的救世主,只有一个例外,但她现在已经不在人世了,保罗的一部分也跟着她走了,他以为自己再也不会爱上谁了,直到他遇到了玛丽亚。他当时就知道,而且现在还能感觉到。也许他变了,他知道她也变了,搬到孤独港后他俩之间一直很不和谐。她喜欢房子和海滩,但讨厌这个城镇。她似乎不能像保罗那样欣赏它,她没有看到人物的多样性,只看到这里没有购物中心,没有夜总会,所有场所都在晚上10点半左右关门,包括酒吧,而且她走在街上,每个人都认为她是个外来者。

  她当然是外来者,随之而来的寒意并没有增加这个地方对她的魅力。她在第一个月就想离开,但保罗不让,而且那天他第一次在她身上看到了怀疑的神情,她不敢相信他想待在孤独港。几年前,保罗和一个他一直在交往的女人在这里待过一段时间,这里对那个女人来说很特别,所以对保罗来说也很特别。在城里的时候,不知怎的,他觉得自己又找回了原来的自己,也许这也让他和玛丽亚断开了某种情感上的联系。他们搬到这里后不久,分歧就开始了。在接下来的几个月里,随着他工作的增多、距离的增加和时间的流逝,他们之间的裂痕也开始扩大,也许他只是在加速走向那个不可避免的结局。

是的,反正我们也不会长久了,他对自己说。

保罗可能是很残忍,然而只有残忍才能保证他不会泄露自己的秘密。

没有别的办法。

约瑟芬站起来,整理好衣服,把一个装满现金的信封放在沙发上。

"我想就只能这样了。我该走了,你还有很多事情要打算。"她说。

他送她下楼梯,一直到前门。门右边的墙上有一个摄像头,他检查了一下,屏幕里显示了街道两边的场景,路边停着几辆汽车,这几辆车保罗都记得。他现在已经习惯了当地的汽车,总是留意着车的附近有谁。如果他不止一次在街上看到一辆不认识的车,他就会记下这个车牌,通常在一两个星期内,他就会弄清楚这辆车是谁的,然后一切又恢复了正常。

他只是对着摄像头匆匆瞥了一眼,就确认这次街上没有可疑的人。

保罗打开门,雨水打在他俩的脸上。约瑟芬从她的包里拿出一把伞,撑开;雨伞开始在门口挣扎,因为它被一阵风吹起来了。保罗抓住约瑟芬的手臂,帮她稳住伞,又和她一起走了出去,朝停在码头街旁边的那辆租来的车走去。

在某种程度上,他觉得自己就像一个孩子在感恩节后护送一位仁慈的阿姨上车。

约瑟芬答应过要照顾他,而且很好地兑现了她的承诺。转眼之间,她就来到这里,带着应急资金,满面微笑。

这把伞在狂风骤雨中摇晃着,没有提供多少遮挡。约瑟芬用遥控钥匙打开了车,灯光在雨中迅速穿过。她打开驾驶室的门,把包扔进车里,收了伞,给了保罗一个拥抱。

"保重。暂时不要担心下一本书的交稿日期,找个地方安顿下来,然后让我知道你没事。休息一周，然后开始写作，毕竟那才是你擅长的。"约瑟芬说。她用一只手捧起他的脸，轻轻地吻了他的脸颊，然后上了车。保罗帮她关上了车门，看着她开车离开，然后从雨中回到屋里。

00:18

玛丽亚满脸都是泪水，驾着车穿过大雨。

开车经过写着"欢迎来到孤独港"的牌子时，她奇怪自己怎么这么快就回来了。她的脑子里充满了太多混乱的想法，以至于她几乎没有开车的记忆，就像车是自动驾驶回来的。

玛丽亚哭得喉咙痛。她把车停在加油站，买了一些香烟和一瓶健怡可乐，然后开车去了码头。可乐滋润了她的喉咙，这是一种冰冷而又抚慰人心的感觉。她打开车窗，点燃一支烟，吸了一口，又感到喉咙后面有灼烧感。然后她用更多的可乐把疼痛"洗"掉了。大颗大颗的雨珠从开着的车窗滴进车里，浸湿了她牛仔裤的膝盖处和大腿处，在上面留下了一摊摊黑色的印迹。

徒劳无功。

没有什么办法能让一切恢复正常。她的世界发生了变化，从此一切都不一样了。她以为自己了解保罗，也信任着他。她一直觉得他和别人不一样。他很诚实、安静，但不完整。他有无法倾吐的包袱。然而玛丽亚自己也有包袱，至少在一段时间里，他们以某种奇怪的方式让彼此变得完整。

时过境迁。

她会离开他，会和达里尔在一起。不管她离婚时能得到什么，都足够了。可能是联名账户里一半的钱,约有1万美金,也许还能分到房子的一小部分。她会告诉他达里尔的事,解释一下发生了什么,告诉他自己很孤独,告诉他自己爱上了别人。她并不想要太多回报。一想到要坦白交代,然后口袋里揣着钱离开这个小镇,她就感到兴奋。此后,在公共场合牵着达里尔的手,吻他——毫不羞愧,毫不害怕,你侬我侬。她会当场拿走1万美金,再也不回头。

那些钱足够重新开始了。如果他拒绝,她就会拿出J.T.勒博这张牌,威胁要曝光他。他不可能为了区区1万美金冒这个险。一想到将要发生的对峙,她就浑身起鸡皮疙瘩,既兴奋又害怕。这是快速离开最简单的方法。然而,一想到保罗对自己隐瞒了那么多财富,她就感到反胃。为了能和他在一起,她放弃了一切,要重建那样的生活绝非易事。可乐罐发出刺耳的声音,她意识到自己把它捏破了,可乐流到她的手指上,弄得手指黏糊糊的。

她很害怕,也很愤怒。两种情绪不断交替。

这不公平,一点也不公平。

雨小了一点。她环视了一下小镇,然后看向大海。有一件事她是肯定的——她绝不会想念这个地方。她迫不及待地想要离开这里,前提是她能说服达里尔辞职搬家。

车灯闪烁。

有人在开车锁。玛丽亚漫不经心地将视线转向眼前唯一的活动物。那是一辆车,停在她前面约15米的辅路上。一个金发女人在费力地撑伞走过去。

一个男人走在她旁边。

那个女人把伞收起来放进了车里。她穿着黑色的皮靴和一件漂亮的外套。这个镇上的女人知道如何穿得奢华。玛丽亚觉得她认出了和女人在一起的那个男人。她打开挡风玻璃的雨刷,雨刷摆了一下。

一下就够了。

女人拥抱保罗,抚摸他的脸。玛丽亚的呼吸哽在了喉咙里。那是一个非常亲密的举动,一个由长久的关系、信任和赤裸裸的爱而产生的动作。

女人钻进车里,很快便开着车走了。

保罗走到街的尽头,拐了个弯就不见了。

她那时才知道,保罗经常不在家的原因不止一个。从那辆车的外观来看,它是全新的,花10万美金才能买一辆那样的新型SUV车。她没认出那个女人,她穿着华丽、长得很漂亮,有着一头金发。

她耳朵里砰砰作响的声音来自她的心,她能感觉到它在喉咙里跳动。这是她第一次感受到自己的心跳。

伴着身后的喇叭声,玛丽亚把车挂上挡,从停车场直接开到马路上,开在另一辆车前面。从后视镜里她看到后车司机竖着中指,嘴里说着脏话。玛丽亚不在乎。她踩着油门,冲向街道的尽头。这里没有保罗的踪迹,他不可能开车离开了。事实上,她看到了他的车,车里没人,就停在马路对面为码头预留的停车场里。

她在十字路口拐了个弯,迅速开走了。她一直踩着油门,直到4分钟后,她来到水手角的停车场。那是一根参差不齐的岩石尖刺,伸入大海,岩石的尽头有一条被踩坏的小路,下面是咆哮的白浪。玛丽亚的车是停车场里唯一的一辆,暴风雨把其他人都吓跑了。玛丽亚下了车,没有理会雨水打在她的衣服上,浸湿了她的头发、化妆品和双脚。她迈过了阻止游客走到水手角尽头的栅栏,又向前走了五步,直到感觉到海浪撞击岩石的冲击力,尝到嘴唇上的盐味。

玛丽亚弯下腰,双手撑在膝盖上,尖叫起来。

恐惧消失了。

只剩下愤怒。

00:12

达里尔在乡村俱乐部酒吧上了 4 个小时班后，看到了她。

从那天早上起，他就一直不舒服，他不喜欢玛丽亚的做法。那天早上，她告诉他，她要去见律师，某个不在本地执业的人。开始和她约会后，他最不希望看见的就是玛丽亚离婚，但情况变了，人也随之变了。也许他能改变她的想法，也许他内心深处不想这么做。这是一个微妙的局面，达里尔所能理解的就只有这么多。

俱乐部里的酒吧可能是 100 个不同乡村俱乐部酒吧装修风格杂糅之后的复制：墙上有橡木镶板、高尔夫球手糟糕的油画、更糟糕的风景画；酒吧里摆放着古董"五铁①"、高尔夫球杆、鹿头和锁在玻璃柜里的暗淡的银质奖杯；深色的桌子周围摆放着镶有皮革的长凳和椅子。苏格兰威士忌卖得很好，而且越陈越好。妻子们一起吃午饭，一边挑剔着食物，一边抱怨她们糟糕的丈夫；丈夫们则一起喝酒，抱怨他们的妻子。

尽管会员们都很富有，但没有一个人愿意付一笔体面的小费，即使知道这些人的生活全靠小费的收入支撑着。

达里尔拉下马甲的前襟，从桌子上又拿了一些玻璃杯，把它们高高堆在臂弯里，然后靠在一张桌子上。当他听到酒吧入口处有动静时，转过身来，瞥见一位女士在和酒吧副经理亚伦说话。

他收的玻璃杯太多了，根本拿不动，于是他放下一摞杯子，开始用布和消毒喷雾清理刚刚清理过的桌子。他一边清理，一边看着那里。她穿着一件粉红色长上衣——对她这样的矮个子女士来说可能太长了。她的头发烫得很硬，看起来像个安全帽，仿佛可以脱下来放在旁

---

① 铁头球棍的一种。

边的凳子上。

这位女士很面熟,也许他以前见过她,也许没有。他一时间无法确定她是谁。可当他看到她坐到那里,拿出钱包里的笔记本时,他才想到了某种联系,因为只有两种人会在那种笔记本上做笔记,进行那种谈话——记者和警察。

她不是记者。

苏。是的,那是她的名字。苏,或者玛丽·苏。其中一个或另一个,二者在他听起来都一样。她在孤独港警长办公室工作。他以前见过她,从主街的那栋楼出来,上了她的轿车。这会儿的她靠在吧台上,边仔细地听着亚伦说话边做着笔记,还不时地小声提问。

俱乐部里没有发生任何事故,没有偷窃,没有俱乐部财产的损失,没有人打架。苏是来了解关于玛丽亚的事情的,他对此很有把握。因为亚伦有时会向她提起自己的名字,而且还转过身来指着他。他的老板从不放过任何机会——亚伦好几次看到他和玛丽亚说话,甚至还开玩笑,但那是个带刺的玩笑。

"我们为会员提供服务,达里尔,但我们不是来为他们提供那种服务的。"

确实不是一个好玩笑。

他抱着玻璃杯走过吧台,把脸藏在那堆杯子后面,走进厨房,把它们放在长凳上。看看时间,离他下班还有8个小时。他听到酒吧经理汤姆在厨房和厨师长谈论一份柠檬和酸橙饮料的订单。他弯下腰,打开洗碗机,把空杯子装进去,开启清洗模式。

这时,他口袋里的电话响了起来,是玛丽亚。他让它就这么一直响着。

这让他想到了如何离开那里。他继续向厨房走去,看到汤姆和厨师长站在餐桌旁,比较着菜单。

"嘿，汤姆，我刚接到一个电话，家里有急事，你介意我请一天假吗？"

"我们今晚已经准备好了。去做你该做的事吧，星期一见。"汤姆说。

达里尔谢过汤姆，迅速转身，然后脱下蝴蝶结领带，打开衣领，穿过厨房走到后门。在后面的停车场，他找到了自己的车，谢天谢地，没有送货卡车停在车前挡住他的出口。他上了车，驶出了停车场。

在走后街时，他先是避开了主街的大部分地方，接着拐上了主街，然后又拐出去，来到一个停车场。现在雨下得很大，雨点敲击着汽车。他关掉了发动机，拿出手机，给玛丽亚回了电话。

"嗨，怎么——"他刚开口，她就打断了他。电话那头的她，声音颤抖着，上气不接下气的样子，嗓子也哭哑了。

"保罗一直在和别人约会。"她说。

除了听起来空洞和虚伪的话，他现在什么话也说不出来。他想去找她，抱着她，让她冷静下来，告诉她一切都会好起来的，他会一直陪在她身边。

但他没有这个机会，他所能做的就是听她哭泣。他试着和她说话，语气很温柔，在她听不到或不愿听时，他就停下来，只是听着。过了一会儿，她的呼吸慢了下来，声音里的哽咽也减弱了。

"我想见你。你在哪儿？"达里尔问。

玛丽亚再度哽咽起来："不，我谁也不想见，我需要一些时间。我……我得处理这件事，弄明白它。我不相信保罗，我都不认识他了，我……我需要你……为我做点事。"

"我愿意为你赴汤蹈火。"达里尔立刻说。

"我需要你跟踪保罗。他的车在码头，但他不在船上。他在这里，在孤独港。跟着他，告诉我他做了些什么。他看到我的车就会知道是我，我需要你这么做。拜托了，我再也受不了了。"

"好的，好的，深呼吸，别紧张。我会看着他的车，我会跟着他，留意他的一举一动。求你别做傻事，好吗？我……"他犹豫了一下，但只是1秒钟，"我需要你，玛丽亚。"

她挂了电话。达里尔发动引擎，开到码头的停车场，找到了保罗的玛莎拉蒂。他把车停在约15米远的地方，关掉引擎，透过顺着挡风玻璃往下淌的雨水看着那辆车。他想到了玛丽亚，想到了她的坚强。遇到这种事，有些女人会直接掐住丈夫的喉咙，而且那么做无可非议。玛丽亚总是头脑冷静，她需要证据，她想收集所有能收集到的东西，然后去找那个浑蛋。

她是一个聪明的女人。

达里尔看见保罗朝汽车走去，身上紧紧地裹着外套，手中的伞在风中摇摇晃晃。他一直等到玛莎拉蒂离开停车场才跟上去。当车子拐上主街，穿过小镇，驶向通往房子的海岸公路时，他一直远远地跟着，保持着距离。达里尔不能停在保罗家附近，因为没有车子藏身的地方。他相当确定那就是保罗要去的地方，所以他在海滩左转，把车停到停车场里。谢天谢地，雨已经小了。

达里尔从车上下来了，鼻间充斥着雨水和大海的味道。他绕到车后，从后备厢里拿出一件防风夹克，把它穿上，然后拿起一个黑色皮质提包，挂在肩膀上。做完这一切后，达里尔卷起兜帽，向海滩走去。现在天气很冷，风无情地在这个空旷的地方肆虐着。

尽管条件恶劣，他还是艰难地走上了海滩。半个小时过去了，他终于看到了玛丽亚的家。保罗的玛莎拉蒂就停在屋外，而玛丽亚的车不在车道上。

此时的海滩看上去空无一人，为了更好地观察保罗，达里尔跪在分隔草原和沙丘的山脊后面，手里拿着一副他有时用来观鸟的旧双筒望远镜，对准房子。在可以望向大海的那间卧室里，保罗低头盯着床，俯身整理了一下什么东西，然后走向壁橱，拿回了一堆叠好的牛仔裤，之后他在床边弯下腰，从达里尔的视线中消失了约 1 秒钟，再之后他站直身子，离开了房间。

达里尔放下双筒望远镜，扫视着房子，试图寻找保罗的去向。很快，侧门开了，保罗离开了房子，身后拖着一个大手提箱。保罗还没走到车旁边，汽车后备厢的盖子就自动打开了。他把箱子搬了进去，按了一下后备厢上的按钮，盖子又自动关上了，保罗则返回了家里。不一会儿，厨房里的灯亮了。保罗走到冰箱前，取了一些东西放在案台上。他从案板上拿起菜刀，开始忙活起来。

达里尔以前只在玛丽亚家吃过一次饭，她说她不做饭，也不会做饭，所以肯定是保罗做饭，当然是他在家的时候。她唯一能不做糊并端上饭桌的只有意大利面。他告诉她，自己喜欢意大利面。她在厨房里转着圈，一边做一边骂，20 分钟后做出一盘带罐头番茄酱的意大利面。达里尔笑着吃了起来，并告诉她很好吃，但实际上不好吃。

他从口袋里掏出手机，是玛丽亚打来的电话，他接了起来。

"嗨，你在哪儿？"她用粗哑的声音问道。听得出来，她又哭了。

"我在海滩上，保罗在家。"他说。

此时此刻，达里尔不想多说什么。她已经受伤了，这使她在他心里变得情绪很不稳定。

"他在干什么？有什么不寻常的事吗？"

他叹了口气。别无选择，只能告诉她实情。

"他刚刚收拾了一个手提包，放在他的车里了，看来你在挡风玻璃上的纸条吓到他了。现在毫无疑问了，他就是真实的、活生生的 J.T. 勒博。"他说。

"我 20 分钟后到。谢谢你做的一切。"她用一种听起来不像是感激的语气说。他能听到她的话在喉咙里哽住了——泪水和痛苦的洪流威胁着要淹没每一句话。达里尔可以听到背景中汽车的声音,听到它在加速,吞噬着道路。她开着免提电话,"你没有,嗯,跟他说话什么的吧?"

"当然没有。需要我在这里等着以防出事吗?"

"不用,不会有麻烦的。"她说。达里尔可以从她的语气中听出,她实际上并不确定。

"其实,你不一定非要回家。我可以在我们最喜欢的地方等你,我会带六瓶啤酒和一瓶红酒,我们可以在外面过夜,我们应该在一起。"他说。

他让玛丽亚考虑这个提议,并耐心地等着她回答。当她终于开口说话时,他仿佛隔着一层新的泪水听到了她的话。

"不用……没事。谢谢你!我很爱你。我会给你打电话的。"她说完就挂断了电话。

达里尔伸伸腿,揉了揉小腿抽筋的地方,然后站了起来。他收起双筒望远镜和手机,向他的车走去。他把车开到码头,上了自己的船。这和保罗的舱式游艇不一样,它更小更旧。达里尔低价买来它,然后将它修好,这样他就能开着船带别人上潜水课,赚点外快。暴风雨使他无法离开码头,他冒着生命危险把船开到浪中。他没有退缩,而是穿上潜水服,装上一罐新鲜氧气,从侧面滑了下去。一想到警察在酒吧里的盘问,他就心神不宁。盘问可能是他们调查的起点,也可能是终点。他越想越相信警察只是在了解玛丽亚和保罗的基本情况,他们可能想和他谈谈,因为玛丽亚来俱乐部时,几乎都是他招待的。保罗从没来过酒吧,也许这是一个问题,也许不是。现在,达里尔唯一想做的就是待在冰冷、黑暗的水里。深海中有一种完美的幽静,那里住着所有的怪物。

00:13

汽车置物柜里的一个化妆包曾多次帮了玛丽亚的忙。她把车停在离房子几百米远的一条废弃小路的入口处,那条小路通向一片农田,那片农田很久以前就卖给了开发商,但他们什么也没做,只是任由土地荒芜破败。在过去的 24 小时里,她哭得眼睛肿了,而达里尔的最后一句话使她的眼泪又流了起来。

她看了看后视镜,检查了她的口红和眼睛——这是一次体面的"补救工作"。

她深呼吸了四五次,然后把车开到海岸公路上,几秒钟后就到了那所房子。那天她一直把这个地方视作"那所房子",她突然意识到,她几乎总是这么说,她从来没有把这个地方称为"家"。

她从侧窗看到他正在厨房做晚饭。

多做几次深呼吸。

她下了车,锁上车门,进了房子。

他在放音乐,是古典音乐,不是她喜欢的东西,但她已经习惯了。这是一种玛丽亚完全可以忽略的音乐,就好像它是背景里的噪声一样。她踏在木地板上的脚步声表明她来了。当她的脚后跟碰到厨房坚硬的白色瓷砖时,保罗吓了一跳,迅速转过身来,手里拿着刀,面目因恐惧而呆滞。

"是我。"她说。

轮到他深呼吸了。保罗把手放在胸口,嘴唇弯成一个微笑,但很快就变成了严肃的表情。不是愤怒,也许是担忧。

"你浑身湿透了。你一整天都去哪儿了？我很担心。"他说。

就算他曾经担心过，显然他现在已经克服了，玛丽亚想。他怎么没问她怎么样了，还有她是否还好？他接近她不是为了拥抱她，也不是为了亲吻她。那混蛋根本不在乎她。

沉默震耳欲聋。

"我一直在考虑这件事，保罗。昨晚屋里的小偷可不是一般的小偷，他到底想要什么？"玛丽亚问。

保罗心不在焉地挥舞着手中的刀，起初没有理会这个问题。

"我很害怕，我要你告诉我真相。"她坚定地说。这些话很有力量，玛丽亚费了很大劲才从她颤动的胸膛里直接说了出来。

他放下刀，走向她，把手轻轻地搭在她的肩膀上。玛丽亚耸肩震落他的手，双臂交叉，双唇抿在一起，像要钻透钢铁一样凝视着他的眼睛。

"我不知道是谁，也不知道他们在找什么，我向你保证，我不知道。只是个小偷而已，还没来得及拿东西你就把他吓跑了，仅此而已。"

"你在隐瞒什么？"她轻声问。

"我绝不会向你隐瞒任何事情。"他说着吻了吻她。

她能尝到他唇边的谎言——又苦又咸。她抽身离开，上了楼。每根神经末梢都尖叫着要她去面对他。

告诉他你知道！

她打开卧室的门，走到她那一侧的床头柜前，打开最上面的抽屉。如果达里尔没有告诉她保罗在打包行李，她可能根本就不会回家。但她必须回来，她必须检查一下。避孕药放在她的护照上。她拿起药和她的护照，看向了下面抽屉的底部，保罗的护照通常放在那里，昨天它还在那儿。她昨天拿药片的时候看到过，但现在它不见了。

这证实了一切，他要离开她。他车里的手提箱，他的护照。他打算逃跑，把她丢下。被藏起来的钱，抚摸他脸颊的金发女郎。那个触碰不是告别，而是意味着她很快就会再见到他，意味着他们的分别只是暂时的。他会回家收拾东西，把妻子留在家里，去过另一种生活。

她太愤怒了，嘴唇因为咬得太紧流血了。

像玛丽亚这样坚强的女人，保罗没费多大力气就控制住了她，她的全部。

她的财务状况。

她的房子。

她的感情。

她的身体。

她脱下衣服，走进浴室。很长一段时间，她让热水刺痛她的皮肤，希望借此清空思想，但这没有什么作用。她走出浴室，用毛巾擦干头发，然后裹在身上。玛丽亚回到卧室，掀开羽绒被，爬上床，用枕头蒙住头。她哭了很长时间，在柔软的床垫上愤怒地呻吟着。她想下楼打他，对他大喊大叫，告诉他自己知道他是谁，她看透了他。

他朝楼上打了一两次电话，问她是否还好，是否想吃晚饭，是否想喝水。然后他告诉她自己明天早上要走，只离开几天。

电话里没人说话，他就不再打电话了。他没有上来看她，玛丽亚一开始很伤心，后来则感觉不一样了。玛丽亚开始在脑海里思考自己对保罗的感情，她给了他爱，而他没有把自己的任何东西给她，她必须收回自己的爱。她收集着记忆里、时间里和事物里最后的爱的线索。

她摘下了婚戒和订婚戒指，黄金指环放在她手里显得又轻又廉价。订婚戒指花了几千美金——与保罗的真正财富相比，微不足道。她把戒指紧紧攥在手心，仿佛要把最后一丝幸福的感觉从戒指上抹去。

夜幕降临。

玛丽亚等待着。在这段时间里,她用手机阅读了她能找到的关于J. T. 勒博的每一篇文章。她想知道一切,了解这个男人是谁——这个她嫁的男人,这个她生命中的陌生人。

凌晨4点,她下了床,光着脚轻轻走下楼。

保罗像以前一样睡在沙发上,他身边的地板上有一盘吃了一半的食物。玛丽亚轻轻地走进走廊,轻轻地从大厅桌上的一个碗里拿起保罗的车钥匙。桌子上放着成堆的邮件,都被保罗打开并整齐地摆放着。她悄悄地走向前门。

锁打开时只发出了微弱的咔嗒声。她溜出了房子,慢慢走向保罗的车,她能感觉到脚底踩在坚硬的石头上。汽车闪了一下灯,接着发出锁定系统打开的金属声。她按下后备厢的按钮,看着后备厢车盖无声地升起。玛丽亚迅速打开保罗箱子侧面的口袋,取出他的护照,然后又拉上口袋的拉链,关上后备厢,锁上了汽车。

她跳过石头快速回到前门,由于紧张,一路上不由自主地屏住了呼吸。四周静悄悄的,只有大海的声音。接着,她再次屏住呼吸,回到屋里,把门关上。大约1分钟后,她把保罗的车钥匙放回了大厅桌子上的篮子里——小心翼翼地不让钥匙发出声音。经过开着的门去客厅时,她听到他鼾声大作。他没有动过。

回到床上,玛丽亚打开手机,写一条短信。

写完之后,她盯着短信看了很长时间,想让自己相信,让自己明白这是现实——这真的在发生。

她不了解自己的丈夫。他占有了她,耗尽了她的一切,现在又要把她抛弃。玛丽亚不允许他这样做,但她花了整整半个小时才鼓起勇气点击发送键。

我的婚姻结束了，我需要你的帮助。

5分钟后回复来了。床垫轻微地振动了一下。

不管是什么，我都会去做。我什么都愿意为你做。

卫报

J. T. 勒博是谁？你为什么要在意？

杰里米·弗朗普顿 著

  从各方面来看，J. T. 勒博的第一部小说都毫无希望。它的题目很糟糕——《反转》。即使对于一部惊险小说来讲，也太普通了。据出版他第一本书的出版社的匿名员工透露，出版商根本不喜欢这个书名。他们花了很少的钱买了这本书，没有花一分钱来营销或推广它，封面看起来很垃圾，当初决定出版这本书的编辑鲍勃·克伦肖在这本书首次发行后不久就去世了，但这段时间足以让他看到未来的开端。

  尽管这本书没有名贵血统，但它就是畅销。这出乎人们的意料，因为这本书没有大张旗鼓地宣传过，而且最初只印了1000册。

  接下来发生的事情简直是不可思议。有几个人买了它，他们很喜欢，于是把这本书推荐给别人，因此更多的人买了它。很快，只发生在极少数书上的神奇事情就开始发生了。

  口口相传。

  没有什么书能比它更畅销了。总有那么一些书能引起人们的话题，但并不意味着那是一本读者会珍藏的书，而很可能是一本读完后，读者会塞到朋友和同事手里，在饮水机旁或喝咖啡时谈论的书。

  起初，很少有书店订购《反转》这本书，但那些被订购的书很快就卖光了，于是那些书店又订购了更多的书。顾客们谈论着这本书——在读书俱乐部讨论它，在网上推荐它，慢慢地，可以肯定，一个粉丝小组开始增长。看到销量增加，更多的书店订购了这本书。随着时间的推移，这本书开始有了生机。第一次出版的8个月后，第4次出版又印刷了3万册，正是因为这次加印，鲍勃·克伦肖去世后一直负责这本书的编辑终于读了这本书。

他试着联系作者，看能否参与一些宣传工作——也许是一个小型的巡回售书或一些在线采访。作者直截了当地拒绝了，并表示想要保护自己的隐私。根据对那位编辑的采访，那时的他认为这位作者是一个彻头彻尾的混蛋，永远不会在这个行业取得成功，而且不想再与之有任何关系。

关于这本书的口碑继续传播。读者们小心翼翼地不遗漏任何一个情节，但一旦看完，他们似乎又不得不把书塞到朋友手中。说到作者，根本没有什么可谈的，因为作者从来没有在公众面前露过面。

在第十次印刷（这次是10万册）的时候，出版总监告诉编辑，作者是不是个混蛋无所谓——出版社手里现在有一本畅销书，而他们需要另一本书。

于是编辑给J.T.勒博发了邮件。

三个月后，另一本书又出现了另一个致命反转。勒博的第二本书最初的印刷量是25万册。这本比第一本卖得还要好，原因相同。

《纽约客》上的一篇文章试图宣称，J.T.勒博系列小说的真正作者是肯·福莱特[①]。但福莱特先生遗憾地否认了，而这仅仅是个开始。在接下来的十年里，小说源源不断地出现，合同不断签订，作者仍然像一个幽灵。随着销量不断增加，媒体则加大了阴谋论和侦探工作的力度，以追查神出鬼没的J.T.勒博。

---

① 肯·福莱特（Ken Follett, 1949— ），当代大师级通俗小说作家、历史小说作家、惊悚小说作家。代表作《巨人的陨落》《针眼》《圣殿春秋》等。在欧美出版界，肯·福莱特这个名字就是畅销的保证。

被声称为 J.T. 勒博的各种"嫌疑人"包括斯蒂芬·金、约翰·格里沙姆、朱迪·皮考特①、J.K. 罗琳（后来被发现就是罗伯特·加尔布雷斯②），甚至是詹姆斯·帕特森③。

猜测仍在继续。书源源不断地送来，一年一本，本本都是佳作。

简直是出版界的黄金④。

接着，诉讼接踵而至——这是另一个成功的标志。

六名作家声称 J.T. 勒博抄袭了他们的书、大纲、想法或人物。所有的诉讼都没有进展。出版商能提供带有时间和日期戳的电子邮件，而且无一例外，它们总是早于声称被抄袭的作品。

在一家报纸的支持下，有一场诉讼进行了很久。报纸知道这个诉讼是假的，但还是一直拖到了听证会的第一天，因为他们真正想看到的是 J.T. 勒博被传唤到证人席上。当然，这并没有发生，律师们仅凭编辑们提供的证据和电子邮件就成功地驳回了此案。

在此次代价高昂的"错误"之后，相关诉讼就消失了。

人们对 J.T. 勒博真实身份的兴趣只增不减。

---

① 朱迪·皮考特（Jodi Picoult），美国当代著名畅销书作家，大师级小说家。1992 年出版第一部小说以来，15 部作品无一不持续畅销，甚至每有新作，必迅速登上《纽约时报》《华盛顿邮报》、亚马逊网站等畅销书榜首位。作品涉及的尖锐话题，也迅速在全美国甚至全球引发剧烈争议。代表作有《姐姐的守护者》《说故事的人》《渺小的伟大》等。
② 罗琳曾用笔名罗伯特·加尔布雷斯创作小说。
③ 詹姆斯·帕特森（James Patterson，1947 年—），1947 年出生于纽约市纽堡，被誉为美国惊悚推理小说天王，他的新作一问世，即能登上《纽约时报》畅销书排行榜首位，被美国《时代周刊》誉为"从不失手的人"。
④ 一个比喻，通常用于描述一种非常有价值的、能够带来巨大成功的作品或创意。这个短语强调了作品的重要性和价值就像黄金一样珍贵。在出版领域，这可能意味着一本畅销书、一部成功的电影或一个引人注目的营销活动。

美国国家图书奖①、埃德加·爱伦·坡奖②、柴克斯顿年度老牌诡异犯罪小说奖③、安东尼奖④、英国推理作家协会⑤金匕首奖,甚至普利策奖都不足以吸引J.T.勒博现身发表获奖感言。

他从未露面。

那么,谁会关心这个神秘的、与世隔绝的作家呢?我们有这些书还不够吗?

够。

也不够。

你看,我们知道的出版界唯一见过J.T.勒博的人,是已故的鲍勃·克伦肖。大家都说,鲍勃·克伦肖有酗酒问题,与家人和朋友都很疏远。

---

① 美国国家图书奖是由美国出版商协会、美国书商协会和图书制造商协会于1950年3月16日联合设立的,用于表彰每年出版的最佳小说、非小说、诗歌、翻译文学和青年文学;只颁给美国公民。美国国家图书奖与普利策小说奖被视为美国最重要的两个文学奖项,它是美国文学界最重要的奖项,也是出版界的盛典。

② 埃德加·爱伦·坡奖,以美国前总统林肯和著名音乐家萧伯纳激赏的世界侦探小说开山鼻祖——埃德加·爱伦·坡(Edgar Allen Poe)的名字命名,是美国最具权威的推理小说奖项。该奖由美国推理作家协会(MWA)创立于1946年。获奖作品由美国侦探作家协会指定成员组成的委员会裁定。

③ 柴克斯顿年度老牌诡异犯罪小说奖(Theakstons Old Peculier Crime Novel of the Year)是一个由英国啤酒公司柴克斯顿主办的年度文学奖项,专门用于表彰最佳犯罪悬疑小说。这个奖项始于2003年,是为了纪念英国的犯罪悬疑小说传统而设立的。史蒂芬·金曾评价该奖项为"悬疑小说界的奥斯卡"。获得这一奖项的作品通常具有出色的情节、人物和文笔,为读者带来了深刻的阅读体验。

④ 安东尼奖(Anthony Awards)是由布彻大会(Bouchercon,即世界推理迷大会,世界最大的也是最具影响力的推理迷盛会)与会者选出提名者和获奖者,1986年开始颁发。奖项以安东尼·布彻命名。安东尼·布彻(Anthony Boucher,1911—1968),原名威廉·安东尼·帕克·怀特。美国科幻、推理小说作家及评论家,著名编纂家,获1946年、1950年、1953年三届非小说类爱伦坡大奖和1958年、1959年编辑类的雨果奖。

⑤ 英国推理作家协会(Crime Writers' Association),即英国犯罪作家协会,成立于1953年,总部设立于英国诺威奇。其成员主要是犯罪小说作家,以加强作家之间的交流为目的,通过设立相关的年度奖项,包括著名的金匕首奖和钻石匕首奖等,来激励对于犯罪小说有贡献的作家。

鲍勃·克伦肖还没来得及看到自己一生中最大的成功就去世了，或许，他的悲惨故事对当时经验不足的勒博来说是一个前车之鉴，也许他看到了他的编辑的覆灭，然后知道他应该把他的个人生活和他的写作生活分开。

我们只能猜测，但鲍勃·克伦肖的英年早逝一定对勒博产生了影响。

他在后来的小说《火人》中写下了这件事。当然，事实有所改变，但小说中人物的死亡与他编辑的死亡有着惊人的相似之处。

鲍勃·克伦肖被活活烧死在汽车后备厢里。

也许正是这种暴力的死亡迫使胆小的勒博成为一名隐士。这位匿名作家神龙不见首尾，他的作品却受到全世界数百万崇拜者的喜爱，而我们可能永远不会知道隐藏在他背后的真实故事。

00:14

星期天早晨6点半，似乎是保罗离开妻子的最佳时间。他想了一遍又一遍，其实没有什么合适的时机，他只是在咬紧牙关，撕掉创可贴。

别无选择。

如果他留下，会有更多人死去。保罗不想杀任何人。

不想再杀任何人……尽管如此，他还是会随身携带一把史密斯威森手枪，以防万一。

他从沙发上站起来，伸了个懒腰，然后跑到厨房，在那里找到了一支笔和一张纸。昨晚他整夜都在考虑要不要上楼去卧室跟她聊聊。她应该得到更多，她应该和更好的人在一起。在考虑纸条上写些什么，甚至要不要写纸条的问题上，保罗犹豫不决。

写这张纸条花了几分钟。之后他把纸条放在厨房柜台上，笔放在纸上，还没等墨水干透就关上了前门。他上了车，把车倒到路上，朝镇上和码头开去。一想到要远离这一切，他就心醉神迷。仅仅是在海上，在他的船上，就给了他即时的情感距离，以及物理距离。在海上，他的大脑发生了一些变化——仿佛他摆脱了在陆地上会束缚他的社会规则。在海上几乎没有什么规则，责任就像被他抛在脑后的一座孤岛。

但他知道，在接下来的几周、几个月里，他会感受到自己所作所为的沉重。她不知道他还有另一种生活——身为作家的生活。孑然一身，茕茕独立，完全与世隔绝。她不知道钱的事，她也不能知道。

这是一个协定——不能告诉任何人，保守秘密，一切都会好起来的。

不需要再有人死了，他只需要把一切都抛在脑后。

他把车开进码头停车场，从跑车里出来。他拿起箱子，把它放在柏油路上，拉了拉伸缩把手，同时液压装置自动关上了后备厢盖。按一下遥控键，车就锁上了。通往码头的大门上有一条沉重的铁链，中间用一把巨大的挂锁锁住了。保罗有一把钥匙，他打开门后，又把身后的大门重新锁上，而且还把铁链缠了两圈，使它更安全。

他在之前离开的地方找到了他的船，爬了上去。他不得不驾船离开，因为乘飞机会留下记录。如果能避免这种情况，那坐飞机是再好不过的选择了。另外，保罗喜欢他的船，他也喜欢那辆车，尽管现在不得不将车抛下。等在别的地方安顿下来，可以再买一辆。现在，他想继续前进，而这艘船是最适合消失的交通工具。

过去的几年里，尽管保罗在船上度过了许多时间，但他绝不是一个称职的水手。他完成过一门生存课程和一门船只安全和维护课程，但他早就忘了，现在甚至不记得右舷在哪边了。

他认为他不需要知道这些事情——毕竟，他不是真正要航海。这艘船有马达，而且保罗有钱买燃料。除了确保他的小厨房里有一些必需品，比如美味的奶酪、法棍面包和大量的烤火腿、培根和豆类，几乎不需要其他的什么东西了。在船上厨房里的小炉子上为自己做饭，是比航海更难掌握的、更意想不到的杂事之一。他掌握六种食谱，但在船上的单环炉上却有点无计可施。事情也可以变得很简单，只要他不介意，只要他记得把酒架装满就行。

保罗完成了船上的检查。这样做更多是出于习惯，而不是为了辨别这艘船的适航性。随着时间的推移，他已不像当初那样勤于检查了，而是减少了检查的次数，因为他或多或少已经忘记他要找什么以及为什么要这么做了。他确认了导航系统和无线电还能正常工作，并且有足够的燃料，这些就足够了。引擎一发动，且听起来就是它应该发出的声音，他就驾船从防波堤上离开，慢慢地向远处驶去。他引导着船在船阵之间穿梭，很快就离开了码头，然后逐渐松开油门。海浪仍然很高，他要确保船的行进方向与海浪的角度利于船头穿破海浪，这样船就能滑过水墙。这不是他出海时见过的最大海浪，但也不小，有些吓人。舱式游艇在最大的海浪上颠簸着，有一两次他听到了撞击声，好像是船"起飞"然后"降落"在坚硬的东西上了。

这是一项危险的工作，他与大自然搏斗着。这一天，他几乎没有进食，只喝了两瓶水，他一刻也不敢离开掌舵的位置。下午晚些时候，海水平静下来。天气状况阻碍了速度，他发现尽管自己尽力了，但他并没有离码头多远——潮水一整天都在"击退"他。

他关掉了引擎，走到甲板下面，吃了一罐他在炉子上加热过的豆子，还有一些面包。两杯葡萄酒和一杯苏打水让他在笔记本电脑前待了几个小时。这次航行使他集中了注意力——因为这次乘风破浪需要全神贯注。他没有再去想玛丽亚，也没有再想那个小偷，一次都没想过。

距离发挥了作用。

后背和肩膀的酸痛不能阻止他写作。有些作家有自己的写作习惯，但保罗唯一的要求是独处。他不介意浪花翻滚的声音，不介意海浪轻轻拍打着船身的声音，也不介意头顶上海鸟的叫声，只要他是一个人就行，他的脑子里没有声音，只有浮现的句子。

当然还有反转，许多不同类型的反转。这本书将是一个陷阱，保罗知道这一点，现在他必须放下绳子了。在最后一百页里，他的脑子里酝酿着一个反转。潜意识里，他一直在留下蛛丝马迹——树叶间隐约可见的陷阱的痕迹。

现在这一切都来到了他的面前，他可以在脑海中看到这一切。人物和情节就像一块瑞士手表的内部一样暴露无遗。手表嘀嗒嘀嗒一直走得很好，直到一锤定音。

兴奋之情攫住了他的心，他迫切地需要把这些字写在纸上，以免它们从他的脑海中悄悄溜走——这就是保罗活着的意义。

他只是喜欢写一些好到可以让读者捧着书拍案叫绝的反转。

而且马上又要有一本这样的书面世了。

00:15

他真的走了。

只留下这个寂静的小镇上的一栋空荡荡的房子。玛丽亚比以往任何时候都更加强烈地感受到生活的空虚，而且不仅仅是在她醒着的时候感到空虚，就好像保罗潜入了她的生活，偷走了她的过去。三年的时光一去不复返。她从未感到如此孤独，从未有过这种被背叛的感觉。毫无疑问，她对保罗的爱已经扭曲了，缠绕在她的痛苦周围，变成了一个干涸的伤口。

爱荡然无存。她曾经喜欢上了一个谎言。那个她曾经遇见，一起笑过、睡过、抱过、爱过的男人——他其实并不存在。对她来说，他现在已经死了。

玛丽亚让保罗的纸条从她的指间滑落，飘过沉闷的空气，落在厨房的柜台上。

玛丽亚：

我必须离开，也许要离开很长一段时间。我不在你就不会有危险。房子是你的，账户里的钱也是，别为我担心。

我很抱歉。

保罗

玛丽亚径直走到他的书房，打开门，查看了他放在书架上的那本狄更斯的书。他把左轮手枪也带走了。她拖着沉重的脚步走出书房，倒了杯咖啡，坐到厨房的早餐台前。

墙上的钟显示现在是上午 9 点 15 分。玛丽亚给达里尔打电话。她不得不把电话放在柜台上，打开扬声器。她喘着粗气，用双臂紧紧地抱住自己。

"你还好吗？"达里尔问。

"不，我不好。他走了，他真这么干了。我没想到他真会这么做。"她对着电话吐出了这句话。

"你打算怎么办？要和那个混蛋离婚吗？"

"不。现在已经不止于此了。我……我都不知道他是谁……他就像我刚在地下室发现的陌生人，一个在我床上睡了三年的陌生人，我嫁给了一个我完全不了解的男人……"

"没事的，玛丽亚，慢慢来。"达里尔温柔地说。

"不！我受够这些了，他骗了我。他浪费了我数年光阴，然后把我丢在这个破地方。我失去了所有的朋友。我没了工作，没了生活。我不会就这样接受这一切的，达里尔，我需要你。"

"我会尽我所能帮助你，你知道的。"他说。

"太好了，我需要听到这些，我需要你。我想要新的生活，我自己的生活，我们的生活。我现在想和你在一起，永远在一起。"

她静静地等着对方的回答。当回答来临时，她的身体和心灵充满了她这几天来从未感受过的平静和安心。

"我也是这么想的，比任何时候都想。我爱你，玛丽亚。"

"我也爱你。"她说，她比以往任何时候都更深切地感受到这一点。

"你打算拿保罗怎么办？"达里尔问。

尽管她的所有感官都遭受了重创，而且内心充满了混乱，五脏六腑都在翻滚，但玛丽亚还是考虑了她该如何回应。她用词谨慎，说出来会感觉很好。她会思考如何重新开始她的生活，并与她真正爱的男人在舒适和安全的环境中建立新的生活方式。她想象自己躺在遥远的海滩上，也许在加勒比海的某个地方。他们两个人躺在沙滩躺椅上，她小麦色的腿上有白色的沙子斑点；身旁放着一瓶酒，阳光洒满她的脸庞；一双莫罗·伯拉尼克①高跟鞋埋在她身边的沙子里。那是一种自由的生活，她要带着她想要的一切离开这个陷阱。要么她过那种生活，要么让保罗和金发女郎过那种生活——他俩躺在沙滩上，嘲笑着愚蠢的玛丽亚。多么愚蠢的妻子，甚至不知道她嫁给了世界上最富有、最著名的作家之一。这不仅仅是钱的问题，2000万美金已经不仅仅是钱的问题了。

那是整个世界。

玛丽亚想要那样的世界，更重要的是，她想确保保罗不能拥有它。

于是，她清晰、缓慢、自信地说："我需要你帮我分一杯羹，我要我应得的那份，仅此而已。你能帮我吗？"

"无论付出什么代价，我都会为我们做的。"

正是达里尔的单纯让玛丽亚在他身边感到安全。在这个人身上，几乎没有灰色——一切都是非黑即白且简单的。他要么做点什么，要么什么都不做。

"我要让他回家，我们会向他要1000万美金，否则我们就向媒体公布他的身份。如果他想保守秘密，就得付出代价。"

她听见他噗了一声——接受了这个想法，然后呼出燃烧着他的肺的紧张空气。"哇，"达里尔说，"如果他拒绝呢？或者报警呢？这是

---

① 莫罗·伯拉尼克（Manolo Blahnik）是一位来自西班牙加那利群岛的著名鞋类设计师，他的鞋子以高贵、性感和优雅而闻名于世。他的设计作品不仅令无数普通女性为之倾倒，甚至许多大牌女星也是他的狂热追求者。

敲诈，我的意思是，这一切都是他应得的——但这实在太沉重了。"

"你不想和我在一起吗？难道你不想有足够的钱，过上美好的生活吗？"

"你知道我想。有了那笔钱，我们可以……"

"可以什么？"玛丽亚知道答案，但她还是这样问道。她想听他说出来。她需要听到。如果她要这么做，她必须知道达里尔和她站在一边。

"我们可以自由了。"他说。

"我们必须非常小心。如果你受伤了，我可受不了。"玛丽亚说。

"什么意思？"达里尔问。

玛丽亚叹了口气，说："他有枪。"

"你不会认为他会向你或我开枪吧？他是你丈夫，你了解他，你觉得他会伤害你吗？"

她差点笑出来。达里尔的甜蜜显得他更天真了，也许两者是一回事，她无从辨别。

"直到两天前，我还以为我了解我的丈夫。今天，我不知道他是谁，也不知道他有能力做什么。我只知道一件事——我们需要一个计划。我们得假设，等我把他骗回家时，他会全副武装而且前所未有地生气，而我们必须做好准备。"

00:16

船上方的天空正在变暗。保罗没有注意到时间，而是沉浸在写作中。他检查了自己的手机，发现还有两格信号。他拨通了经纪人的手机，约瑟芬马上接起电话。

"嘿，保罗，你还好吗？"

"我很好。你找到电脑系统的漏洞了吗？"

她叹了口气说："根本就没有漏洞。我让信息技术部的人检查了一下我的电脑。我是唯一能接触到你的信息的人，信息没有存储在我们的账户系统中。根据技术人员的说法，没有任何黑客入侵的痕迹，没有木马病毒，没有恶意软件，什么都没有，登录时间与我工作的时间一致，而我每三个月换一次电脑密码。总而言之，我这边没有泄密。"

保罗站着，眼睛在屋里扫视着，脑子里分析着这些信息。他又回到了起点。

"那我是怎么被发现的？"他问。

"我不知道。你确定自己没在喝醉后说了不该说的话吗？这种事时有发生，你知道……"

"不，我没有，从来没有。肯定有人在里面搞鬼。"

"银行，肯定是银行。"

是银行，银行的某个职员可能发现了什么。

他摇了摇头——不，这是不可能的。他也不相信约瑟芬出卖了他。经纪人的生计依赖于他们的客户，保罗知道他是一个特殊的客户，除了把他的书卖给出版商，约瑟芬还帮助保罗管理和隐藏他的钱。她帮助保罗保守秘密——当然，是为了报酬，一大笔报酬。

肯定是什么别的原因。

"你在哪儿？"她问。

"我走了，现在在我的船上。"

"她什么反应？你最后跟她说什么了吗？"约瑟芬问。

保罗擦了擦嘴，说："我留了张纸条。"

一片沉默。她叹了口气，说："她应该知道更多的，我希望你解释清楚了。你知道，有些女人会责怪自己，就算她们什么也没做错，也会对每件事都感到内疚。你跟她说了什么？"

"我什么也没告诉她，只说我要走了，我把房子和我们共同账户里的钱都给了她。"

"2万美金和一个地处荒郊野岭的房子？如果她不傻的话，她会来找你的。"

保罗望着外面的海浪。

"她找不到我的。就算她找到了，并提出离婚，她也碰不到我的钱——即使她的律师发现了这笔钱。我已经确保我们搬到了法律对我有利的州。我可不希望我的钱出现在什么法庭文件上，那样我肯定会被发现的。与其如此，还不如在我家门外放个广告牌。听着，这不重要，她不知道钱的事，她也不知道我的事，我宁愿保持这种状态。至少有人因为我是保罗而恨我，而不是因为我做过的其他事情。"

"别说这个了。"约瑟芬说。

他从来没有告诉过她全部的真相，但他猜想她已经把事情拼凑起来了。约瑟芬不想谈谋杀的事，她觉得那事令人不安，令人反感。在她的世界里，那就像喝汤用错了勺子。也许她的知识在某种程度上玷污了她，但只要这是一个秘密，她就能处理好。约瑟芬是一位以自己的声誉为荣的女士，如果人们知道了真相，她可能就不会被当成正义的一方了。

"书写得怎么样——"

保罗挂断了电话，但对着空荡荡的小屋给出了答案——"这本书一切正常，约瑟芬。我会在写好后给你，而不是在写好之前就给你。让你和你的截止日期一边待着去吧。"

现在，他有了可以离开的钱，2万美金，不过这不会持续太久。在接下来的几个星期里，他打算去大开曼岛的银行，一次性取出一大笔钱，然后把剩下的钱转到另一个账户里，也许在苏黎世的某个地方。

这么做是为了安全起见,以防自己的身份是银行里的人发现的。他把手机放在咖啡壶旁边的柜台上,给自己倒了一杯新鲜的红酒。在他正要把红酒举到嘴边时,他听到手机在微微振动——收到了一条新信息。

他把杯子里的酒一饮而尽,感觉那玫瑰色的葡萄酒抵在喉咙后面。

美酒帮助他为读取短信做好了准备。手机短信提醒再次响起,现在他收到了来自玛丽亚的两条新信息。

想到早上她发现了那张纸条,然后花了一天中的大部分时间来酝酿这两条短信,他嘴里的湿润感都消失了。她不会理解的,而他也不想解释。约瑟芬是对的,玛丽亚应该知道更多,但现在,至少她是安全的,这也是他心中最重要的事情,他像抓着救生筏一样紧紧抓住它不放。但他知道,自己正在充满负罪感的黑色海洋中下沉。

玛丽亚救了他,她应该和更好的人在一起。

从燃烧的汽车,到 J. T. 勒博的第二部小说出版之间的那段时间,保罗是在一种朦胧灰暗的阴霾中度过的。他生活在纽约,你甚至不能称那为生活。他每天早晨起床是出于习惯,而不是出于迫切需要或渴望离开被窝。这并不是说他睡得很好,相反,他的梦太激烈了,充满了鲜红的火焰。

在那之后,他会穿好衣服离开公寓。到餐馆要走 117 块铺路石板,也就是八个街区,其中有 67 块铺路石板破损或破裂了,他每天都会数一遍。餐馆的地板是一块块锃亮的松木,上面沾着咖啡和糖浆,以及谁知道是什么的东西。女服务员都穿着白色胶底运动鞋。

吃完饭去酒吧的路上,有 203 块铺路石板。酒吧里面总是很黑,看不清地板。某种耐磨橡胶吸着保罗靴子的鞋底。他坐在酒吧椅上,看着自己的脚悬在橡胶地板上,直到醉得连回家路上的铺路石板有多少块都数不清。

几天过去了,几周过去了,保罗仍然无法摆脱因自己的所作所为而背负的重担。

一天晚上，一个乐队在酒吧里演奏。他们很早就过来弄好了他们的设备，并做了音响测试。在看到玛丽亚之前，他闻到了她的气味，是甜甜的柑橘味，然后看到了她的靴子、她裹着紧身牛仔裤的腿，接着他对自己遗憾地笑了。

然后，一件不寻常的事发生在了保罗身上，直到今天他都无法忘记那一幕，那位穿靴子的女士用一根手指勾住了保罗的下巴，优雅地把他的头抬起来，这样她就能看到他的脸了。天哪，她长着一张多么美妙的脸庞呀，一双美丽的蓝眼睛配上完美的脸型。她说"你好"，保罗则回以"嗨"，接着他们聊了起来。那天晚上，他和她一起离开了酒吧，但是找不到回家的路，他认不出那些建筑和店面。有一段时间，他真的不明白为什么，后来他意识到，这位穿靴子的女士已经让他把头抬起来了。保罗凝视着她的眼睛，并不觉得应该羞愧地把目光移开。那双眼睛紧盯着他，没有恐惧，也没有厌恶，除了善良没有别的。她使他重新找回了自我，这是他虔诚地用双手接受的礼物，那位穿靴子的女士叫玛丽亚，是她救了他。

现在她想知道他为什么离开她。他在婚姻中给她的不多，因为他做不到，而她则爱上了自己。告诉她钱的事会改变一切，她会想把钱花出去，过上奢华、引人注目的生活，但那会使自己的身份很快暴露。不，他不可能告诉她自己的另一种生活的，那太危险了。相反，他试图过一种新的生活。他唯一能过的生活就是自己能控制的生活，那也意味着同时要控制她。

他是多么愚蠢，竟然相信自己能控制一切。他真希望自己从未遇见过她，那样事情就不会这么复杂了。他的头会再次低下去，面对他本该离开的街道。

保罗点开了消息，有两条，一条是图片，另一条是文字。

图片显示在他的屏幕上。

是他的护照,放在厨房的柜台上。他又点开文字信息。

忘东西了吧?

00:17

周日下午的购物曾是玛丽亚的一个小乐趣。她会在第 42 街的唱片店里消磨几个小时,之后再点上一杯啤酒和一块加了意大利辣香肠的馅饼。她总是独自一人,从不与朋友同行。这样,她就无需为自己花费的时间而感到内疚,也不必顾虑其他人的感受。

今天下午不一样了。她开了 1 个小时的车来到购物中心。她先是去购物中心里取出了 500 美金,然后又去了隔壁的五金店。

她手里拿着一张单子,上面写着达里尔需要的东西,尽管达里尔一再告诉她要用脑子记下来,而不是写下来,但她还是写了下来,因为她知道在目前的精神状态下,自己很容易忘记买一些重要的东西。她感觉自己的大脑很不稳定——在成百上千个想法从她的意识之门冲进来之前,她无法长时间记住一个想法。

玛丽亚穿着蓝色牛仔裤、白色衬衫和牛仔夹克,用红手帕扎着头发,推着购物车在过道里挑选商品,然后用笔在清单上打钩。

8 升白漆

两个油漆滚筒

两个油漆滚筒托盘

一袋不同型号的画笔

四袋结实的塑料防尘布

三卷管道胶带

一捆绑线带

四件塑料工作服

两个油漆面具

一盒乳胶手套

三卷抽绳垃圾袋

  购物车装满后,她走向收银员,用现金付款。她把收据放进钱包,推着手推车向她的车走去。把东西装进后备厢后,她给自己买了杯"得来速"①咖啡,之后就驾车回家了。

  从意图和目的来看,购物清单看起来像是一位女士要重新装修,事实上她确实有此打算。玛丽亚回到家,用螺丝刀打开油漆罐,混合了油漆。然后,她倒了一些到油漆滚筒托盘里,用刷子轻轻刷了一下,去掉多余的油漆,然后在厨房墙上测试颜色。

  她后退了几步,审视两者的差别。也许这是她当时的心理状态——她完全脱离了预设的轨迹,生活在一个既真实又虚幻的世界里,油漆的痕迹看起来更像是她揭开了墙壁的真实颜色,而不是在表面涂上了一层新的油漆。

  她的电话响了,是达里尔。

  "单子上的东西我都买到了,"她说,"我要准备好防尘布,然后给他发个短信。过来吧,我想他今晚很晚才会回来。"

  他们详细地讨论了这个计划。

  保罗回家时,她会把护照藏起来,在厨房里等他。这个空间看起

---

① 指不需要下车,直接把餐食或饮料打包带走。

来会像是玛丽亚刚开始粉刷一样，一张孤零零的椅子摆在防尘布的中央，正对着后门。玛丽亚会让他坐下，这样他们可以交谈。达里尔会走到他身后，抓住他的手臂控制住他，而玛丽亚则拿着绑线带从旁边走过来，把保罗的手腕、脚踝逐次固定在椅子上，接着搜他的身。如果他带着枪，就把枪拿走。

然后玛丽亚会把一切都说出来。比如，她知道他是 J. T. 勒博，而且知道钱的事，他要给他们的账户里汇 1000 万美金，否则玛丽亚就会告诉《纽约时报》他的身份，他别无选择。

玛丽亚不知道保罗会作何反应。如果他奋起挣扎，她希望达里尔能占据上风，直接给保罗的脸来上一拳，但达里尔说他不想那么做。她花了点时间才说服他，告诉他这样做只是在保护她。她曾想过，如果发生肢体冲突，保罗会去报警。这也是他们要铺防尘布的原因——如果有人流血了，防尘布可以保护地板。之后，防尘布会被取走烧掉，地板上不会留下血迹，就像什么都没有发生过一样。既然油漆罐散落在厨房各处，防尘布也不会显得格格不入。

玛丽亚一遍又一遍地思考这个计划。

这是唯一的办法。

不知怎的，尽管这一切对她来说很合理，她还是觉得后腰上冷冰冰的，就像有冰块慢慢滚下她的脊椎。

00:18

保罗决定回去拿护照的时候，太阳是血橙色的，刚刚开始沉入地平线之下。他检查了一下手提箱的口袋，发现里面是空的，但他确信自己拿过护照并装好了。

他躺在沙发上，盯着天花板看了1个多小时，甚至更久，设想了所有可能的情况。有些情况很糟糕，他不想回去——有人已经发现他了；玛丽亚被抓了，而这条短信是引诱他回去的诡计。

一想到她可能会受到伤害，他就觉得嘴里直冒酸水。他闭上眼睛，诅咒自己的愚蠢。他让自己相信自己可以很好地隐藏起来，他应该远离玛丽亚，压抑自己对她的感情。但他却允许自己爱她并使她处于危险之中，这是他的自私造成的。话说回来，也许是玛丽亚自己发的短信？无论真实情况如何，都让他更加确信自己逃跑是正确的选择。

他决定今天回家，不过要等到很晚的时候，趁着天黑偷偷溜进房子。如果玛丽亚睡着了，他不会打扰她。如果发生了其他什么事，他会处理。他需要随身携带那把左轮手枪，如果他看到房子里除了玛丽亚还有其他人，他就会开枪，只有这样才能保证安全。

做了决定后，他慢慢地吸了一口气，然后呼出来。一股毛骨悚然的情绪蔓延到他全身，他脖子后面的汗毛都发痒了。有些地方不对劲。此时没有外界的干扰，他注意到船好像不再摇晃了。

他把背从沙发上抬起来，脚移来移去，寻找他脱在地板上的靴子。一碰到地面，他就立刻把脚抬到胸前，咒骂起来。他的袜子和脚一片湿冷——就像刚浸在了一桶冰里一样。

不，不是冰。

是水。

他往下看，看到船舱地板上有一层薄薄的海水。

我的天。

他想起了自己让船全速前进，驶过巨浪时发出的撞击声。也许他撞上了什么东西，损坏了船体。

要先做重要的事情。保罗从桌上抓起笔记本电脑，拉向自己。他检查了最新版本的手稿是否已经安全地上传到U盘里，然后取出U盘，放在一个塑料袋里。他的桌上放着一把袋子。他曾经犯过一个错误，下船的时候把 U 盘放在了口袋里，而他跳向防波堤时滑倒在甲板上，掉进了水里。后来他虽然安然无恙地游了上来，但损失了三天的工作成果。

他把袋子封好，放进裤子口袋里。

他多希望自己能记起更多船舶安全课程中学到的东西，但现在至少要做点什么。他没有继续找靴子，反正脚都湿了。他站了起来，第一个想法是试着启动引擎。

他失败了。

他下到船的底部，检查了船舱泵。这艘舱式游艇有一个木制的船体，建于 20 世纪 50 年代，虽然看起来很漂亮，但没有很多更现代化的安全设备，那些设备在这种情况下会很有帮助。船上确实有电子舱底警报器，他检查了一下，发现警报器坏了。有人建议他在船上安装其他备用安全系统，但他认为这艘美丽的船已经不带安全系统航行了 60 年，所以不想破坏它。现在，他后悔了。

船舱泵坏了。油与水混合在一起，淹没了泵壳。在甲板上的某个地方应该有一个手动曲柄泵，但保罗的心跳得比他想象中的要快，他不知道手动曲柄泵在哪里，也不知道该如何操作。

收音机。

保罗有一台甚高频①收音机。他回到舵旁，找到并打开它，然后寻找收音机附带的说明书，这样他就能找到正确的频道发出求救信号了。他咒骂了一通，然后就开始用收音机对话。他看了看 GPS 系统，读出了他的坐标，然后对着麦克风尖叫"我的船正在下沉"。

---

① 甚高频是指频带 30 兆赫至 300 兆赫的无线电电波。比其频率低的是高频，比其频率高的是特高频。

没有回应。

他打开标有"紧急情况"的盒子,拿出一件救生衣和一个人员定位信标。这个设备他知道怎么用。他打开开关,看到小红点闪烁,然后在船倾斜的时候,把救生衣套在头上,但接着他就被抛倒在了甲板上。保罗伸开双手阻止自己跌倒,但动作不够快。

一声闷响是他受到撞击昏迷前听到的最后一个声音。

他在黑暗中醒来,几乎窒息。

这时,船上的水已经约有 1.2 米深,船尾完全沉入冰冷的黑色海水中。他差点儿掉进水里,淹死在自己的船舱里。他摸索着走出船舱,爬上主甲板,向船头走去。他在光滑的木板上滑来滑去,鲜血从他头皮上的伤口汩汩流出。环顾四周,除了黑色的大海、黑色的夜晚和眼里的鲜血,别无他物。

保罗打开救生衣上的手电筒,跳入水中。船要沉了,除非离开这里,否则他将一并沉没。

他觉得应该不会有事,海岸警卫队马上就会派一艘船和一架直升机来找他,他在"探索·发现"频道上看到过:当按下人员定位信标时,美国海岸警卫队办公室的警报就会响起。有那么一瞬间,他觉得自己做的是对的,离开正在下沉的船可以救他。

他的脚失去知觉了,太冷了。直到他的整个身体都碰到了海水,他的头暂时沉入水下,然后在救生衣的强大浮力下弹回水面,他才注意到温度的变化。然后,他注意到了寒冷。

休克。

就像有什么东西在勒他的身体,同时又像有什么在燃烧。他快憋死了,嘴张开大口吸气,并借此抵挡刺骨的寒冷,这种寒冷就像拆除球[①]一样袭击着他的身体。但这里没有空气,只有海水。

他立刻吐了出来,但是仍然没有氧气,尽管他的嘴张着,他的身体强烈地渴求着氧气。他的手臂停止了移动,他的腿停止了踢摆,寒冷使他瘫痪了。有那么一瞬间,保罗以为自己掉进了电池酸液里。他的皮肤因痛苦而跳动着。一种跳动的、灼热的痛苦夺去了他的一切——他的声音、他的气息、他的四肢。

但他的思想并没有被夺走,他还能清晰地思考。冷水浸泡引发了休克,即使能从休克中恢复,他在水里也活不了多久。他知道自己的体温在迅速下降,身体系统在冷却,在关闭。奇怪的是,他开始感到温暖。

他知道自己会在晕厥以及寒冷刺入骨髓之前死去。他闭上眼睛前看到的最后一个场景,是救生衣在闪光,而他想到的最后一个人,则是玛丽亚。

00:19

保罗睁开眼睛,只看到一片黑暗。

他感到胸口受到一阵巨大的压力,接着喉咙有液体向上翻涌,很快水像管子爆裂一样从他的喉咙里喷出来,遮住了他的脸。他咳嗽了一下,试着呼吸空气。吸了一些后,他挣扎着想抬起头来,但是没有成功。

黑夜悬在他的头顶,现在又出现了别的东西——星星。

一个声音充满了他的耳朵,那是摩托艇的轰鸣声。他的双臂自然

[①] 一种重型铁或钢球,由井架摆动或抛掷,用于拆除旧建筑物。

放在身体两侧,能够感受到一种坚实的东西。一个人影在他面前若隐若现,那是一个男人,留着黑胡楂,脸很尖,穿着一件明黄色的防水外套,而且在说话,虽然保罗起初什么也听不见。保罗感到自己的眼皮很沉重,几乎无法集中注意力。

"嘿!坚持住,伙计!"那声音说。

伙计?保罗没有认出那个人。也许那人认识他,也许不认识。

保罗感到很困。

有什么东西从他的脸颊上刮过,刮痛了他的脸。他睁开眼睛,发现那个人又出现在他面前,冲着他大喊,叫他不要睡。保罗能闻到鱼的腥味,他的手摸了摸甲板,感觉黏糊糊的。

是一个渔夫。

一个渔夫救了他。

保罗开始微笑,然后是大笑。他感到腿上一阵剧痛,然后动了起来。渔夫把他拖过了甲板。然后那人又出现在他的视野中了,而且离他很近。那人把他的胳膊挎在保罗的胳膊下面,把他拖了上去。保罗能闻到那人皮肤上鱼的味道。鱼的臭味使他再次呕吐起来,更多的海水从他的胃里喷出,然后他就被拖进舱内,摆脱了寒冷。渔夫用手抓着他,脱下他的衣服,揉搓他的皮肤,在他身上盖上一条闪闪发光的银毯子。渔夫长着一张慈祥的脸,手又粗又硬。保罗想,或许是多年来拉绳子、收网和杀鱼的工作,把他的手磨成了石头。

"别担心。你会没事的,伙计,我会照顾你的。你是我今天抓到的最大的鱼。"他用纯正的南方口音说。接着,他发出一阵响亮的笑声。那笑声听起来让人很安心。危险过去了,他会没事的,就像渔夫说的那样。

保罗又感到了温暖,他知道自己安全了。他一直很喜欢渔夫,在他眼里,他们是真正的男人,总是直面各种生命危险。虽然他们过着艰苦的生活，但从不屈服，眼前的这位渔夫更是其中的佼佼者，他笑得很大声，而且听起来让人安心。保罗渐渐睡着了。

半梦半醒之时，他意识到，他把箱子连同他旅行的钱一起落在船上了，他的手机，还有左轮手枪也都没了。

但至少他还活着。

00:20

听到达里尔踩在砾石上的脚步声时，玛丽亚快速打开了前门，让达里尔赶紧溜进来，之后她又迅速关上了门。她拉着他的手，狠狠地吻着他，一方面是因为激情，另一方面是因为恐惧。

"警察今天来俱乐部了。也许和我无关，但确实很可怕。你知道吗？我开着车转了1个小时，以确保没人跟踪我。不过没事，亲爱的，或许是我多疑了。"他说着，又拥抱了她。

提到警察，她又一次恐惧地战栗，但就像达里尔说的，可能没什么事。他很小心，但不止如此，他叫了她亲爱的。这是他第一次用这样的词，对她来说是一个特别的词。听到达里尔用这个词称呼她，她感到胃里一阵颤动。这个词感觉像是一年后，他们一起住在远离孤独港的家里时，他会对她说的话。

这是对新生活的"惊鸿一瞥"，她很喜欢。

靠在达里尔的怀里，玛丽亚感到了平静。她喜欢他的气味，喜欢他的拥抱。他经常使用柑橘和香料的香氛，而这柔和了他身上的力量感，使她想起了圣诞节。她把头靠在他的胸前，感受着他的手抚摸着自己的头发。

不知过了多久，他放开她，温柔地吻了她一下。她领着他走过大厅，走向厨房。在厨房门口，看着眼前的情景，达里尔像吓傻了一样。玛丽亚微笑，希望他能对自己的工作感到满意。

只见厨房中，几乎所有的墙面和地面都覆盖着厚厚的塑料防尘布，除了房间尽头那扇窗户，以及窗户下面的水槽和柜台。当然，残羹剩饭也没有盖上，还有刚煮过意大利面的锅，沾着红色番茄酱的碗，用过的菜刀，和上面是黄辣椒、罗勒碎屑的案板。

一把餐桌椅放在塑料防尘布的中央。

达里尔四处打量，寻找剩余的物资，见它们被整齐地堆在厨房角落里。

"我什么都有。你最好快点，他随时都可能回来。"玛丽亚说，她抓住达里尔的衬衫，凑过去快速地吻了他一下，然后把他推向那堆东西。

他笑了笑，转身离开她。她看着他撕开装工作服的袋子。

玛丽亚抓起绑线带和管道胶带，把它们放在达里尔旁边的柜台上。

"我打开了油漆，把油漆罐放在地板上，这样他进厨房时就能看到。"玛丽亚说。

达里尔把白色塑料工作服的拉链拉到胸前，戴上兜帽，再把拉链一直拉到喉咙处。接着，他戴上油漆面具，把松紧带系到脑后。

"现在退出还不晚。"达里尔说。

她用双臂环抱着自己的身体，使自己振作起来。

"我不会退出的。我只是想确保我们不会受到伤害。我应该买个电击枪什么的。如果他反应过激，我们对付不了怎么办？如果他手里拿着枪进来怎么办？"她惴惴不安地问道。

"我会藏在中央柜台后面，这样他就不会看到我了。我们会听到他开车的声音。你先去前面看看，他来后把他带到这里，让他坐下来谈谈。"

"如果他不说话怎么办？如果他朝我开枪怎么办？"她继续问道。

达里尔环顾了一下厨房，看到角落里有一个开着的工具箱，旁边的地板上放着一把螺丝刀。螺丝刀的尖端沾满了油漆，粘在塑料防尘布上了。达里尔走到工具箱前，拿起一把羊角锤。

"如果他以任何方式威胁你，我就用这个砸他。"达里尔说。

她打了个寒战。

"别担心，我绝对不会让他伤害你的。"达里尔说。

他声音的突然变化使玛丽亚猛然转过身来。看着眼前的景象，有那么一瞬，她十分困惑。

达里尔就站在她身后，离她只有几米远。他穿着塑料工作服，看起来很吓人，尤其是他右手还拿着锤子。她觉得这可能是一个可怕的错误，这一切都可能大错特错。即使知道这就是刚刚那个叫她"亲爱的"的男人，那个她爱他胜过爱任何人的男人，可看到他穿成这样，玛丽亚还是感到了一丝恐惧，她的皮肤上起了无数的鸡皮疙瘩。但她不可能就这么算了，保罗完全背叛了她，因为钱和另一个女人，以及他拒绝给她的生活。然而，这种背叛并不值得冒这样的风险。如果有人受了重伤怎么办？她不能拿达里尔的生命冒险，他太珍贵了，这是绝对不行的。现在还不算太晚，她可以阻止这一切。她仿佛看到保罗朝达里尔开枪，然后是她。那样的话，就算给她世界上所有的钱也不值得。

是的，停止，马上停止。

如释重负的感觉像冷雾一样掠过她的全身。这事不可能发生了。这种感觉就像从一场又漫长又可怕的梦中醒来，回到现实之中，回到安全地带。

她张开嘴，正要告诉达里尔她想停下来，但眼前的一切让她的呼吸哽在了喉咙里。达里尔的眼睛不再是他的了。她在那双眼睛里看到了某种冷酷的东西,某种空虚的东西,某种她从未见过的神色。他看起来更高了,那个无精打采的冲浪小伙子不见了。他抬起了头,挺直了背,脖子上的肌肉突了出来。

"我不能冒这个险。不值得,让我们忘掉所有这一切吧,收拾收拾行李直接走吧。"

她的话并没有软化他的姿势,或是他的眼神。他从面具后面说道:"当然,你想怎样都行。拿起防尘布,我们把这地方收拾一下就走吧。"

玛丽亚转身离开达里尔,拿起餐桌椅。她又有了那种如释重负的感觉。她的计划可能会出问题,玛丽亚不能冒这个险,她正在向前看。离开孤独港,让钱见鬼去吧。她有达里尔,他们会相依为命的。

她搬着椅子向左转身,准备放回餐桌后面。这时,有什么东西拦住了她。玛丽亚听到砰的一声,整个世界都开始倾斜颤抖,接着她眼前一黑。

00:21

看到玛丽亚倒在塑料防尘布覆盖的地板上,达里尔咒骂着,在面具后面咬着嘴唇。这一击正好打在她的左太阳穴上,一股细小而有力的血雾喷向空中。他听到血溅在他穿的白色塑料工作服上发出的微弱的噼啪声,甚至感觉到一丝丝鲜血像喷雾一样轻柔地落在他的额头上。

这一击充满着力量,真正的力量。锤子本应落在她的头上的,但她转头时,锤子落在了她的太阳穴上。

他蹲在玛丽亚身边,看她闭着眼睛,张着嘴,没有意识,但也没死。达里尔再次举起锤子,砸在她的前额,发出可怕的咔嚓声。更多的鲜血报复一般溅在他身上，玛丽亚的身体开始痉挛，她的四肢抽搐乱舞，一只眼睛睁开了。它透出来的不是指责，也不是恐惧，其实那只可怜的眼睛已经完全停止带有任何意识地转动了，但她的身体还在抽搐。

塑料防尘布在她身下发出刺耳的声音，达里尔讨厌这个声音，这让他想起了学校里一个喜欢用指甲在黑板上写字的孩子。达里尔觉得自己天生就不适合听到这种声音。

他又举起了锤子，深吸了一口气。这时抽搐慢了下来，最终停止了。她那只睁开的眼睛"凝视"着天空，身体一动不动。

达里尔盯着她，等了几秒钟。她头下的塑料防尘布上积满了血。那把锤子没有多大用处，锤头上有几个缺口，而且被刮坏了几处，那是保罗的锤子，一把他在家里用过的锤子，上面会有他的指纹和DNA。达里尔把锤子丢在了玛丽亚旁边。

他站起来，摸到玛丽亚躺着的塑料防尘布的边缘，把它从粘在地板上的管道胶带上扯下来，然后再次跪下，把玛丽亚的身体和塑料防尘布一起卷了起来。塑料防尘布卷到另一边时，他停了下来，站起来走到前门，打开了门。然后用戴着手套的手在胸前擦了擦，在前门上沾了一点血。之后他再次回到屋里，小心翼翼地脱下工作服，摘下口罩，和手套一起放进一个袋子里，又把袋子放进他的夹克口袋里。

做完这一切后，达里尔关掉了房子里的灯，离开了这里。他钻进车里，把车开到车道顶上，停了下来。他从汽车后备厢里拿出一把约4.5公斤重的锤子，走近车道顶上的邮筒。挥一下就可以了。锤子击中了木柱子的底部，邮筒翻倒在泥土里。之后他把那把大锤子放回后备厢，又钻进了车里。在旁人看来，这个场景可能是因为一辆车误判了路况而撞倒了邮筒。

在那一刻,他对死去的、被塑料防尘布包裹着的玛丽亚毫无感觉。他相信生活中每件事的发生都有原因,连谋杀都是如此。达里尔自认为他有2000万个理由杀了玛丽亚。

00:22

身材魁梧的比尔·布坎南(大比尔)吃下最后一口熏牛肉三明治,就着一罐冷汽水吞了下去。他打了一个嗝,把罐头放回杯架上,又望向外面的大海。到目前为止,他的节食并没有按照他妻子的计划进行。在他的动脉植入支架后的六个星期里,他减掉了14公斤。不可否认,他因此感觉好多了。爬楼梯的时候,他不再上气不接下气了,这得益于新进行的动脉和药物治疗,他几乎成了一个全新的人。他上星期回去工作了,体重肯定又增加了一两公斤。作为一名美国邮递员,他有很多没有人监督的空闲时间。散步对他很有好处,而且他不再开着货车到科尔宾街陡峭的山坡上了。午餐时,他会吃妻子每天早上为他准备的新鲜沙拉,喝瓶装水。每隔一天,他就会在沙拉之外,再加一个皮特熟食店的三明治、一杯可乐和一袋薯片。很容易就能证明这种快乐是合理的——他觉得爬山和其他增加的运动量消耗掉了他摄入的卡路里。至少比尔允许自己相信这个"幻想"。

邮车停在曾经是皮尔逊农场入口的地方,他坐在车里,把三明治的包装纸揉成一团,塞进了车门上的储物槽,他之后会把垃圾扔出去。现在快10点半了,他从早上5点就开始工作了,只剩下最后一站。他发动了引擎,开了几百米远,来到库珀家。他下了车,打开了邮车的后车厢。邮袋底部有一小叠信,他拿起信,吹着口哨走向邮筒。

邮筒不在那儿。

是的，不在那儿，有人把它弄翻了。

也许是醉酒的司机误判了他的车速和道路的弯曲程度。大比尔扶起邮筒看了看，里面是空的，然后他朝房子走去。他上一次送信是在周五早上，那时候邮筒还好好的。也许他们不知道邮筒被撞倒的事，他得确保自己手中的三四封信可以安全地送到收件人手中。

走到前门时，大比尔嘴里的调子消失了。门开了一条缝，上面有一个奇怪的污点。只有库珀太太的车停在车道上——库珀先生经常不在家，如果哪次刚巧库珀先生在家，比尔还是很喜欢花点时间欣赏一下那辆造型优美的意大利跑车的——库珀先生肯定是去了别的地方。

他按响了门铃，在门口等待着，但没有得到回应。他用指关节敲了敲门，又更大声地敲了敲，依然没有回应。这时他才意识到，门上的污渍可能是血迹。

"库珀夫人？"他叫道。

"库珀夫人，我是比尔·布坎南，你的邮递员。一切都还好吗？"

沉默产生的怪异感侵蚀着他的肉体。

比尔试探性地推了推门，门开得更大了。他又喊了一声，问她是否还好，是否有紧急情况。

跨进门槛时，一阵恐惧攫住了他。他不应该在这里的，根本不该进来，他可能会因此被解雇，但如果发生了意外呢？

这条小走廊通向起居室。比尔把邮件放在门厅的桌子上，然后向里探头望去。客厅里没人。

"库珀夫人！"他喊道。这一次，他的声音里充满了恐惧。比尔的衬衫已经湿透了，现在他摘下棒球帽，把额头上的汗擦到袖子上。他上气不接下气，伸出一只手放在墙上，以此为支撑，把头探进了客厅。里面确实没人，而且看起来一切正常。

他又喊了一声，然后想也许是自己想多了，他应该直接离开的。

比尔快要下定决心的时候，碰巧向下瞥了一眼。地板上有更多的污渍，白色的地毯上有细小的红色水珠。

如果说红色水珠的出现有什么作用的话，那就是让比尔对自己继续探查的决定更有信心了——而且更坚信自己进入这所房子是对的。他又急切地喊了一声，然后穿过客厅朝厨房走去。这些老房子曾经密密麻麻地分布在海岸线上，比尔知道它们的结构都是一样的。有两扇门通向厨房，一个来自客厅，一个来自走廊。比尔顺着客厅地板上的血迹找到了厨房。门是关着的。

他摸到门把手，然后抓住它并转动起来。他把门打开了2厘米，闻到了一股奇怪的气味，看到了更奇怪的景象。墙壁、厨房地板以及其他能看到的地方，都被暗灰色的塑料防尘布覆盖着。那股气味击中了他，很熟悉，但又不确定是什么。汗珠从他的鼻子上淌下来，落在他的靴子上。他想再大喊一声，但喘不过气来，他什么也做不了，只能打开门。

他使劲推门。

然后跪倒在地。

地板上有一大团塑料防尘布，周围都是血。

那卷塑料防尘布被撕开了，通往走廊的玻璃门上布满了血淋淋的手印。

其中一扇玻璃门打开着。

他的左臂一阵剧痛，好像被棒球棒击中了。他环顾四周，没有发现任何人。疼痛从他的手臂蔓延到胸部和下巴。他用手摸了摸口袋，找到了手机，马上就拨了报警电话。

他把地址告诉了接线员，还说厨房里到处都是血，有人被袭击了。大比尔听着接线员的话，确认她派出了警察和医护人员。他把手机从耳朵处拿下来，吸了一口吸入器，告诉接线员快一点，他急需一辆救护车,他的心脏病发作了。

00:23

多尔警长快速从警车的驾驶座下来,绕着车跑到另一侧,又快速坐进副驾驶位,关上车门,系上安全带。布洛赫警官则从容地从副驾驶座跨过中央扶手箱,坐到驾驶座上,并系上安全带。接着,她鸣响警笛,打开车灯,踩下油门。多尔拿起无线电,确认有人正在处理警情,并试图从苏那里得到更多的信息。

从很多方面来说,多尔都是一名优秀的执法人员。他的主要优点是知道自己的局限性。多尔从来不会徒步追捕一个抢钱包的人,但他可以用猎枪打到铰链式不透明面板①,除此之外就没什么过人之处了,对了,他还是这个县有史以来最糟糕的高速司机。

布洛赫就不同了,她每天早上会跑10公里。他有时会在沙滩上看见她,脚咚咚地踏着地面。她枪法精准,车技一流,也许可以做到边开车边开枪,多尔想。

苏没有从报警的人那里得到更多的信息。情况很复杂,她正在尽最大努力使他保持冷静。

轮胎发着刺耳的声音驶出孤独港,驶上海岸公路。多尔瞥了一眼,看到速度已经超过每小时160千米了。他抓住车门上方的把手,想着到达现场时他该做些什么。

医护人员必须从县里过来。不管多尔和布洛赫花多长时间到达现

---

① 通常成对安装在电影摄影棚或电视摄影棚的灯具上,用于屏蔽光线,防止光线进入特定区域或摄像机镜头。

场，医护人员至少还要多花 10 分钟。多尔警长知道后备厢里有急救箱和除颤器，这些东西他都知道怎么用。

布洛赫踩下刹车，让他抓紧。多尔觉得没有必要，安全带压住了他的胸部。当布洛赫把脚从刹车上移开，突然向左急转弯，沿着通往停车场的小路驶去时，多尔的身体被向右一甩，肩膀撞到了门上，他不由得直了直身子，抓紧把手，以免自己在下一个急转弯被甩到驾驶座那边。车速度更快了。一声巨响，汽车冲破了公路与海滩的防护栅栏。刹那间，汽车失去了控制，开始在沙滩上打滑。这种情况下，多尔知道，如果是他开车，警车最终会撞到沙丘上或滑进海里，布洛赫开则完全不会。只见她将车速降了一挡，利用扭力找抓地力，于是方向盘扭来扭去，而多尔则被甩来甩去。最终车子回正，布洛赫指着挡风玻璃。"他们在那儿，就在前面。"她说。

透过挡风玻璃，多尔只能看到远处沙地上的一堆黑点。这么看来，布洛赫的视力似乎也更胜一筹。没过多久，这些点就变大了，看起来像岩层。他们越是接近，多尔看到的细节就越多。

离前面的人影还有约 9 米远时，汽车停了下来，布洛赫关了警笛，但没熄车灯。多尔下车后，终于清楚地看到现场了。

一个人把手机放在耳边，慢跑过来。在他身后，有人仰面躺在沙滩上。一个金发女孩俯身看着沙滩上的人。

"医护人员在哪里？"拿着手机的男人叫道。

布洛赫已经快走到那人身边了。多尔径直打开后备厢，拿上急救箱和除颤器。带着这么多东西，多尔只能小跑向附近的人影。布洛赫已经在那里了，正和那人旁边的金发慢跑者平静地交谈着。

"她就直接朝我们跑过来了，过来的时候在尖叫，浑身都是血……"金发慢跑者说。

多尔一看到躺在那里的是谁，两腿就僵住了，他在细沙上滑了下来。

玛丽亚·库珀的半边脸被鲜血和泥土染黑了,泥土在一只眼睛上结了块,把眼睛遮住了。她张着嘴,尖叫着,右眼睁得大大的,惊慌失措——恐惧地四处搜寻,寻找某种新的、看不见的攻击来源。她在沙滩上蠕动着,叫声现在完全变成了从喉咙发出来的原始咆哮。

多尔把布洛赫叫到身边,打开他带来的急救箱,递给布洛赫一些纱布,让她轻轻地压在玛丽亚头部一侧的伤口上,他则轻柔而迅速地用绷带把纱布裹在她的头上,同时还轻轻地对她耳语,告诉她一切都会好的。

可是玛丽亚不停地尖叫着,手指插进沙子里,扭动着身子。

纱布一缠好,多尔就开始检查她的生命体征。她还在呼吸,但处于过度惊吓的状态,多尔找不到她的脉搏。要么是因为太不稳定了,他无法察觉;要么是她抽搐、扭动的动作让他无法感受到脉搏。

"玛丽亚,发生了什么事?"他问。

玛丽亚没有回应他。他捧着她的脸,以便了解发生了什么事。她右眼的瞳孔几乎消失在虹膜里了,只能看到一个小小的黑点,当他把脸靠近她时,这个黑点一动不动。多尔捏了捏她的左眼皮,强行把它从血块里撑开,然后他的手立刻松开了。

天哪。

玛丽亚左眼的瞳孔已经淹没了虹膜。多尔不是医生,但他知道这意味着什么——玛丽亚遭受了某种脑部损伤。

"玛丽亚,我是多尔警长。发生了什么事?"他对她说,现在的语气比以前任何时候都更急迫。远处的警笛声传来,医护人员随时都可能到达。

"玛丽亚!"他喊道。

她不再扭动,看着他说话了。她的声带被她的尖叫振得一塌糊涂,嘴里和喉咙里都是血,但多尔清清楚楚地听到了她说的那几个字。那句话就像一根冰冷的针穿过他的身体,冷得他就像被注射了一针液氮。

"玛丽亚是谁?"她问。

医护人员到达后,多尔告知了玛丽亚的生命体征,之后由他们接管了工作。玛丽亚受到了惊吓,心跳加速,他们把她绑在担架上,飞快地抬上了救护车。

多尔听到收音机里传来了来自苏的更多消息。

比尔·布坎南在给库珀家送邮件时发现了一个血淋淋的犯罪现场,然后报了警。医护人员赶到时,比尔已经死在了地板上。

00:24

保罗感到阳光照在脸上。一股暖意从他的脸颊蔓延开,传遍全身。此时阳光灿烂,即使闭上眼睛,他也能看到那个炽热的球体——在他的眼皮上燃烧着一圈光,模糊而柔和。

接着身体有了感觉,但他的舌头失去了知觉,粘在他的上颚上,又干又陌生。他咽了一口口水,几乎要窒息了,但不知怎么的,一口唾液让舌头恢复了活力。手臂很重,他发现自己甚至举不起来。他转过头,觉得自己在旋转。很快恶心取代了眩晕,但他的胃在呻吟,空无一物,没什么能吐出来的东西。

慢慢地,记忆回来了。房间,渔夫,船。

他睁开了眼睛,天花板上光秃秃的灯泡发出的光芒刺痛了他的双眼,所以他又迅速闭上了眼睛。灯灭了,他听到动静,又睁开了眼睛。他似乎要花很长时间才能适应黑暗——视线的角落里闪烁着光点,接着他闻到一股腐烂的气味,还有汗味和呕吐物的味道。他意识到他闻到的是自己身上的气味。

"有人吗？"他问。

房间角落里的一盏灯咔嗒一声亮了。一个阴影遮住了刺眼的光线，他发现自己可以环顾房间，且不会感到头痛了。

他终于看清，这是一间黑暗的地下室。他想把胳膊弯到身下坐起来，但发现自己根本做不到，仿佛有人按住了他。他向左看了一眼，又向右看了一眼，咒骂了几句。

他的两只手腕都被绳子绑在床上。他试图把手臂拉向自己，撑了撑绳子，感受了一下拉力。过了一会儿，他停了下来，感到筋疲力尽。这时，恐惧攫住了他，他已经很长时间没让这种情绪压倒自己了，他的身体颤抖着，咸咸的汗水"灼痛"了他的眼睛，又落到了他的脸颊上。

他使劲抬起头，看见一个人坐在床前。但他认不出这个人。小台灯桌上的两件东西把保罗从恐惧的悬崖边缘拉了回来，进入了原始的、本能的……

惊慌。

他尖叫着，咒骂着，双腿重重地敲打着床垫，双手用力拉扯绑住自己的绳索，直到手腕开始流血，嘴唇上堆积了厚厚的泡沫。

他看到桌子上有一台笔记本电脑和一把枪。

一只手伸到灯光下敲了敲键盘。笔记本电脑启动了。起初，屏幕上的眩光让人感到痛苦，但保罗现在却很想看到这一幕。疼痛是件好事，疼痛意味着他还活着。

屏幕不停地切换，保罗发现那个人正在看一个新闻频道的实况转播。

"还记得我吗？是我把你从水里拉出来的，你现在在我家，在这儿待了好几天了。"那人说。

那人身体前倾，借助笔记本电脑屏幕的光，保罗只能辨认出那人的脸。他有着深色的胡楂，头发乱蓬蓬的，此外还有强壮的下巴和清澈明亮的眼睛。在这种光线下很难猜测他的年龄，可能是35岁或40岁出头。上次保罗见到这个人的时候，他穿着亮黄色的防水服，手放在保罗的胸口，把水从他的肺里压出来。

是那名渔夫。

"我本想叫你冷静下来，可眼下我不怎么喜欢你。他们在新闻上说了很多关于你的事，伙计。我要你先看看，然后我想听听你的说法。如果我不喜欢我听到的回答，要么我把你交给警察，要么我自己开枪打死你。如果我救了一个人的命，我想我有权知道自己救了一个什么样的人。"

惊慌平息下来，保罗知道自己有大麻烦了，要想找到出路，就必须集中注意力。他把注意力转移到屏幕上。

新闻主播谈了总统的外交访问，接着是飓风袭击了新奥尔良，最后是当地新闻。警方仍在寻找两天前的晚上见过保罗·库珀的目击者。他的照片出现在屏幕上，那是一张保罗在船上的照片——他们搬来这里的第一个月由玛丽亚拍的。保罗的照片出现在屏幕上时，主持人继续报道，说保罗·库珀的船在海湾里沉没了，从那以后他就再也没有出现过，海岸警卫队已经停止了搜索。然后他看到多尔警长正在接受问询，寻找能证明玛丽亚·库珀当晚行动的证人……

保罗屏住了呼吸。

她在湾城医院，情况稳定，在此之前，她在自己家里遭受了一次恶性袭击，造成了危及生命的脑损伤。孤独港的警长不相信这是一次入室盗窃，并敦促孤独港的居民保持冷静。多尔警长认为受害者是被她丈夫，即失踪的保罗·库珀袭击的。

保罗不相信还有什么情况能比现在更糟——他发现自己不小心掉

进了一个黑洞。玛丽亚受伤了，而且伤得很重。他思绪万千，每一种思绪都被恐惧和愤怒所包裹，无比混沌。如果警长认为他是袭击者，那么玛丽亚显然处于这样一种状态——她无法告诉他们到底发生了什么，或者她认为袭击者是保罗？或者她还在昏迷？

新的眼泪又流了出来。保罗的身体放松了，他开始感受疼痛，这一切都是他造成的，玛丽亚可能会因他而丧命。

因为 J. T. 勒博。

主播转到其他新闻的时候，一只手盖上了笔记本电脑。接着，那只手又放在桌上一把点 45 口径手枪的枪托上。

"跟我说说吧。我从 5 开始数。"那人说。

不管现在保罗对玛丽亚的感情是什么样的，这种情感都在他心里扭曲了。这种情况经常发生，人们会因为恨而做出异乎寻常的事，但他们也会因为爱而做出更伟大的事。

"5。"那人数到。

保罗对玛丽亚的爱助长了他的愤怒——这使他体内的肾上腺素开始飙升。不管是谁伤害了她，这个人都会受到惩罚，保罗确信这一点。

"4。"

要做到这一点，他必须思考，必须放松并说话，而且是马上，否则一切都会结束。

"3。"

保罗把他的手指伸进床垫，紧紧抓住，把自己固定在此时此刻。他接下来说的话最好是好话，而且最好是实话。

"2。"那人说着，拿起枪。

"我没有伤害她。"保罗说道。

"1。"

"我爱玛丽亚，这就是为什么我离开了她。"

在瞄准保罗之前，枪在空中停了下来。那人把枪重新放回到桌子上，动作缓慢而优雅。保罗仔细分析了一下这个动作，这不是一个凭直觉行事的人。

"我不明白。"渔夫说。

保罗的嘴又干了起来，喉咙发烫，发紧，但不知怎的，他还是说了话——声音断断续续，非常嘶哑。他首先想到的是真相，必须说些令人信服的话，否则他很可能会在监狱里度过余生。

"我有一个秘密。不知怎么的……有人发现了我的秘密。我觉得他们可能会伤害我，或者我身边的人。"

他努力咽了一下，把一些水分带回嘴里。这些水分足够他继续说话了："这就是我离开的原因。"

有那么一会儿，保罗听着自己的呼吸在喉咙和肺里呼啸，而他的眼睛紧紧地盯着房间对面灯光下的那个人。保罗看着他抚摸自己的下巴，然后身体向前倾，双手放在膝盖上。

最后，那人点点头说："我不喜欢秘密，保罗。如果你要留在这里，就不能有秘密。如果你说的是真的，那么一定有人想杀了你。他们可能在你的船上开了个洞，还差点杀了你的妻子。据我所知，警察没有找别人，而是在找你，因为你是头号嫌疑人。如果你没有伤害你的妻子——而且从你告诉我的来看，我认为你没有——那你就需要帮助。信任是双向的，保罗，这是你最后的机会。告诉我这个秘密是什么，以及这个秘密为什么这么重要。别撒谎。如果你撒谎，我就把你扔到街上，并亲自叫警察来。"

最后一句话，也是致命的一击。那人的眼神就像一束激光，让保罗无法说谎。他从来没有像现在这样脆弱过——被绑在一个带着武器的陌生人家里的床上，一个面相散发出的威力似乎可以穿透岩石。

保罗用尽所有的力气，几乎要呕吐了，终于使自己能够稍微坐起来一点，至少把肩膀从床垫上抬了起来，好让他在说话的时候能够盯着那个人的眼睛。

"我有钱——很多钱——我在开曼群岛的一个账户里有2000万美金。有人发现了钱的事，他们想要这笔钱。"他说。

当渔夫再次拿起枪时，保罗意识到自己刚刚犯了一个巨大的错误。

"你是毒贩吗，保罗？"

"不，不，不，绝对不是。事情不是你想的那样。"

"这听起来是违法的，而且情况看起来就是这样。我认识的正派人中没有一个人能在海外账户里有2000万美金。现在，你是想告诉我真相，还是希望我去报警？我想我该给他们打个电话。"

保罗别无选择。现在的情况有两种方法可以处理，但严格来讲，其中一种根本不能算是一个选择。要想把他从这种情况中拯救出来，保罗能说的只有一件事。于是顾不得被绳子绑住的手腕，因用力而吱吱作响的肩膀，保罗大声说出了那句话——那句他以前从未说过的话。

"我是J.T.勒博。"

这个名字刚从他嘴边说出，他就发誓再也不会说这句话了。

"那个作家？"

"是的，那个作家。落水前，我把最新的小说放在了一个U盘里。我有很多钱，有人发现了我的真实身份，他们在追杀我，这就是现在的情况。"

渔夫弯下腰，拉起牛仔裤裤腿，抽出了一把刀。刀锋映照着灯光，像火焰一样闪烁，刀的边缘微微弯曲，看起来极为锋利。

他默默地向保罗走去，而保罗甚至能感觉到死亡的逼近。他是个大个子，肌肉发达。保罗看不懂那人的眼神。大个子走近时，他能闻到海水味和淡淡的鱼腥味。保罗感到出奇的平静，他已经尽力了，什么也说不出来了。他现在唯一希望的就是血能流快点，尽可能减少一些痛苦。最后一滴眼泪溢出了他的眼角，他颤抖着闭上双眼，感觉那滴眼泪在脸颊上慢慢滴落。同时，他也等待着冰冷的刀锋。

但预期中的疼痛并没有到来，相反，他感觉到手腕上的绳子越来越紧，最后竟然松开了。

保罗睁眼看向抓他的人，那人割断了绕在他手腕上的绳子，然后割断了保罗身上剩下的绳子。

"我很抱歉，但知道了这个消息和一切后……我还是不得不确定一下。不好意思，保罗，还是我该叫你勒博先生？算了还是不要了。我和大多数人一样读过你的书。如果我能帮到你，我一定会竭尽全力。那边有个水槽，你可以洗洗脸；后备厢里有新衣服。睡一觉吧，明天早上我来接你。放轻松，你在这里很安全。非常欢迎你到我家来。"

00:25

从玛丽亚家开车回家的路上，达里尔浑身发冷。他的后备厢里有一个包，里面装着带血的工作服和带血的手套。他离开得有些匆忙，玛丽亚的身体甚至还没变冷。不过在第二天早上邮递员发现那个坏掉的邮筒并接近房子之前，不太可能会有人发现尸体。而那个邮递员会注意到敞开的前门，上面有达里尔涂抹的血迹。那足以诱使他进去，然后发现被塑料防尘布包裹着的玛丽亚的尸体。

放松，他告诉自己，有的是时间。

当前最重要的是能安全地开车回家，并确保不被警察拦下。每次遇到红灯，他的腿都会紧张地在油门踏板上抖来抖去，如果不紧紧抓住方向盘，他的手指也会颤抖。经过警长办公室时，他能感觉到脖子上的肌肉在收紧，但他没有看那栋楼，一次也没有。最后，他穿过小镇，开上了那条通往孤独港另一侧海边的老公路。20分钟后，他来到水边。他的船停在私人码头上，他的房子安静而黑暗。达里尔把车停好，下车时不忘带上包。他的后院有个油桶，他把包放进了桶里，接着倒入机油，最后点燃了一根火柴。达里尔看着火焰开始燃烧，然后离开油桶去做剩下的工作。

前门上的门闩滑开了，然后是圆筒锁。达里尔打开走廊里的一盏灯，静静地站着，听着。他拥有的每一种感觉似乎都变得更加强烈了——第二次向玛丽亚的头部猛击时，他的肾上腺素激增，这真的扰乱了他的思维过程。

达里尔从口袋里掏出另一把钥匙，打开了地下室的门，并以平稳谨慎的步伐走下楼梯。地下室角落里的灯照在台阶上，亮度刚刚好，足够让他看清。当他的靴子落在地下室的地板上时，他停了下来。

达里尔走到床脚时，地板开始吱吱作响。那里躺着熟睡的保罗·库珀。达里尔还没有绑紧捆住保罗的绳索。等保罗再睡一会儿，他就会及时去做。

"嘿，你还好吗？"达里尔问。

保罗动了动，转过身来，半睁着眼睛。

"我在哪儿？"保罗问道，声音因沉睡而浑厚。

"你安全了。"达里尔说。

保罗试图把注意力集中在达里尔身上，但没有成功。在他再次入睡之前，他说："你救了我，你是那个渔夫。谢谢你。"

"别客气。我真高兴当时抓住了你。"达里尔说。

当保罗滑入另一个梦境时，达里尔用一个新注射器装满了一剂特殊混合物，并小心翼翼地注射到保罗身体一侧的肌肉里。保罗对注射器毫无反应，当达里尔把针头插入他的静脉时，他甚至连眼皮都没有抬一下。镇静剂和吗啡的混合物——这就是达里尔配制的特殊混合物。

"睡吧,"达里尔说,"你的麻烦才刚刚开始呢。"

这一针打完之后,保罗就不会记得刚才的对话了。

达里尔给保罗接连打了几天的镇静剂,而他自己则吃面条,擦枪,看新闻。

当地新闻主播的最新报道给了他一些希望。玛丽亚·库珀脑部受损,目前情况稳定,但仍处于危急状态。他知道如果运气好,她什么都不会记得,但他也造成了恶果,她本不该活下来的。医院的新闻联络官在报道中透露,玛丽亚已经接受了紧急脑部手术,以清除大量的蛛网膜下腔出血。

警察们在新闻发布会上公布了更多的细节信息。孤独港警局的亚伯拉罕·多尔警长证实她患有某种失忆症,并呼吁目击者挺身而出。同时,警局也公开征集保罗·库珀的行踪线索。周日晚上,也就是玛丽亚·库珀在海滩上被发现的前一天晚上,州海岸警卫队收到了保罗·库珀发出的求救信号。他的船沉没了,救生衣在离沉船几公里远的地方被找到。目前,专业潜水员仍在检查船只残骸。

保罗·库珀在海上失踪了,但是警局未排除他的嫌疑。

达里尔关掉电视,喝完一杯牛奶,把杯子放回咖啡桌上。他当时处理保罗的船的时候很小心。他在码头潜水时在船体上挖的洞很粗糙,看起来像是意外造成的,而他连接在舱底警报器上的电池以及舱底泵本身只是发生了短路。海洋调查小组要想检查船体的内部电路,就必须用螺丝刀来去除分螺丝,但那样就去除了他在螺丝上留下的工具痕迹。是的,没有什么线索可以把保罗那艘船沉没的事故追溯到他身上。

只有玛丽亚能给他造成麻烦,这是他唯一还没解决的问题。如果她在他解决一切麻烦之前出院,他就能搞定这个问题。他想起锤子第二次落下前她脸上的表情,她一定吓坏了。他在脑子里回放着那个表情,细细品味。这几乎抵消了他叫她"亲爱的"时那种恶心的感觉。

那种感觉在他嘴里留下了一股难闻的味道,像胆汁。他摇了摇头,用舌头舔了舔嘴,试图用面汤的余味赶走那种恶心感。

玛丽亚的幸存在达里尔看来是一个巨大的"隐患",但他相信自己可以处理。谢天谢地,她什么也不记得了。如果她把真相告诉警察,他们就不会把保罗列为嫌疑人。不行,那样大家的视线就会放在自己身上,达里尔想。

到目前为止,达里尔认为他的运气还不错,不过还需要继续好下去,而这需要做出一些调整,他将不得不加快时间表的进度,但他可以继续自己的计划。

达里尔看了看表,今天是星期二,时间马上到下午4点15分了。他拿起空杯子,在盆里洗了洗,然后扔进风干箱里让它风干。他又撕开一包面条,放在一壶水里,打开燃气灶。厨房柜台上放着一条毛巾,上面摆放着一排武器,那是一对猎刀,其中一把的刀刃约有30厘米长,一边锋利弯曲,另一边呈锯齿状。另一把与它长得一模一样,但要小得多。达里尔把较小的刀放在脚踝鞘里,固定在右脚踝外侧;较大的刀插进刀鞘里,放进了脚边的保险箱。

就剩下手枪了。他拿起柯尔特手枪,装上子弹,上膛,扣上保险栓,然后把它别在牛仔裤的腰带上。放刀的保险箱被他锁上了。他把浮板从厨房柜台下面移开,把保险箱移到里面,然后把浮板放了回去,遮住保险箱。

笔记本电脑放在桌子上。

达里尔打开笔记本,按下电源开关。趁笔记本程序启动的过程,他转身去给自己煮了咖啡。液体冒着泡被倒进壶里后,他坐到厨房的桌子旁,打开一个空白的文档。

他已经有一段时间没坐下来打字了。

起初,他的手指总是找不到正确的按键。这种感觉也影响了他在屏幕上"说的话",使得文章读起来有些语无伦次,让人感觉呆板生硬,断断续续。

他看着屏幕。

他已经打了几段了,就现在而言已经足够了。

他倒了一杯刚煮好的咖啡,想起了玛丽亚。

她是被他从背后击中的。如果她的记忆力好转了,他可以把责任推给保罗,骗她说保罗先袭击了她,然后又袭击了自己,而他唯一能做的事情就是逃命。无论发生什么事,他都会处理的。

那天晚上他睡得很不安稳,他计划在第二天早上和保罗谈话。他减少了给保罗注射药物的用量,这样药效就会在天亮前消失。周三早上,他穿上钓鱼时穿的旧毛衣,把那支点45口径手枪和笔记本电脑带进地下室,叫醒保罗,开始做渔夫的"例行工作"。他喜欢看保罗局促不安和惊慌失措的样子。尽管保罗对真相守口如瓶,达里尔还是设法让他谈起了钱的事,这就是他需要的全部。

2000万美金堪称一笔巨款,达里尔知道他必须为之努力。他制定了一个计划,到目前为止,除了少数例外,这个计划证明了它的价值。他唯一没有预料到的是,自己竟是如此享受这一切。

00:26

多尔警长站在一片阴郁之中,似乎每一个极端暴力的场景都充斥着这种氛围。现在,这所房子中不仅空无一人,就连生命力都好像离开了。沉默像传染病一样到处蔓延,室内的植物会死去,血迹会被洗掉,虽然这些消逝不可避免,但房子主体上的洞会被留下来。

警局已经搜查这栋房子好几次了。多尔警长还安排洛马克斯市的技术人员拿走了保罗·库珀的笔记本电脑，一旦他们破解了密码，打开了那些文件，就会被立刻送回来。他没指望能找到什么，但试一试也无妨。布洛赫警官在现场待了半天，在笔记本上写满了她的观察、想法、理论和批注，详细描述了她认为奇怪的一切。

布洛赫生性不苟言笑，不愿谈论自己的想法。库珀家有太多的证据，但这些证据反映的问题估计要比能够证明的东西多得多。多尔坚持要他们一起来检查房子，一起谈谈。布洛赫有些不安地同意了，但补充说，他们的谈话不能被记录下来，以免他们的理论将来成为辩护律师的口实。多尔接受了这一点。

现在是星期三上午10点半，阳光明媚，多尔站在库珀家的客厅里，凝视着地上那用黄色胶带贴成的巨大躯体轮廓，那是当地邮递员比尔被发现时尸体倒地的位置和形态。是的，可怜的比尔在救护车赶到时，心脏已经停止了跳动。医护人员抢救了45分钟，但电击除颤和心肺复苏术都没能使他苏醒过来。

一个可怜人，多尔想，一个意料之外的受害者。通常情况下，在每一起暴力犯罪中，受害者往往比预想的要更多，友人、家人、爱人、路人。事件越暴力，对他人造成的创伤就越严重。创伤通过他们的眼睛或其他感官进入他们的身体系统，在更致命的情况下，创伤会直接攻击他们的心脏和灵魂。多尔以前在其他地区见过这种情况：一个孩子死了，或者被劫走了，不久之后孩子的父母就去世了。死亡证明上不会那么写，但多尔知道，世界上确实有那么一种特殊的死亡方式——死于心碎。

他之所以知道，是因为他自己就是个差点死于心碎的"幸存者"。他从未结过婚，在搬到纽约之前，也就是他还年轻的时候，生活在南方腹地，一些女人在他的生命中来了又去。正是在那里，他遇到了一个非常特别的人。她的名字叫艾登，25岁时死于一种罕见的癌症。他们相识于一个周六的晚上。那天晚上,她和她的朋友们在曼哈顿市中心的一家酒吧里跳舞,多尔对她一见钟情。他们在一起度过了终生难忘的一年。后来,她得了癌症,陪她化疗的那几个月是他一生中最艰难的时期。他知道自己终将失去她,而她也因为同样的理由拒绝嫁给他,拒绝让他 26 岁就成为鳏夫。没多久,她去世了。送走她后,他喝了一整夜的威士忌,记不清自己把枪放进嘴里多少次,但终究没有扣动扳机。

在孤独港,他发现自己会不时地凝视大海,不由自主地在海平面上寻找船只,似乎准备随时走进水里,然后消失。警察这份工作让他无法这么做,尤其是简·多伊,那个无名女尸,他不能不管那个案子。他需要弄清杀害她的凶手,他需要弄清她的名字,在那之前,他会继续活下去。

到目前为止,玛丽亚·库珀也活了下来,但她仍处于诱导昏迷[①]状态,康复的概率是 50%。

外面传来脚步声。多尔打开库珀家的前门,迎接布洛赫。法医已经来过现场,没必要再穿防护服了。布洛赫戴上一副和多尔手上一样的黑色乳胶手套,冲他点了点头。

一切都准备好了。

他们花了些时间检查门锁上方约 8 厘米处的一小块干涸的血迹,多尔和布洛赫都认为这是玛丽亚的 —— 他们正在等待 DNA 检测,以确定这就是她的血液。

"这会不会是凶手从前门离开时,不小心把手或手套上的血蹭上去的?"多尔站在开着的门边,看着那块污渍说。如果凶手急于离开,可能会忽略这种细节。

---

① 一种医学治疗方法,通过使用药物使患者进入昏迷状态,以减轻病情或保护大脑。

布洛赫点点头。

外面暂时没发现什么别的问题，他们进了屋。

地板上有血迹，形状近乎圆形，边缘的"锯齿"明显，且分布均匀，说明血液是垂直落下的。

"好古怪的老式答录机。"布洛赫指着电话旁的一个黑色机器说。

"我以前很喜欢那种机器，如果有人给你留言，而你不想给他们回电话，你可以说磁带坏了。"多尔说。

机器里的磁带是新的，没有用过，没有收到过消息。另一个角落里还有一台唱片机，下面放着一堆黑胶唱片。多尔认为玛丽亚或保罗·库珀喜欢复古设备。他从客厅转过身来，朝大厅那头望去。

厨房里藏着所有的秘密。

多尔先进去，贴着厨房边缘走向冰箱，给布洛赫腾出地方，以便让她检查他们猜测中玛丽亚被袭击的地方。沾有大部分凝固血液的破碎防尘布已被移走，并作为证据被保存了起来。多尔当时看着它被拿走了，也就在那时，他看见锤子从防尘布中滑了出来。锤子把手上有一组指纹。通过比对房子和保罗车门把手上的指纹，他们确信，这组指纹属于保罗·库珀。除了锤子，技术人员拿走防尘布时，玛丽亚的两个指甲也从里面掉了出来，多尔坚持要把它们也放在证物袋里。

他们把那张被撕碎的沾满血迹的防尘布拿掉后，发现贴在后墙上的防尘布上沾有一些呈喷射状的血迹，地板上也有，门廊的门上也有，但除去这些，这里看着就像是一个某人刚刚开始重新装修的场景：一个角落里放着几罐油漆，其中一罐已经打开，墙上有一块"测试补丁"，还有滚筒、刷子以及所有你能想到的和装修有关的东西；厨房的角落里放着一个工具箱，旁边放着一把尖端沾满油漆的螺丝刀。

布洛赫在厨房里转了几分钟后，两人上了楼。他们翻遍了衣柜和床底下，检查了每个抽屉，之后"满意地"回到了厨房。

推开门廊的门,布洛赫走到外面,看向下面的海滩,接着走回来,点了点头,说:"我认为保罗·库珀就是我们要找的人,但我不喜欢这个答案。"

"凶手几乎都是与受害者关系密切的人。用 1 美金赌你 2 美金,他的指纹一定在锤子上,DNA 应该能证实这一点,"多尔说,"有什么不喜欢的?"

她摇了摇头,说:"我知道家庭暴力不需要动机,但感觉这一切像是计划好的。"

多尔交叉双臂,靠在厨房柜台上,"嗯哼"了一声,示意她继续说下去。

"从玛丽亚钱包里的收据可以看出,这些东西都是她买的。而且我们还找到了她放在柜台上的购物清单。可能确实要重新装修,但这也太巧了。防尘布可以防止沾上油漆,也可以防止犯罪现场留下痕迹。这也太……'容易'了。"

"我不喜欢容易的情况。"多尔说。

"我看得出来。"布洛赫说。

"那边有个工具箱,也许他们争论了起来,然后事情失控,他拿起了锤子……这需要什么计划吗?"多尔问。

"防尘布使这里变成一个绝佳的犯罪地点,他利用了这一点,把她和武器用床单包了起来。"

"那为什么把她留在这儿?"多尔问。

她叹了口气,望向窗外湛蓝的大海说:"他的计划被干扰了,他其实没打算把她留在这里。要处理掉尸体,只有两种方法。一种是把她放进汽车后备厢,开到一个偏僻的地方抛尸,但这样做有风险,即使有防尘布,后备厢里也可能沾到血迹而留下证据。另一种方法很简单,看看外面,如果想扔一具尸体——他家门口就是一望无际的大海。"

暴风雨过去了，水面看起来很吸引人。

多尔说："如果他把她放在后备厢里，然后开车去码头，他还得把她从车里弄到船上，这期间什么意外状况都可能发生，只需要一个路人，他就完了。把船弄到这里更方便。岩架只向外延伸约 270 米，然后是一条很深的河道。他可以游上岸，但他怎么把她弄上船呢？"

"让尸体漂浮。"布洛赫说，"如果他不想冒险把防尘布拖上船，可以把她的尸体从船尾拖出来，然后把她扔进深蓝色的大海里，这样除了鱼谁也找不到她。"

"如果他在晚上做这些，就没有人会看到。房子很干净，会让人以为这只是一次海上事故。"

码头上没有监控摄像头，他们不知道保罗·库珀是什么时候乘船离开的，也不知道船为什么沉没。

"没有求救信号。"布洛赫说，"如果你的船开始下沉，你要做的第一件事就是打电话，但库珀没有。他触发了一个紧急信标，但如果他穿着救生衣，那可能是意外发生的。另外，楼上的衣橱里有三个配套的行李箱，其中一个不见了，但他的护照还在柜台上。玛丽亚的护照还在楼上的抽屉里，所以只有一个人要离开。"

"他的船沉了，玛丽亚醒了，他的计划彻底失败了？"多尔问。

"我们现在分析的一切都有道理，但是……"

"但是什么？"多尔问。

"比尔·布坎南。"布洛赫说。

多尔低下了头。他想就这样了结这个案子：丈夫袭击了妻子，然后在海上发生事故，被发现时已经死亡。没有审判，没有媒体——一场自然正义的简单审判，再没有比这更使他满意的了。问题是，这个故事有缺陷，现在布洛赫也看到了。这正是他所需要的，如果只是一个人的想法，受思维方式的局限，它可能呈现出一种迷雾般的状态。

当两个人有相同的观点时，它便会开始具象化，开始有形，也更可信。

多尔站直了身体，示意布洛赫跟他出去。他们沿着车道走到邮筒那里。没等布洛赫说话，他就把脑子里的想法之雾倾吐了出来，然后看着这些想法之雾在她的眼睛里一点点凝结。

"比尔·布坎南把这个案子搞砸了。邮筒被弄翻了，是被一辆路过的车弄翻的。不，不对。要想这么干净利落地击中柱子，要么是对着邮筒，要么是对着柱子本身。柱子上的木头是裂开的，这只有在汽车直接从上面碾过去的情况下才会发生，这种事确实很常见，但这里不同，草地上没有轮胎印。"

他看到布洛赫的眼睛闪了一下。她将目光投向草地，扫视了一下那片区域。的确没有轮胎印。

"那天我们在这儿的时候，你和库珀交谈过，那时邮筒还没坏。"布洛赫说。

多尔领她回到前门。

"比尔是怎么进去的？这就是让我感到困惑的地方。"她说。

"确实。他没有从门廊的门进来，因为他的鞋子上没有血迹。医护人员发现前门大开着，如果邮筒没有损坏，比尔就没有理由走近前门。"多尔说。

"如果保罗·库珀认为他已经杀死了自己的妻子，然后回来把她的尸体移走，他肯定会关上这扇门，那样就不会有人进来发现她了。可这扇门完好无损，没有强行进入的迹象。书房的窗户还是被打碎的状态，但急救人员发现书房的门是锁着的，比尔不是从窗户进到屋里的，他只能从前门进去，而前门上一点痕迹都没有。"布洛赫说。

多尔把身体重心移到一条腿上，双手叉腰说："凶手弄坏了邮筒，把门打开的唯一原因，是他想让玛丽亚·库珀的尸体被人发现。"

有一阵子，他们什么也没说，只有风吹过草地的声音、海浪柔和的起伏声,以及偶尔从他们头顶那条海岸公路上驶过的汽车声。

"我们要找的袭击者或许还活着?"布洛赫问。

"嗯。我已经通知湾城的法医小组来检查邮筒了,不过我估计他们会一无所获,但他们今天早上还是会来的。我们进去等吧。目前,保罗·库珀仍是我们的主要嫌疑人,但我们也不排除其他的可能性,或许我们解读得太多了。"多尔说。

"也许吧。接下来有什么计划?"

"湾城的法医小组一走,我们就去见玛丽亚。天啊,我希望她能挺过来。也许她能告诉我们一些事情。"

00:27

保罗不喜欢吃面条,所以面条当然不会出现在他的早餐菜单上,但是现在他的状态很虚弱,所以他也没有抱怨什么。

早上,渔夫介绍自己叫达里尔,他问保罗饿不饿,然后给他端上一碗泡在浅棕色肉汤里的热气腾腾的方便面。他甚至没有尝出第一碗是什么味道的,方便面又热又软,从他喉咙滑下去的速度太快了。第二碗跟第一碗一样快,但这一次他尝到了肉汤里的鸡肉。他在第三碗上花了点时间,享受着它的味道。接着他喝了四杯水,但就他口渴的程度来说,只能算是杯水车薪。

"慢慢来。你的头被重重地撞了一下,如果你不放慢速度吃,会吐的。"说着,达里尔从桌上拿走空碗,给保罗倒满水。

果然,保罗的胃开始不舒服了。饥饿感消失了,但有轻微恶心的感觉。他把注意力转向他前方饭桌上的笔记本电脑,达里尔已经作为访客用户登录过了。保罗按下浏览器的返回按钮,是一篇关于他和玛丽亚的新闻报道。这个主题的新闻谷歌的搜索结果显示出了 1000 多个相关条目。他缩小了搜索范围,开始翻阅起来,一直翻到了结果的第五页。

每读一条,他的胃部就感到一阵紧绷抽搐。

他试探着摸了摸头部一侧的绷带,一阵刺痛。

直到试着站起来的时候,他才直观地感受到自己是多么虚弱。但他还是坚持着从地下室爬出来,中途还在楼梯中间休息了一会儿,终于经过"漫长"的路程,他坐到了餐室的椅子上,吃了面,看了新闻,喝了水。

现在,他坐在那里,穿着一条宽松的运动裤和一件旧的白 T 恤,后者因为洗了太多次而磨薄了。他十分想知道自己的衣服在哪里,但这天早上的他还无法面对这个问题。

如果 U 盘从他的牛仔裤里掉出去了怎么办?

他做了最坏的打算。在感觉自己更像个人之前,保罗不想再面对另一次打击。花一年时间写一部小说可不是件容易的事,不过,这是他目前最不担心的事情了,因此他也没有再多想。

尤其是在读了玛丽亚的事之后。

一些来自低端小报新闻网站的文章详细地描述了她的伤势。

颅骨骨折,被认为是用锤子之类的钝器所击,严重的脑损伤。

她被防尘布裹着,扔在厨房地板上等死。

其中两篇文章声称有来自孤独港警局的匿名消息来源,这些消息来源称,锤子上有保罗的指纹。

当然有,他想,那是他的锤子。

这则消息让他觉得自己快窒息了，仿佛掉进了黑水里，无论他如何扭动，黑水都会灌满他的嘴巴、喉咙、肺部和头脑。寒冷和黑暗使他绝望，他觉得也许这是他罪有应得，也许他就不该下船，也许沉入深海会更好，沉入无边的黑暗中。这就是为什么他想不声不响地隐藏起来，当时知晓身份暴露后，他就知道自己需要逃跑了。

要是我早点走就好了，他想。

达里尔打断了他的思绪："介意我问一下你打算怎么处理这一切吗？也许跟警察谈谈不是个坏主意。"

从保罗的角度看，这还真是个糟糕的主意。他是头号嫌疑人，真要那样，他将会被逮捕，并可能被指控一级谋杀罪。

对于美国的普罗大众来说，他们最害怕三样东西：恐怖袭击、校园枪击以及美国的司法系统，排名不分先后。因为保罗失踪了，即使后面自首可能也无法获得保释，甚至在正式开庭之前，他会和美国最暴力的罪犯一起被关上两到三年。而且，即使是一家平平无奇的律师事务所，一场冗长的刑事审判的费用也可能达到七位数。也许最好的律师能够救他，但以什么样的代价？他得看着律师花着他的钱吃着午饭，每小时收他600美金外加小费，而且在这期间他不知道得和一个杀人犯在一间牢房里待多久！如果能活过监禁，两年后他就自由了，而伤害玛丽亚的那个人早就逃之夭夭了。

"警察认为是我伤害的玛丽亚，我不能去报警，这太冒险了，我需要自己找到那个凶手。"保罗说。

"你打算怎么做？"达里尔问。

"我有很多钱，可以买信息。一家私人调查公司的费用只相当于我请一个律师团队费用的一小部分，而律师费只是为了让我免于因谋杀未遂而被判处终身监禁。"

咖啡机上的计时器咔嗒一声响了，达里尔给保罗倒了一杯，也给自己倒了一杯。他把咖啡放在保罗面前的桌子上，退后一步，靠着柜台说话："我想你忘了什么东西。"

"什么？"保罗问道。

"你没有钱，再也没有了。"

起初，保罗以为这是个拙劣的玩笑，或者是什么更阴险的东西，也许个威胁。他一动不动地坐着，看着达里尔消极的表情。沉默令人不安，保罗不敢打破这种沉默。这是一个几小时前还拿着枪，而且随时准备开枪的人。

"你不明白吗，保罗？"达里尔说，"你基本上已经算是死了。他们停止搜索了，你会被宣布死亡，谁知道你的钱会去哪儿。"

只那么一瞬，他便意识到达里尔并非在威胁他，然后现实拥入他的脑海，他又紧张起来。如果他不去找警察或者海岸警卫队，而是为了避免被捕躲藏起来，那就只能让自己被宣布死亡。达里尔是对的，而且保罗不可能远程转账，该账户有严格的安全协议，没有个人签名和在银行手动输入的十二位数密码，1美金都转不走。

"如果去银行，我可能会被逮捕，警察在找我。如果他们发现钱的事，我就完了。警方将对该账户设置警报，监控它。我一进去，银行就会告发我，他们必须这么做。"

"警察很聪明，"达里尔说，"你可以假设他们一定能找到钱。"

保罗把咖啡推到一边，双手放在头的两侧，笑看着他现在荒谬而混乱的生活。他所做的一切都有后果。

现身，留着钱——在法庭上碰碰运气。

隐藏起来——玛丽亚继承这2000万美金，但她对此一无所知，他还得相信玛丽亚能给他足够的钱来追查袭击她的混蛋。这个计划可能会出很多问题，有太多变量了，他已经伤她够深了。无论发生什么，他都必须和玛丽亚保持距离。她太珍贵了，他在她生命中的存在就像一个黑点——一个几乎要了她命的黑点。

第三种选择——隐藏起来，把钱留下。

不，不可能。按照当时的情况，第三种选择根本不可行——有人在跟踪他，而且想要杀了他。如果他躲起来，然后找出伤害玛丽亚的人，就需要那笔钱。钱就是生命，对他来说，对玛丽亚来说，都是如此。在被袭击者回来杀死之前，她还能活多久？为了救玛丽亚和他自己，他必须结束这一切。他不能让另一个人因自己而死，他必须得到那笔钱。没有那笔钱，他无法完成这些计划，也无法逃脱法律的制裁。

"你有麻烦了，伙计，"达里尔说，"真不知道该怎么办。"

"我需要那笔钱，我只知道这一点。"保罗说。

达里尔啜了一口咖啡，保罗双手抱头，两人都没有说话。海水拍打着海岸，像时钟一样有节奏地嘀嗒作响。这是一个由水、混凝土和时间组成的节拍器，而空中盘旋的鸟儿的歌声，就像开场乐章中的单簧管。

"也许还有别的办法。"达里尔说。

保罗的手垂下来，轻轻地放在桌子上，全神贯注地看着达里尔。

"唯一的问题是，这并不完全合法。"达里尔说。

"说下去。"保罗说道。

不管达里尔要说的是什么，当他咬紧牙关，摇了摇头时，都戛然而止了。

"不，仔细一想，那可能行不通，太冒险了。"达里尔说。

"我以前也冒过险。不管是什么，先听听，我需要建议。我已经没有太多想法了。"

"不，我是说，这对我来说很冒险。"达里尔说。

"请告诉我。"保罗说道。

达里尔怀疑的目光和保罗热切恳求的目光在空中相遇。

"好吧，但我还是那句话，这行不通。"达里尔说。

在接下来的 5 分钟里，达里尔向保罗和盘托出了他的办法，一个可能的、能够帮助保罗拿回钱的办法。

达里尔说完后，保罗重新评估了他。他想，真是个聪明的混蛋。

"也许有用。"保罗说。

"不，就像我说的，这太冒险了。我在这里过得很好，伙计，无忧无虑。我把捕到的鱼卖掉，就基本够我花的了。没有人来找我，我也不欠任何人，所以…你知道……我对你和你太太的遭遇感到很难过，但我不会拿仅有的一点财产去冒险。无意冒犯，但我跟你的交情还没到可以把我自己置于险境的地步。"

保罗点点头说："我明白了，我并非要求你出于好心去做这件事，我会付钱给你……"

保罗说了一半，就被达里尔挥手打断了："不，听着，我不能——"

保罗不接受拒绝，他在关键处打断了达里尔的抗议。

"我会付给你 200 万美金，现金。"保罗说。但当达里尔把咖啡喷到自己身上和桌子上时，他立刻后悔自己的时机不对。

"你是认真的吗？"达里尔擦着下巴问。

"我是认真的。"保罗说道。

"那我加入。"达里尔说。

00:28

医院不让多尔警长和布洛赫警官进玛丽亚的病房。多尔站在走廊里，透过玻璃看向病房内，空气中充斥着消毒液的味道，多尔感到眼睛刺痛。而这种气味似乎没有困扰到布洛赫。在玻璃的另一边，玛丽亚躺在床上，头裹着一块大得令人难以置信的绷带，看起来像个鸡蛋。

一位颧骨尖尖、瘦骨嶙峋的护士给他们介绍了玛丽亚病情的最新进展。

手术后，玛丽亚脑部的肿胀已经消退。她的生命体征良好，头骨上的钢板没有排异反应，也没有感染的迹象，除了头上的伤疤，也就是医生取下部分顶部头骨所造成的伤疤，不会有明显的伤痕。谁也不知道她醒来时会怎么样，他们不确定她是否还能记住之前的事情，或者她的记忆是否还能恢复。

她的语言、平衡能力、气质，甚至性格都可能受到影响。在接下来的几个小时里，药物镇静的作用会逐渐消失。

她会在之后的6到12个小时内醒来，或者在第二天醒来，或者在下星期醒来，或者在六个月后醒来，或者永远不会醒来，或者在这之间的任何时间醒来。

她醒来的时间完全没有办法预估，他们将不得不"拭目以待"。

当多尔站在布洛赫身边，看着玛丽亚·库珀恬静的脸庞时，护士的话再一次在他的脑海里闪过。

"我们无能为力。"布洛赫说。

他点了点头，没有看她，也没有说话。几分钟后，他转身朝护士站走去。

如果她的情况有什么变化，多尔希望能在第一时间知道，他想在她醒来时在场。护士们已经有了他的手机号码和孤独港警局的电话号码，但再提醒她们一下也无妨。

多尔又看到了那个瘦骨嶙峋的护士棱角分明的面孔。她的胸牌上写着"麦古基安"。

"一有消息就告诉——"

"当然，警长，我们已经有你的联系电话了。在她苏醒之前，我们没什么可做的。你想去拿她的衣服吗？今天早上我来值班的时候在储物柜里看到了，还没有人把它收走。"

"当然，我们会带走的。"

"上面有很多血。她被送进来的时候，我们不知道她出了什么事，所以护士把她的衣服放在一个干净的袋子里。你知道，作为证据。我这就给你拿来。"麦古基安护士说。

多尔以前遇到过一次这种程序。如果医院怀疑伤者曾遭到过袭击，他们会把衣物放在消毒袋里保存，以防这些衣服拥有证据价值。多尔不能排除这种可能性，他会回警局看一看衣服，然后封在证物袋里，送到湾城的法医实验室。

护士走进护士站后面的一间私人房间，花了将近1分钟才拿着一个黄色的大塑料袋回来，袋子的顶部用扎带绑着。

"给你。别担心，一旦有什么情况，你会是第一个知道的。"她说着，把袋子递了过来。布洛赫伸出手，从护士手里接过，并道了谢。

"我们走吧。"多尔说。

在孤独港警局很靠里的一间审讯室里，布洛赫在桌子上铺开一张塑料防尘布，戴上一副乳胶手套，多尔则在一旁看着。她把从医院拿回来的袋子放在塑料防尘布上，然后拿出笔记本，开始做记录。要记录证据链，多尔想。为了安全起见，他从皮箱里拿出了局里的照相机，给袋子拍了几张特写照片。

里面可能没有什么非常重要的东西，但他需要小心。每个警察都知道这样一个故事：因为一个每小时500美金的辩护律师对警方的证据动了手脚，罪犯最终逃脱了法律的制裁。他放下相机，戴上自己的手套，让布洛赫给袋子上的封条拍照，并拍下自己亲手打开封条的照片。

她放下笔记本和笔，每个动作都拍了两张照片。

多尔打开袋子，让布洛赫拿出第一件衣服。这本是一件白色的T恤，现在上面满是烧焦的血橙色。这是一种鲜血染在棉花上的深色调，一种他以前见过的颜色，而且见过很多次。布洛赫用指尖拿着T恤，慢慢地、虔诚地把它放在塑料防尘布上，轻扯着T恤的边缘，直到衣服展开。镜头在不停地闪烁，他看着布洛赫俯下身来，对右肩上最暗的污点拍了个特写。布洛赫把T恤翻过来，又拍了张照片。拍完后，多尔把衬衫放进一个单独的证物袋中密封起来，并在袋子上记录了证物编号，而布洛赫则做了笔记。

他们对每件物品都重复了这一过程，胸罩、袜子、内衣。多尔注意到了布洛赫小心翼翼地触摸每件物品时的尊重和严肃。蓝色牛仔裤是包里的最后一件东西。同样的流程，裤子从袋子里拿出来的特写镜头，摊在桌子上、面朝前的特写镜头，可是在翻过来拍背面时布洛赫喊了停。

她发现了什么。多尔斜过身子，眯起眼睛。裤子后面的口袋那里有很多血，可能是玛丽亚被裹在塑料防尘布里时留下的。很少有身体部位会像头皮那样流那么多的血。也就是说，血是从她的背上流下来的，想到这里多尔觉得自己的嘴唇在抽搐。

"她裤子口袋里有东西。"布洛赫说。

在布洛赫迅速拍下照片的时候，多尔轻轻地将手指探向裤子左边口袋深处，用指尖抓住了那个东西后，他又用另一只手的食指把口袋进一步扩大。此时审讯室里除了偶尔数码相机的咔嚓声、他们的呼吸声，一片寂静，甚至可以听到凝结的血块裂开的声音。

终于，多尔小心翼翼地将东西从口袋里抽了出来。那是一张对折的纸，从口袋边缘露出的一个小角已经被染成了暗红色。多尔把纸放在塑料防尘布上，给它拍了一张特写照片，在相机闪光后又把镜头移回到纸上。

血迹斑斑的边角把那张纸粘在一起。多尔非常缓慢地测试着纸的脆弱程度,一次只拉开一两毫米,听着纸分开时干涸血迹龟裂的声音。

时间似乎过去了好久,他终于打开了那一页纸,把它平放在了塑料纸上。布洛赫得到了机会,凑了过去。

那是保罗·库珀的银行对账单。

00:29

计划。

保罗在发霉的地下室床上躺了1个小时,脑海中筛选着更微小的细节。他经常这样做。在他的小说中,笔下人物的行为必须是可信的,事件的情节推进一定要符合逻辑。但,小说中的情节能在现实世界中发生吗?

如果答案是肯定的,那么他必须从不同的角度重新审视——如果真的发生,那么可能出什么问题呢?一切都在正确的时间发生,且人们在那种情况下按照你的期望行事的可能性有多大?每个场景都必须考虑到人为错误,毕竟人无完人,只要是人就会犯错。

保罗在脑子里玩着这个游戏,回顾了所有的利弊、失误、假设、可能的结果和影响。

这真的行得通。

他站起来,从地下室走到楼上那栋老木屋的一楼,发现达里尔正在打电话。保罗什么也没说,达里尔朝他挥了挥手,让他稍等。

"我一会儿就到,"达里尔说,"10点,明白了。我会带现金的,把一切都准备好。"他说,然后挂了电话,对保罗竖起大拇指。

"你找到人了？"保罗问道。

"那当然。我在城里的朋友认识很多坏人。他前阵子在州里蹲过牢，在监狱里交了些朋友。你坐过牢吗？"达里尔问。

"没有，希望我永远不用。"保罗说道。

"我也这样觉得，但有一些这样的熟人还是有好处的。我朋友说这家伙有能力帮我们牵线，我今晚去见他，你最好待在这里。"

保罗知道他是对的。他的照片最近在新闻上到处都是，为了在房子里找到一张照片，孤独港警局一定费了好大一番功夫。保罗对照片总是很小心，网上没有他的任何信息。看来，警局最终还是找到了他的照片，并把它给了媒体。只要有人注意到他坐在车里，一切就都结束了。

"好吧，我就留在这儿。你知道，我认为这是可行的。"保罗说。

达里尔微笑着说："我知道。"

00:30

多尔警长很少有不冷静的时候。有几件事可能会让他心烦意乱，其中最让他烦躁的事情莫过于在等待对方接听的时候，把手机贴在耳边听音乐。

他把脚放在桌子上，鼠标向下滚动，屏幕上显示了更多的信息。保罗·库珀银行对账单上的所有存款都是勒博企业的。这家上市公司的业务范围足够广，可以让公司进行从可持续渔业到水力压裂[①]的各种

[①] 水力压裂是一项有广泛应用前景的油气井增产措施，水力压裂法是开采天然气的主要形式，要求用大量掺入化学物质的水灌入页岩层进行液压碎裂以释放天然气。

业务。

但在网上搜索勒博,结果只有一个。关于 J. T. 勒博的词条读起来很有趣,他认为自己需要再读一遍。他的一只耳朵里播放着某种电子版的苏格兰民谣,但他并没有完全听进去。

多尔看了看表,说:"这个电话我打了 18 分钟,却只和呼叫中心的一个人说过话。我觉得银行里压根没有人,如果有的话,他们一定都是聋子,因为没人……赶紧接这个电话。"

布洛赫没有从她的苹果平板中抬起头来。她用小手指在屏幕上轻滑,继续读下去。两人都注意到,进入保罗·库珀账户的款项来自勒博企业。

"你认为这和那位悬疑小说作家有关吗?"多尔问。

布洛赫耸耸肩,又恢复到了健谈的样子。

"你肯定经常读书,对吧?读过这家伙的吗?"多尔问。

"我读过他的大部分书,他很厉害,书中有很多反转,但我更喜欢李查德[①]和迈克尔·康奈利[②]。"布洛赫说。

多尔用嘴唇吹着气,试图放松下来。听筒里播放的凯尔特民谣舒缓的声音让他想在墙上用拳头打出一个洞来。

他的办公桌上有一堆报告,是他的团队在过去两天里整理出来的。他不能再拖着不读了。虽然里面重要的部分都已经传达给他了,但他

[①] 李查德(Lee Child),英国推理小说作家,年届不惑之时忽然失业,酷爱文学的他花 6 美金买来纸笔,写下"浪子神探"杰克·雷彻(电影《侠探杰克》系列中的角色,是一名不受束缚、特立独行的退伍军人兼浪子神探)系列的第一部,结果一出版即登上英国《泰晤士报》畅销排行榜,更在美国勇夺推理小说最高殊荣之一安东尼奖的桂冠。

[②] 迈克尔·康奈利(Michael Connelly),美国当今最具影响力的推理犯罪小说家之一,自 1992 年发表处女作《黑色回声》以来,已经发表了 30 多部小说,不仅销量惊人,而且获得广泛好评,曾获得四次安东尼奖、两次麦卡维提奖、两次巴瑞奖,还曾获得法国格兰匹治警察文学奖、RBA 国际犯罪小说奖、马其他之鹰奖等国际性推理小说大奖,堪称获奖专业户。

还是想读一下报告——确保没有人，包括他自己，忽视了什么潜在的重要细节。

他决定，打完这个电话，就阅读报告，不再干别的事了。

音乐突然停了，多尔警长立刻把脚从桌子上移开，坐直了身子，好像电话那头的人刚刚走进了他的办公室。

"你好，有什么能帮到你吗？"一个声音问道。

"是的，谢谢你把我从音乐中解救出来，我已经等了很长时间了，想和你谈谈——坦白来讲，我时间很紧。我叫亚伯拉罕·多尔，是孤独港的警长。你们银行的一个账户与一起严重的刑事调查有关，我需要你们的帮助。"多尔说。

"当然，我们会尽我们所能提供帮助。我叫阿莱恩，是这里的客户经理之一。你需要我们怎么配合？"

多尔找到一份银行对账单的复印件，读出了账户号码、分行代码和个人信息。

"这个账户里有很多钱，我要知道钱是怎么转进去的。另外，这个账户里的钱也有可能被转移到别的地方。账户持有人可能已经去世了，如果试图转走账户里的钱，我们需要立刻知道。没有我的事先授权，一分钱都不能离开这个账户。"

"我需要一份当地所属司法管辖区的有效搜查令。"阿莱恩说。

"你给我一个邮箱地址，我们从警局给你发一封电子邮件。"多尔说。

"抱歉，我们无法处理电子邮件，这里没有网络系统，毕竟网络安全风险太大了。我们有一台传真机用来处理紧急事务。"

多尔觉得自己都很想在开曼国际银行工作——没有电子邮件，没有网络，只有他觉得更舒服的低科技产品。

"好的，我们会发传真的。授权令来自一名州法官，但我要从领事馆得到保证，双方都会尊重我们的法律。"多尔说。

"这是自然，安全是我们的首要任务。"阿莱恩说，礼貌地挂断了电话。

多尔打电话给苏，让她发一份授权书的传真给开曼国际银行。他在电话里口授了那封传真和搜查令，并要求苏安排他与卡普兰法官会面，以获得搜查令的授权。

"你看过我的报告了吗？"苏问。

多尔用手指摸了摸额头，说："不，还没有。你觉得里面有什么重要的事我应该知道吗？"

"我费那么大劲把内容整理出来，可不是为了让你打电话问我的。如果你想和我说话，我在前台。记得前台在哪儿吗，亚伯拉罕？"她讽刺道，愤怒地挂断了电话。

"混蛋。"多尔低声咒骂了一句。

"咖啡？"布洛赫提议。

这声音把多尔吓了一跳。布洛赫大部分时间都很安静，以至于他都忘了她在那里了。

"可以，刚巧我也打算喝一杯。你应该把衣服和银行对账单拿到湾城的法医实验室去，我们已经把它握在手里够久了。"

多尔站起来的时候，膝盖提醒他，他已经55岁，不适合处理重大的刑事调查案件了。

在现代厨房的延伸区域有一台奈斯派索牌的咖啡机，只要一按，它便将浓缩咖啡吐进一个设计师特别设计的玻璃马克杯中。多尔将有咖啡的杯子递给布洛赫，她把咖啡倒进纸杯中便离开了。多尔又做了两杯，全部倒进一个印着孤独港警局标志的瓷杯子中。他走回自己的办公室，在椅子上坐下来，开始阅读桌上的那堆报告。此时，苏在处理搜查令的事情。

两小时后，待读的报告数量大大减少。他又跳过了几份报告，找到了苏的那份。这份报告是螺旋装订的，大约有十页，文字打得很密，封面是酒红色的卡片。布洛赫回到办公室，径直去拿咖啡。她一边的胳膊里抱着个包裹。多尔打开苏的报告，开始读了起来。读到第五页底部时，他有些心不在焉了。他摘下老花镜，让它垂在胸前，那镜腿上有根细金链子，可以挂在脖子上。

多尔站起来，绕过办公桌，打开了办公室的门。

他看到布洛赫的桌子上多了一台笔记本电脑，那一定是保罗·库珀的。洛马克斯市的技术人员肯定能越过安保系统，让布洛赫进入电脑。她自己的笔记本电脑放在一旁，用数据线连着库珀的电脑，而她自己则站在桌子后面，双手叉腰，盯着屏幕。她的椅子离她足足有3米远，就像她突然站起来，把椅子甩到了身后。

"我想你应该看看这个。"布洛赫说。

"什么？"

"有更多关于J.T.勒博的报道。"

多尔在她的桌子旁坐下，这样他就能看到电脑屏幕了。布洛赫警官解释说，她找到了几千张照片。起初，多尔不明白电脑上是如何存储了这么多图像的，直到她告诉他，一旦图像出现在屏幕上，它就会被复制并保存到硬盘上，像幽灵一样，即使电脑操作员并未有意识地复制，这个图像也会永远存在。

布洛赫还解释说，她使用了司法部的一个程序来提取这些图像，然后图像被分解成缩略图，这样她就可以在屏幕上一次快速浏览50个。很容易看出，大多数图片都是来自新闻网站和研究网站的普通图片。

但有一张图片"击中"了布洛赫。她点开这张图的时候，就知道它很重要。这是一张屏幕截图，事实上有两张，时间是十年前。这是在某种私人通信软件上的对话——可能是脸书或类似的软件，这些图像被存储在一个名为"J. T. 勒博"的文件夹中，计算机程序将这些图片标记为证物。

证物 DB4

2008 年 11 月 11 日截屏

> 我知道你的名字。

不管你以为自己知道什么,你知道的都是错的,别试探我。

> 我的名字叫琳赛。

所以呢?

> 我是群主,我帮过你。

我想你搞错了,我不认识你。

> 我帮你完成了那本书,我认识你。你应该为我的服务支付报酬。10 万,现金。

不,你根本没帮我,什么也别告诉别人,我会付钱的。

> 星期五的午夜,在孤独港的南岭见我。

你现在的行为很危险。

> 要么给我钱,要么我就把你的真实身份公之于众。

证物 WS3
2009 年 1 月 8 日截屏

> 我知道你是谁……

对不起,你一定是认错人了。

> 我看了你的"半成品",还记得吗?

不记得了。

> 你在群里分享了一些你小说的半成品以供评论。现在记起来了吗?

你把我和别人搞混了。

> 不,我没有。我知道你的真实身份……勒博先生。

你搞错了。我要举报这段对话。

> 我有琳赛的短信。想让我打电话给美国有线电视新闻网或者《纽约时报》吗?

你是谁,你想要什么?

> 你知道我想要什么,告诉我她在哪儿……

多尔的嘴唇抽搐了一下。他交叉着双臂，靠在椅背上，等着布洛赫说话，想听听她的想法。虽然她不怎么说话，却有一张表情丰富的脸，只见她微微扬起眉毛，又点点头，仿佛下定了某种决心。

做完心理建设后的布洛赫站起身来，走到咖啡机前，给自己重新斟满咖啡，又从后门走出去，穿过安全门进入停车场。多尔一直跟着她，他看到她坐到一辆巡逻车的引擎盖上，仰头望着夜空。

多尔说："如果调查想要取得进展，你就得跟我谈谈。"

她点点头，吹了吹咖啡上的蒸汽，啜了一口。

"如果我不了解你的话，我还以为你怕说错话呢，但你知道你几乎总是对的，给出一个理论并不丢人。"他说。

布洛赫走向自己的车，打开后备厢，拿出一本精装书，又走了回来。"我还没读过这本书。"她一边说，一边把封面展示给多尔看。

封面上写着"《绞刑架》：百万销量作家 J. T. 勒博的最新作品"。

"为什么这个作者的名字在调查中出现了两次？在犯罪问题上没有巧合。得了吧，你自己也是这么说的。"

"没有人知道 J. T. 勒博到底是谁，这是个笔名，一个匿名作者的笔名，没有人知道为什么，这本身就是一个谜。"她说。

"你认为琳赛解开了这个谜？"他问。

"第一条信息来自琳赛，我猜她给保罗·库珀发了短信，说她知道他是 J. T. 勒博，她想要钱，于是在她的逼迫下，他同意了见面。第二条信息——来自一个不知名的人，不管那人是谁，有一点可以确定，他认识琳赛。可能是他们提到的那个作家小组的人。琳赛失踪了，这家伙知道她见过勒博，他想找到她。"

多尔点点头，说："这么看来，琳赛与那个不知道叫什么的人和保罗·库珀在同一个作家小组里，保罗用'J. T. 勒博'这个笔名大获成功，琳赛把他叫了出来，说她对这本书的出版有所帮助，也许她只是在他把书卖给出版商之前评论过,她想要封口费。这是勒索,真是一个令人恶心的交易。"

"也许她拿了钱就消失了?"布洛赫猜测道,"我一直在研究勒博,如果有两个人知道他是谁,为什么之前没有向报纸告发呢?他们可以用这样的故事卖个好价钱,这肯定能超过 10 万美金。"

多尔看了看天空,厚厚的乌云预示着接下来又会有一场暴风雨。天空看不见星星,一部分月亮也被快速移动的云遮住了。

"我们会在失踪人口里搜索这个叫琳赛的人,看看会发生什么。"他说,"有一件事是明确的——勒博这个人还隐藏了很多东西,我不喜欢这种感觉。这些信息还有别的意味,某种邪恶的意味,某种我看不清楚的意味。"

"不管发生了什么,那都是很久以前的事了,差不多十年了。"布洛赫说。

多尔僵住了,他转身跑回屋里。

两件事刚刚在他的脑海中相撞了。

琳赛在南岭的会面,十年前。他猛地打开办公室的门,找到了那份无名氏的档案。他赶紧打开,看了看内封上的日期,其实他根本不需要检查,内容他都快倒背如流了。没关系——他还是想查一下日期,他想确认一下,而且确实需要确认一下。他带着文件冲到布洛赫的笔记本电脑前,翻了翻,又读了一遍第一条信息。布洛赫站在他身后,看着他再次打开了那份无名氏的档案。

"十年,这个时间离无名氏的案子很近。看,它就在时间轴上。第一条信息:库珀答应周五在孤独港的南岭与琳赛见面,日期,2008 年 11 月 11 日。11 月 16 日星期日,我们把简·多伊从南岭底部的泄洪道中弄了出来,她在水里泡了好几天了。天啊,如果他是在 14 号周五见的她,那这个人就是她,琳赛。那个混蛋杀了她,把她扔下了悬崖。"

多尔无法直视屏幕，聊天截图模糊成了白色和蓝色的斑点。他感到布洛赫的手抓住了自己的肩膀，这时他才意识到自己哭了。

00:31

保罗打开塑料袋，摸了摸里面，U 盘是湿的，袋子的下角有个小口子。

"你有大米吗？"保罗问道。

"我想咖啡机上方那个橱柜里可能有。"达里尔说。

"谢谢，我先去换衣服，然后去看一下。"

太阳下山了，热浪还在肆虐，保罗终于鼓起勇气问他的衣服和 U 盘的事。谢天谢地，达里尔在把保罗的牛仔裤扔进洗衣机之前检查了裤子口袋。U 盘避开了在机器里度过一段艰难时光的危险，但它仍然暴露在了海水中。保罗不知道它是否还能用。他把叠好的牛仔裤、T 恤、内衣和袜子拿进浴室，换掉了达里尔的宽松汗衫。

然后他回到厨房，看了一下橱柜，里面有个盒子打开着，装的是某旧超市自有品牌的大米。保罗在另一个橱柜里找到一只碗。在这所房子里找到一个干净的碗并不难——面条似乎是今天的主食，每天都是。保罗认为，对于一个不喜欢吃鱼且很难维持渔获量的渔夫来说，面条是一种廉价的食物来源。

碗里很快就装满了大米，保罗把 U 盘深深埋进米粒里。在这一切发生的几个月前，他的手机掉进了马桶里，然后他在红迪网上找到了一个关于如何弄干落水手机的帖子，生米似乎是首选的方法。果不其然，一天后，他打开手机，一切正常。

由于不知道这个方法是否适用于 U 盘，保罗只好再等一天。他有更重要的事情要操心,但写作是他的生命,每当周围一片混乱时,写作总能让他保持清醒。

达里尔打开笔记本电脑,保罗扫了一眼,他正在查看某个保罗一点都不熟悉的地方的街景。电脑上响起了一个数字报时声——提示用户确认更新,并选择重启或关闭。达里尔按下返回键,关上电脑,穿上黑色牛仔夹克,掀起毛衣的兜帽,四处寻找钥匙。

"在柜台上。"保罗指着钥匙说道。

"谢谢,"达里尔说,"我不会去太久的,4个小时,最多5个小时。放松,别出去就行。"

"相信我,我绝对不踏出这房子一步,不值得。"

"很好。如果有问题,我的手机号码已经设置在家庭电话里了,就在第一个联系人那里。你自己没问题吧?"

"没问题。"保罗说道。

达里尔从大厅的桌子上拿了一个棕色的大信封,走到门廊上,顺手关上了前门。1分钟后,保罗听到一辆排气管上有个洞的汽车发出隆隆的声音,且离房子越来越远,上了土路,进了树林。他要去见不得人的地方会面,帮保罗解决他目前的大问题。

电视上什么好看的节目也没有。

保罗关掉电视,叹了口气,站了起来。他脑子里有太多的念头——玛丽亚、钱、警察,而且肯定有人找到了他,这个人想置他于死地。他觉得脑袋里好像满是大黄蜂,每一个闪现在眼前的画面都在刺痛他的大脑。这些场景中大部分都有玛丽亚的身影。

他有一股写作的冲动,写作让他可以暂时逃离现在的生活,去深入别人的世界,发现并解决别人的问题。写作对保罗来说永远不只是宣泄,也许对其他人来说是那样,但当保罗合上笔记本电脑或放下钢笔时,他的生活就会像潮水一样涌回来,而且总是这样。

在达里尔家的这段时间里,他没有看到一个笔记本,甚至没有见到纸的存在。他喜欢用老派的方式开始书写一个故事,一支笔、一张纸、一盏灯和一壶咖啡。

至少还有咖啡。他在机器里装满了磨碎的咖啡豆,加满水,打开开关。在煮咖啡的时候,他环视了一下房子。这是一栋两层的刷过漆的房子,楼下有一间厨房和一间休息室。这所房子离海很远,而且在地基上浇筑了厚厚的混凝土墙,以确保地下室的墙壁不会被海水渗入。楼上有一间浴室和两间设备齐全的卧室,没有一件家具看起来像是2000年之后制造的,而且事实也确实如此。

他在地下室看到了几排书柜,客厅里也有一排。保罗向书柜走去。他轻轻地打开门,越过无声的电视,按开了扶手椅旁边的台灯。扶手椅挨着一个书柜,这个书柜可能是在房子刚建成的时候被安装在墙上的。

扶手椅、桌子以及台灯的摆设,使这里看起来就像一个阅读角。保罗双手叉腰,走向书柜。书籍的排列似乎没有任何秩序可言,没有一本书是按字母顺序排列的,而是从发黄的小本平装书,到相当新的精装书的顺序排列的。缺乏整理使得书架凌乱不堪。保罗知道,如果他还要在这所房子里待更久,他绝对无法忍受高大的精装本和平装本并排摆放,他会发疯似的重新整理整个书架。

他浏览了一下书名,看到了传记、惊悚小说、爱情小说、历史小说、三本简·奥斯汀的书、几本狄更斯的书以及犯罪小说,其余的是无数的非虚构作品。这些非虚构作品似乎有一种特殊倾向,有六本关于警察和法医的书,几本关于联邦调查局历史的书,大量关于连环杀手的真实犯罪书籍,以及更多关于连环谋杀的学术研究,还有刑事学家、心理学家以及联邦调查局侧写师的相关书籍,等等。

在研究这些小说时,保罗浏览了几本关于连环杀手的书,在联邦

调查局的网站上查看了信息,并在网上读了一些文章。他以前从没有见过这些书,他伸手去拿中间架子上的一本高大的精装书,书名是《隔壁的杀手:反社会者与现代生活》。突然,他停了下来,手在空中悬着。他意识到自己已经无法集中精力读书了,他真的需要写作。

真傻啊,虽然这里没有纸和笔,但他有除此之外更好的东西——笔记本电脑。

保罗回到厨房倒了些咖啡,打开了笔记本电脑。这是他第一次自己打开电脑,屏幕显示达里尔已经登录了。达里尔一定是在更新生效前点错了选项。笔记本电脑没有重启或关机,而是一直开着并保持登录状态。屏幕上有一个切换用户的选项,保罗选择了。他不想侵犯达里尔的隐私,只想待在他的家里。

他点击了图标,但是没有打开文档的选项。保罗切换了用户,再次点击图标,这次他看到了文档的选项,点开,屏幕显示正在加载程序,然后文档打开了。

保罗将光标移动到新建空白文档的图标上。

然后停了下来。

系统里只有一份文件,是前一天被打开的。保罗在大腿上擦了擦手,考虑着是否点开那份文件。

他想着这不会有什么坏处,看起来很有趣。

标题是"失真"。

保罗点开了文档。

文档打开了,他读了起来。

然后他站了起来,把椅子撞翻了。

他开始发抖,无法控制地发抖。他感到温暖的尿液从腿的内侧往下流,身体一动不动,就好像液氮充斥了他的血管。

他陷入纯粹的恐惧之中。

那个混蛋找到他了。

失 真

J.T.勒博 著

作者 注

这本书将是我的封笔之作,我不会再写新书了。等读到故事结尾时,你应该就会清楚我为什么会封笔了。"故事"是一个有趣的词,这本书是真实的故事吗?是一本回忆录,还是虚构的?我不能告诉你。你可能会在描写真实犯罪的书架上,或是在当地书店的惊悚小说区看到这本书。这些都无所谓,忘了吧。你需要知道的只有两件事:

一、根据我的要求,我的出版商没有编辑过这本书,这本书里没有任何编辑说明、目录或其他外部干预,这里只有你和我。

二、从现在开始,不要相信你读到的任何一个字。

J.T.勒博

加利福尼亚,2018

十年来,保罗一直在躲避一个人,那个杀了琳赛,又想杀他的人,那个他目睹把鲍勃·克伦肖烧死的人。

现在,他在那个人的房子里。

是达里尔袭击了玛丽亚,保罗现在清楚地知道了这一点。

达里尔不是他自称的那个人。

达里尔知道保罗骗了他。

但现在保罗知道了达里尔的真名,而且他还知道达里尔被世人熟知的名字。

达里尔就是 J.T. 勒博。

00:32

高速公路在达里尔身后延伸,像一条霓虹灯河。

湾城的车水马龙就在眼前,他找机会把车开下了州际公路,穿过码头区。高耸的集装箱在夜空的映衬下显得耀眼且色彩斑斓,给人一种城市充满生机的错觉,其实事实并非如此。这里失业率很高,犯罪率不断攀升,企业倒闭速度总是刷新历史,而且似乎任何人都无能为力。接下来,他去了工业基地。除了几家企业外,就是大型废弃工厂,像在警告任何一名偶然来访的人——这里毫无生机。再往外就是郊区,最后是城市本身。达里尔确保绕了条远路,以避开红绿灯摄像头和人口密集的地区,最终穿过了空荡荡的主干道,来到了这座城市最古老的地方。

城镇这边的建筑不怎么漂亮,大多数商店都用木板封了起来,除了一小群毒贩在街角围着燃烧的油桶挤作一团之外,街道上几乎空无一人。这正合他的心意。

他毫不费力地找到了那家旧卷烟厂,对面的建筑物孤零零地矗立着——一家关门已久的酒类专卖店,上面还有一间公寓。达里尔看到公寓里亮着灯,他目前的进程都很顺利。

他想起了潜藏在孤独港、独自等待着的保罗。

白痴。

想到保罗对他撒的谎,他笑了——告诉他说自己的账户里有2000万美金,因为他是J. T. 勒博。

这人真大胆。

在达里尔取J. T. 勒博这个名字之前,他曾在他们的作家小组里读过保罗的作品,那时达里尔用的是另外一个名字,一个他早就弃之不用的名字。保罗的小说还不错,但离出色还有差距,充其量也就是二流的水平。他的小说缺乏……真实性,那种达里尔通过研究为作品带来的真实性。

那2000万意味着很多东西——敲诈勒索的钱、控告保罗的资本,以及达里尔花了十年时间才追查到的最后的线索。保罗知道达里尔的真实身份,而且因为达里尔找不到保罗,他就付钱给保罗。在过去的十年里,他一直在寻找保罗,试图通过他的钱、他的书来追踪他。这是一场漫长的猎杀,一场终于得到了回报的猎杀,现在他要拿回属于自己的钱了,而且他还打算据此出一本新书。

达里尔一直都知道,保罗永远都不会去找警察说他知道J. T. 勒博的真实身份,也不会说这位神秘作家是个杀手,不可能的,他没办法证明这一切。达里尔不能让保罗走,他需要一种方法来确保他不会制造麻烦,并把他放在故事的最后。这会是一个很好的故事——达里尔正准备全部写下来。

保罗就要为他的所作所为付出代价了。

玛丽亚是开始这一切的一个引子,是一枚棋子,是一个让保罗因谋杀玛丽亚而逃亡的借口,唯一的区别是她活了下来。

他很钦佩这一点,她很有韧性,也很聪明,她需要一些小心的提示才能走在正确的方向上。他拦截了保罗寄往城里秘密办公室的邮件,设法拿到了他的银行对账单。他复印了下来,然后放回信封里,重新密封,寄了出去。他知道保罗的书房和办公室一样,一定藏着什么秘密，否则就没有必要锁起来了。保罗不在的时候，达里尔在他家里住过几次。他趁玛丽亚睡觉时蹑手蹑脚地下楼，用钥匙开门进了书房。书桌抽屉锁着，周围也没有钥匙，保罗一定是随身带着它。这使达里尔产生了一个想法——怎样才能激发玛丽亚和保罗之间的矛盾。星期五他把银行对账单带来了，在他弄坏抽屉时，玛丽亚没有注意到他把对账单塞进了保罗的文件里。他对玛丽亚的操纵达到了两个目的：一、把保罗吓得逃跑，让他成为警方的嫌疑人；二、把他逼到需要取钱的境地。达里尔会利用现在的这种情况。

调查中出现的任何其他线索都是素材，都会被写进新书里，至少其中一部分会被写进去。他喜欢这个标题——失真。

现在，达里尔需要专注于手头的工作，他需要从保罗的银行中取出他的钱，为此，他需要保罗活着，而且还需要一些文件。

他把车停在卷烟厂的废弃停车场中，走到工厂的侧门。砖上的白色油漆已经剥落，上面写着"卡尔酒家"。

工厂这边没有路灯，他让眼睛逐渐习惯了黑暗，然后才敲了敲冰冷的铁门。

他能听到远处汽车引擎的声音，至少在两个街区外。这条街上还没有一辆汽车从他身边经过，这样的安静使他感到不安，他已经习惯了和街上的人混在一起，低着头，闭着嘴。不知怎的，他觉得在人群中自己会更安全。宁静的乡村生活则不同，因为他希望乡村生活是宁静的。

城市并不宁静，至少城市不应该太宁静。

他等待着。又过了 10 秒钟，楼梯上没有脚步声。他又敲了敲门，等待着，盯着门上的猫眼。

伴随着金属与金属的碰撞声，门被猛地打开了。

起初，达里尔以为只是自己想象着门被打开了，也许里面还有另一扇门，因为只有从门框最上面的角中透过来的细微光线照进了黑暗中。他遮住眼睛，眨了眨，又看了看。

这一次，他眼前的画面有了实感。

门是由达里尔平生见过的最庞大的人打开的，他的腰围已经超出了门框，必须侧着身子才能走出去。达里尔抬起头来，整理了一下思绪。这个人不仅要侧着身子走，还得低头。他的头被门框的顶部挡住了，达里尔只能看到一个巨大的下巴。

大山般的男人弯下膝盖，看着达里尔问："你是达里尔吗？"

直到这时，达里尔才注意到那个男人手里拿着什么东西，一只可以把达里尔整个脑袋都包住的拳头里，拿着一把短猎枪。在这个人手中，猎枪看起来就像是孩子的玩具。

"是……是的，我是达……达里尔。"他说，确保在句子中注入一些紧张感，而不只是装模作样的结结巴巴，达里尔不想让这个人认为自己是个威胁。

"那就给我进来，你迟到了。"那人说。

他向后退了一步，来到一边，达里尔设法从他身边挤了过去。这么做的时候，他看到了那个男人眼中的喜悦，这个人享受这种激起别人恐惧的感觉。达里尔暂时还在配合，他会假装害怕，这样做能让这个大家伙放松下来。

在那人的后面是一条通往楼梯的短走廊，一个光秃秃的灯泡高高地挂在楼梯上方。上楼时，他听见门"砰"的一声关上了，片刻之后，他感觉到了那个巨人每迈一步所带来的震动，每一个脚步声的重击都震动着楼梯，也波及了达里尔的身体——震动了他脚上的骨头。

在楼梯顶上，他发现右边有一扇开着的门，门被帘子挡住了。他把帘子拨到一边，走进一团烟雾中。他看见前面有个人坐在沙发上——一个头发又长又脏的男人，他穿着一件脏兮兮的丝绸浴袍，浴袍敞开着，露出胸前的一片汗珠。浴袍下面是帆布短裤，苍白的脚上穿着人字拖。大麻、汗水和酒的味道几乎让达里尔无法忍受。

他想退到窗帘后面去，只是为了喘口气。这时，他感到一只像轮毂盖那么大的手压在他的背上，把他推到了房间更深处。环顾四周，他看到一个数码相机安装在一个三脚架上，正对着一个空凳子。一台大屏幕等离子电视正对着沙发上的那个人。达里尔真希望沙发上的那个男人能多洗几次澡。男人从沙发上站起来，走到房间最远的角落时，汗臭味又来了，而且这次更浓了。这边，在俯瞰街道的大窗户旁边，有一排显示器和四五座台式电脑主机。黑色的电缆蜿蜒到地板上，其中一些电缆穿过房间通向另一张桌子，他看到桌子上有六台打印机和两台扫描仪。

"我是邦尼，你迟到了。"穿着丝绸浴袍的男人边说边开始轻拍显示器的屏幕。

"对……对不起，我迟到了。"达里尔结结巴巴地说。

"坐下！"巨人在他身后尖叫道。达里尔跳了起来，举起双手，然后立刻朝沙发走去。

"不，不在那儿，坐在凳子上。"邦尼说。

达里尔停了下来，走向凳子，面对镜头坐了下来。邦尼和巨人两人低声窃笑。他知道，有些人认为引起别人的恐惧很有趣。达里尔从来没觉得吓别人有什么好笑的，他从不觉得这很好笑。

"脱下你的外套，坐直一点，别笑，看着镜头。"邦尼说。

达里尔按照指示，把夹克脱下放在脚边。相机顶部的闪光灯咔嗒一声，蓄势之后，然后又咔嗒一声。

"很好。"邦尼说。

邦尼在电脑上忙活时，达里尔环视了一下房间，试图不去理会巨人威胁的目光。每次他的眼睛扫向房间的那一边，他都看到巨人在看着他，就像大白鲨看着海豹一样。

达里尔身体前倾，眼睛盯着地板。

几分钟后，其中一台打印机开始嗡嗡作响，咔嗒一声，一小片塑料从后面吐了出来。

邦尼站起来，走到打印机前，开始扯那片塑料。在达里尔看来，塑料的中间好像有一个穿孔的裂口，邦尼正在将其穿过。他把粉红色塑料卡片的中间部分剪掉后，立马拿起一把剪刀，剪掉所有凹凸不平的边角，接着把卡片放进一个黑色的钱包里，然后转身面对达里尔。

"付钱给他。"邦尼指着巨人说。巨人适时走上前来，站在达里尔身边，手里握着那把短猎枪。

达里尔起初有些犹豫，他向后靠在凳子上，把手伸进口袋，拿出一卷用松紧带缠着的美金，扔进了那只粗壮的手里。大个子打开那卷钞票，数了数，检查了一下，然后又缠了起来，朝邦尼点点头。

邦尼打开抽屉，拿出护照，和钱包捆在一起，递给达里尔。他检查了下，没有发现任何错误。

"你敢到这儿来，胆子真大，"邦尼说，"你最好别再回来了，不管是谁让你来的，都别再回来了，听到没？再看到你，我就杀了你。"

"好。"达里尔说着，把钱包和护照放进牛仔裤前面的口袋里，然后举起双手，以安抚旁边的大块头。大块头和邦尼相视一笑。权力令人陶醉。达里尔身子前倾，想站起来，同时，他把手放低，好像要拿起地上的夹克，但他的右手擦到了脚踝，然后把重心放在脚上，站了起来。

他抬头盯着巨人，等了半秒钟，时间刚好够那个大个子看到他的眼睛。当那两个巨大的眼球和他自己的相对时，达里尔的右臂向前一闪。

大个子的表情变了，他的笑容消失了，眼睛睁得更大了，空洞的嘴巴默默地张开了。达里尔用左手随意地从巨人手中接过猎枪。

这时,邦尼还来不及对达里尔的突然动作做出反应。他不知道发生了什么,直到巨人的圆肚皮裂开,一坨灰色的肠子从伤口中冒了出来——像外星人一样从巨人的衬衫里蹦出来。

这一幕是如此可怕,血腥至极,邦尼立刻瘫痪了。他目不转睛地盯着大个子不断向外喷涌的肚子,甚至没看到达里尔用猎枪指着他的头。

"你在干什么?"邦尼问,眼睛仍然盯着从同伴伤口处滑落下来的肠子。这似乎是个愚蠢的问题。

"研究。"达里尔说。邦尼没有看达里尔,所以没看到达里尔扣动扳机时脸上死气沉沉的表情。邦尼的脸消失了。

达里尔把枪扫到他的右边,将另一枪射入巨人尖叫的嘴里。

他放下猎枪,擦去刀刃上的血迹,插回脚踝带里。他的衬衫、牛仔裤和靴子上都有血迹。总的来说,这里毕竟有两个人,因此这些血迹不算多。他穿上没被溅上血的夹克,跨过邦尼抽搐的尸体。

在这个社区里,猎枪的两声枪响就像鸟鸣一样有规律,没人会报警。即使有人报警,达里尔也怀疑警察是否会出现。

虽然他可能拥有世界上所有的时间,但他速度很快。他剥下台式电脑的铝制外壳,拆除了所有的硬盘驱动器。弄完后,他在浴室里发现了三瓶显像液和其他易燃化学品,并花了很长时间把整个公寓都用这些物品浸湿。然后,他在角落里的一个烟枪旁边发现了一个点烟器。他点燃了一些打印纸,扔了出去,看着房间被大火吞噬。

他离开前最后带走的东西是相机和他给邦尼的 5000 美金。

在车后面换了衣服,达里尔把血迹斑斑的衣服放进一个黑色垃圾袋里。后备厢里有个齿轮架,他用它毁了硬盘。他把剩下的东西和能找到的相机碎片一起放进垃圾袋里。相机里的存储卡被掰成了两半,这些东西都进了垃圾袋。

达里尔发现几个流浪汉在二十个街区外的油桶旁喝酒。他给了每人50美金,让他们另找一个地方。他们离开后,达里尔把垃圾袋扔进油桶里,并等了几分钟,确保东西都烧得干干净净。他想起了巨人肚皮被划开时脸上的表情,有些人看到这种情景就会兴奋起来,另一些人则以野蛮和夺人性命的力量为荣。有的心理学家把这一切都归结为性欲——尤其是受到暴力、色情或青春期虐待的影响。

达里尔从来没有受到过虐待,父母对他再好不过了。他是一名优秀的足球运动员,是一名优秀的学生,也是一个听话的儿子,在学校里很受欢迎。他和女孩约会,参加派对,制造回忆,做一个年轻人想做的一切,除了喝酒。达里尔从不觉得酒精有什么吸引力,他现在确实会喝一两杯葡萄酒,但从来没有超过这个量。一想到不能完全掌控局面,达里尔就觉得很反感。

他感觉到脸上火焰的温度,努力不让自己吸入太多塑料燃烧的气体,努力不让自己想起那天晚上他杀死的那些人。

事实上,达里尔杀掉那些人的时候,一点感觉都没有。

从第一次杀人以来,一直都是如此,从很多很多年以前。

15岁时,他每周都会去当地的图书馆。从很小的时候起,父母每周带他去一次,而他很快就爱上了图书馆。他可以从儿童读物区把任何一本他喜欢的书拿出来,读一遍,两周后再带回来,而且是免费的。9岁的时候,他就把整个儿童读物区的书读完了。也是在15岁时,他第一次带着兴趣走进了非小说类读物区。

他对太空和科学都不感兴趣,人——才是他所热爱的。他有时会觉得自己像福尔摩斯一样——如果足够注意,人们的行为和习惯是可以被发现、确定和预测的。他在一个写着"真实犯罪"的书架前停了下来,从书架上拿起他人生中这个类型的第一本书。封面上有一张女人的照片，她被绑在椅子上，瑟瑟发抖。绑着她的绳子很紧，从她的上腹部一直延伸到胸部下面。

他打开书，发现了更多的照片——男人、女人、死人、被肢解的人、被枪杀的人、被刺死的人、被殴打致死的人。除了照片之外，还有对犯罪的描述，以及来自警察和心理学家（或他妈妈所说的精神科医生）的分析。他不喜欢精神科医生，但妈妈坚持要带他去见他们，她说他有时不能做出正确的选择。在妈妈的命令下，他看过几次精神科医生，诉说他所做的事情。那年初夏，他把一群从后院巢穴里爬出来的蚂蚁赶到一起，用小火烧死了，然后他放火烧了蚁巢。

妈妈警告过他不要那样做，警告他不应该伤害其他生物。让妈妈生气的并不是他违背了她的话，而是他做这些事情的时候完全没有感觉。后来父亲发现邻居的狗被埋在后院，这件事成为他把达里尔送到精神科医生那里的催化剂。医生名为卡森，这个人很容易上当受骗。达里尔只需要说，他为蚂蚁感到难过、他为那条狗感到难过，卡森博士便将他的行为定义为悔恨，而他也会顺势假装感觉到了所有这些情感。父母一直送他去看医生，直到他离开家，而他则一直假装着，一直对卡森医生撒谎，从不透露真相，尤其是关于伊莎贝拉的事。

伊莎贝拉在他 16 岁生日的前一周转学来到他所在的学校，老师把她介绍给全班同学，并告诉大家她父亲是一名军人。她父亲因工作原因经常搬家，所以这是她在美国的第三所学校。达里尔喜欢她长长的金发和她的笑容。那天晚上，他写了一篇关于她的故事，而这也是他写的第一个故事，他把稿纸藏在床垫下，不让父母知道。其他女孩嫉妒新来的伊莎贝拉。她来学校一周后，达里尔偶然独自在老医院旁边的一块废弃空地上遇见了她，他告诉她自己在找一只猫。附近到处都是丢猫的当地人贴的海报，就像这里有一种流行病。一位主人承诺，如果她的猫——一只名叫伯纳德的姜黄色的猫——安全归来，找到的人就会得到奖励。他说服伊莎贝拉和自己一起去老医院,这样他们就可以一起去找猫了。伊莎贝拉在老医院地下室的焚化炉里找到了伯纳德,还有许多其他的猫,它们的腐烂程度各不相同。伊莎贝拉比达里尔大一点,她没有像他期望的那样尖叫,她只是厌恶地看着,然后转过身来看着他,脸上仍然是那种厌恶的表情。

"我写了一个关于你的故事,伊莎贝拉。"他说。

"我们离开这里吧,这地方让我毛骨悚然。"她说。

"你不想知道故事里发生了什么吗?"

她离开了焚化炉,非常紧张,而且几乎恐慌症要发作了:"当然想知道,但我们还是离开这里吧。"

"但故事就发生在这里,你不能走,你走不了了。"

整个社区找了伊莎贝拉好几个星期。大部分搜索都在高速公路及周围的沼泽地进行,因为那是他告诉警察自己最后一次见到她的地方,说看到她当时和停在路边的一辆红色卡车里的长发男人说话。

他们没找到她,而且附近的猫也不再失踪了,至少暂时是那样。

00:33

午夜过后,车站终于空无一人。多尔告诉接线员雪莉不要打扰自己,无论发生什么事情都不要打扰他。说完这番话,他觉得很内疚,又回到桌子旁和雪莉说话,告诉她如果大楼遭到袭击,或者着火了,也许她应该过来打扰他,但除此之外的其他事情可以等一等,最好由正在巡逻的夜班人员来处理。

在过去的 12 个小时的调查里,多尔发现了许多新的信息,他还没有完全吸收进脑子里。这些信息"渗入"他的大脑还需要一段时间。

如果非要说看完新信息之后有什么不同的话，那就是他现在想问的问题比已经知道的还多。

一个哈欠使他张开嘴巴，闭上眼睛。打完哈欠后，他一直闭着眼睛，靠在椅子上。他当然可以睡在这里，已经不止一次有清洁工在早上 6 点拿着吸尘器叫醒他了。

"回家吧。"他对自己说。

他点头表示同意，起身走出大楼，走向私家车 —— 一辆开了 17 年的丰田皮卡，行驶了 32 万公里，而且他还没有换车的打算。

要是我的身体能像这辆丰田汽车就好了，他想。

把车停在车道上时，他的右膝盖仿佛真的在呻吟。慢慢地，他把腿从踏板上挪下来，下了车。他的小房子坐落在斯普林希尔，是孤独港工人居住的郊区，暗淡无光、无人照看。这所房子需要重新粉刷一下，换一个新锅炉，如果不是邻居一直在帮他修剪草坪，他就得拿着砍刀一路砍到前门。

他把钥匙插进锁里，用肩膀顶着门打开。木头在夏天的炎热中膨胀了，用打磨机把门的一边削掉 6 毫米仍然是他的首要任务之一，就像去年夏天和前年夏天一样。

他把钥匙扔在厨房的桌子上，打开灯，给自己做了一个夹着熏牛肉、泡菜和蛋黄酱的三明治，再来一瓶啤酒，这样可以帮助食物下咽得更快一点。他太累了，不想打开电视，也不想看书，所以径直上楼，刷完牙，脱下衣服，躺在冰冷的床上。

半小时后，他还是很累，但仍然睡不着。

他伸出一只手臂，在床头柜上找到了手机，拔掉充电线，在床上翻了个身，打开了布洛赫警官从保罗·库珀的笔记本电脑上拍下的照片，也就是他之前和布洛赫谈过的两件证物，还有收到的信息。

他通读了一遍信息，让手机自由地滑落在床上，把每一条证据都在脑子里过了一遍。

来自琳赛的消息令人不寒而栗。那名曾经的无名氏，在和保罗·库珀聊天后安排了一场见面，这场见面导致她死亡，她的尸体被扔过山脊，扔到多年前他发现她的水域。他对琳赛仍然一无所知，布洛赫一整晚都陪着他在数据库中搜索失踪人口。每个数据库都有不同的搜索功能，有些你可以在"琳赛"这个名字下搜索，有些你必须在"L"这个首字母下搜索。搜到的结果都不像他发现的那个死去的女人，他们会继续搜寻。

布洛赫说明天她会在脸书上搜索一下。琳赛和勒博是通过一个脸书小组认识的，可能是什么创意写作小组之类的。发给勒博的第二条信息来自一个知道琳赛失踪，并且知道勒博真名是保罗·库珀的人。为什么这个人不告诉警察琳赛的失踪？他还活着吗？

为什么保罗·库珀觉得自己一定要躲在笔名后面？

他感觉自己离什么东西很近了，只需要向前迈出一小步，就能找到。布洛赫警官搜查了笔记本电脑，除了图片，她没有发现任何与勒博有关的文件证据，没有手稿，没有社交媒体，没有任何迹象表明他打算谋杀自己的妻子，没有任何显示有罪的证据，当然也没有任何非法的东西，但上面的网页记录确实很有趣。

保罗·库珀做了很多关于反社会者和精神病患者的研究。他会定期查看联邦调查局的头号通缉犯名单，并阅读了大量有关该局行为分析小组的资料——该小组负责追踪和追捕连环杀手。

多尔当时断定保罗·库珀还活着。玛丽亚从口袋里的银行对账单上发现了她丈夫是 J. T. 勒博，她和他对质，所以他袭击了她。情况就是这样，即使考虑上损坏的邮筒，也是如此。保罗很了解联邦调查局是如何追踪通缉犯的，所以伪造了自己的死亡，尤其是在你的妻子被杀了之后，这是一个很好的消失方式，毕竟联邦调查局不会追捕死人。

"但是孤独港警局会。"多尔大声说。

00:34

达里尔关上前门，走到厨房开了灯。他喝了一杯水，环顾四周。除了厨房里有灯光，整座房子寂静而黑暗。他聆听着，试图捕捉最微弱的声音，以确保他的客人还在家里。

鸦雀无声。

他放下水，走到大厅，看见地下室的门开了四五厘米。他小心翼翼地打开门，拿起放在里面架子上的手电筒。他打开手电筒的开关，照着楼梯，蹑手蹑脚地走进地下室。

迈步，停下，聆听。

迈步，停下，聆听。

万籁俱寂。

他的体重压得旧木板吱吱作响，但声音传得不远。他走到最后一级台阶，坐了下来。

他把手电筒的光束对准混凝土上面的木地板，倾斜手电筒，光束照到了床底。

达里尔犹豫了。如果保罗决定逃跑，那他所有的努力都将付诸东流。如果保罗·库珀走了，达里尔就得追捕他，杀了他，而且永远也拿不回钱了。

他把灯往上一闪，看见保罗在床上睡着了。保罗动了动，达里尔赶紧把光束甩到房间的角落里，光落在摊在衣架上的保罗的牛仔裤上。

"哦，老天爷……"保罗说。

"对不起，我不是故意吵醒你的。"达里尔说。

"你把我吓死了,"保罗说道,"我们需要的东西你都准备好了吗?"

"当然。你的裤子怎么了?"

"哦,你说这个啊,不过你要保密。我笨手笨脚的,一杯咖啡洒了我一裤裆。谢天谢地咖啡不热,不然我下面就熟了。"

两个人都笑了。达里尔感觉保罗的笑声不是发自肺腑的,这让他很困惑。

他咔嗒一声关掉了手电筒,说:"抱歉吵醒你了,晚安。"

"晚安。"保罗说道。

达里尔上了楼,借着厨房里的灯光找着台阶。他把手电筒放回架子上,走进走廊,关上了地下室的门。他迫不及待地想回到他的笔记本电脑前,回到他酝酿了十年的故事前。这也许是他愿意讲的最后一个故事,他知道,付给保罗那么多钱,最终会让自己写出一部惊世之作。

是时候开始好好写作了。

他从系在牛仔裤上的链子上取出一把钥匙,锁上了门。第二天早上,他得起很早去开门,不能让保罗有任何怀疑。

回到厨房,他把手伸到橱柜上方,找到了橱柜顶部边缘后面藏着的一盒药片。他取出了一粒药,用大量的水吞下,又把药盒放回藏药的地方。药丸能让他保持平和,更容易控制住自己。抗焦虑药物帮助他减轻了焦虑,没有它们,他很难控制住自己的冲动,也很难在杀戮后降低肾上腺素。

他发现自己正盯着地板,寻找着保罗打翻咖啡弄湿的那块地方。他的脏杯子放在水槽旁边,所以他猜想打翻咖啡这件事一定是在厨房里发生的,于是他又看了一遍。

没有。他检查了走廊和客厅,地面都是干干净净的。他偷看了一

下厨房里的废纸篓，看到里面有一些用过的纸巾。

他试图不去想这件事，煮了些咖啡，打开笔记本电脑，按下电源按钮，等着开机，然后输入密码，选择正在编辑的文档。看完作者简介后，他笑了。他并没有打算把这个故事变成一场坦白局——他想把水搅浑，这样读者就分不清哪些是真的，哪些是虚构的了。他喜欢这种方式——这能让读者不断猜测故事情节。事情没有他前一天想的那么糟糕，不管了，这将是他最伟大的作品。他知道，一旦找到保罗·库珀，他的故事就会成书，这会是一个很大的反转。他想了想题目——他喜欢的题目——《失真》，这是对他的第一部小说《反转》的回顾。出版商可能会不喜欢，但他们不会改变标题。"失真"听起来挺不错的，他认为这本新书的结尾应该不止一个反转。这可能是他的最后一本书了，这本书之后，可能会有很多人来找他，不过没关系，他们永远也找不到他，不像保罗。虽然达里尔花了很长时间，但现在他找到保罗了。

达里尔不敢肯定，但他觉得保罗今晚在某些事情上撒了谎。

他凭直觉知道自己必须更加小心。保罗·库珀是一个不容小觑的人，他强迫自己记住保罗是个"多面体"——一个躲了他很久的人，一个有想象力和一定智慧的作家，一个对自己妻子都有所隐瞒的狡诈的丈夫，最重要的是，他告诉自己，保罗很聪明。

达里尔知道他只需要保持专注，小心身后。保罗不是一个可以信赖的人，他是个绝望之人。

00:35

保罗躺在床上，完全醒着，听着上面达里尔的脚步声。最后，达里尔一定是上床了，屋子里一片寂静。保罗的心跳减慢了，他闭上了眼睛。负罪感又回来纠缠他了。

一切都始于纽约的一个作家小组。他们每个月见一次面,互相批评对方的作品,喝啤酒,吃比萨,然后回家,接着对自己写的东西感到沮丧。在那里,他遇到了琳赛,很快就和她成了朋友。她来自爱荷华州,为了成为一名作家而搬到纽约。琳赛的父母都去世了,她自己有一点积蓄,有动力,也有才华。她还发现自己有指导作家的天赋,是这个作家小组中说话最有分量的人。很快人们就不再参加小组会议了,他们就这样消失了。书很难出版,越来越多的人放弃了。保罗没有放弃,但在那个阶段,他去参加会议的主要目的是看琳赛。他们有过一段短暂的风流韵事,但琳赛为了不破坏他们的友谊而终止了这段感情。琳赛不确定自己对保罗的感情,想离开一段时间好好思考。她搬到了湾城,因为那里更便宜,而她的积蓄则越来越少。她想继续参加写作小组,而且希望保罗也能参加,所以决定在脸书上建立一个在线作家小组,作家们可以花钱从琳赛和保罗那里得到反馈。当时,他们各自出版了一部小说——虽然几乎没有好评,也几乎没有销量。在她搬到湾城六个月后,他们在孤独港重逢了。这是保罗第一次来镇上,琳赛来过几次,很喜欢这个地方。他们一起度过了周末,有说有笑,互相拥抱。保罗回到纽约时,确定了这段时间陪伴自己的人是自己真正的灵魂伴侣。琳赛仍然不确定是否要开始这段感情,但两人同意暂时保持朋友关系。作家们的群组在六个多月的时间里不断壮大,大约增加了二十几名成员,而他们中的大多数人根本不会写作。

除了一个人。

这个人把他小说的前半部分寄给了保罗和琳赛,小说好得简直令人难以置信,保罗至今仍对第一次读那本书的情景记忆犹新。那一幕保罗已经回想过无数遍了——警察发现了一具谋杀案受害者的尸体。那本书和他读过的其他书都不一样,那本书让你觉得身临其境,那些景象,那些气味，那些发自内心的细节——都深深地烙进了他的脑海里。保罗和琳赛都给了作者反馈，只是一些简单的改进小说的建议——变换一些句子，缩短一些段落，都是小修小补，但确实提高了作品的质量。

不久之后，写那本小说的作家离开了小组。大约一年后，保罗出版了第二部小说，这时他偶然看到一本提前出版的 J. T. 勒博处女作赠阅本的书评，他的经纪人约瑟芬收到了那本书，又把书给了他，第一章和他一年前在脸书小组里读到的一字不差——一名资深警察在一座废弃建筑的地下室焚化炉里发现了一具失踪女孩的尸体，周围都是死猫的骨头。他打电话给琳赛，把那本书寄给她。她看了之后，确认和之前看到的是同一本。他们试图联系那个作者，向他表示祝贺，但那个人不回他们的任何信息。

保罗没有多想，直到那本书出版并开始畅销。那本书的销量越来越大，最终，《纽约时报》上刊登了有关那本书的第一篇文章，直接把热度带到顶峰。那篇文章讨论的不仅是那本书轰动一时的成功，还有它神秘的作者 J. T. 勒博。起初，这只是一个困扰着这个国家的谜团，后来逐渐成为一个全世界都在关注的谜团。

似乎只有保罗和琳赛知道真相。他们没完没了地讨论这件事，考虑着该怎么办，以及是否应该告诉媒体。保罗通过作者上传到群里的那篇文章的文档许可证追踪到了他，知道了他的真名。

琳赛破产了，她打电话向保罗借钱，而他也没有多余的钱。保罗开玩笑地建议她去找 J. T. 勒博，因为那个人负担得起。当琳赛说她会这么做时，最初的玩笑就没那么好笑了。她帮过那个人，他应该回报一下。保罗让她试一试，反正不会有什么坏处。另外，他们也知道他的真名，那个人可以付钱让他们保密。

琳赛给勒博发信息，约他见面。

他俩都帮勒博改过书，他们提出的修改意见都被采纳在出版稿中。

勒博即将赚到数百万美金，而琳赛则穷困潦倒。当时琳赛住在海边，她约他在孤独港见面。保罗等了一整夜，急切地想知道发生了什么事。他给她钱了吗？最后，他等得不耐烦了，给她打了电话，但对方并没有接听。日子一天天过去了，然后一周周也过去了。他试过发短信，发邮件，在脸书上发私信，反复在语音信箱留言。

杳无音信。

保罗担心得要命，给勒博发了短信，说自己知道他是谁，并问琳赛发生了什么事。勒博要了保罗的号码，保罗给了他，勒博马上打来了电话。

他用了某种变声装置，保罗只听到一个电子音——冷酷无情。

"你和琳赛谈过我，是不是？你知道我是谁？"

"没错，我知道。这不重要——她在哪儿？"

"她犯了个错误，保罗，她威胁了我。我在孤独港的悬崖上见了她，不错的小镇，靠近湾城。我给了她一些钱，但她说那只是首付，她可以从媒体那里得到更多钱，还说美国有线电视新闻网给了她 50 万美金买独家新闻。那是她的错误——贪婪。我用一块石头砸穿了她的头，把她的衣服剥得干干净净，然后把她扔下了悬崖。"

他说得很随意，就像在描述天气。

"她应该拿钱走的，保罗，最后她求我了。她意识到自己犯了一个错误，她谈到有一天会和你一起住在孤独港，组建家庭，生个孩子，但她现在什么都做不了了。"

"你这个邪恶的混蛋，我要报警！"保罗喊道。

"别这样。我给你个提议，虽然我现在不知道你住在哪里，也不知道怎么找到你，但总有一天我会找到你，杀了你。你唯一的出路就是让我不用再担心你，保罗。下面就是我的提议——在书出版之前我就是个富有的人，现在更富有了。所以，我的提议是——前三年每年给你 100 万，然后上升到每年 200 万。这笔钱应该足够你不去找警察或媒体了，我也不会那么惦记这件事了。成交吗？"

"去你的。"保罗挂断了电话。保罗报了警，但由于没有通话记录，也没有任何人失踪的证据，他很快就不知所措了。他们认为他是个疯子。他打电话给勒博的编辑鲍勃·克伦肖，告诉他自己知道 J. T. 勒博的真实身份。

保罗安排鲍勃·克伦肖在曼哈顿大桥下见面，鲍勃说他会开一辆绿色的丰田。保罗找到后，发现车着火了，而鲍勃还在后备厢里，也许活着，也许死了。他曾试图抹去那部分记忆。他无法接近鲍勃，火焰太热了。他站在那里，几秒钟后油箱爆炸了。保罗知道，就像他一生中所知道的一切那样，他对鲍勃·克伦肖的死负有不可推卸的责任，勒博为了保护自己的秘密杀了鲍勃·克伦肖，还有琳赛，而这一切都是他造成的。

J. T. 勒博的生活就像一个秘密。保罗在遇到克伦肖之前已经做了功课，他知道关于勒博的一切——勒博周围的人都有消失的习惯，无论是同学、邻居还是同事，甚至他的父母。

那晚在桥下，勒博试图杀了保罗。勒博找到了保罗，他知道保罗要去见克伦肖，于是解决了这个问题。

保罗从远处看见了他，但只是一个黑影。保罗跑过停车场，躲在一个满是老鼠的旧垃圾箱里，透过垃圾箱上的洞看着那辆车烧了一整夜。早上，在消防队到来之前，他逃了出来。桥上的通勤者看到了烟雾，报了警。没有人打算在大半夜的时候给警察打电话说停车场着火了，如果只是一辆停在旧停车场的车，消防部门也不会感兴趣，毕竟没人有危险，他们会在早上把火扑灭。

那天早上，保罗知道他必须逃走了。他认为勒博已经知道自己在哪里工作，知道他所有朋友的名字，甚至可能知道他住在哪里。保罗跑了，躲在曼哈顿，但是无法出门工作。

他需要了结这一切。虽然他知道很多事情，但警察不会相信他的。勒博设法避免了自己遭到怀疑。他没有别的选择，要么杀了勒博，要么让他相信自己不是威胁。

克伦肖死后那晚，他接到了同一个匿名号码的电话。

"你听到鲍勃在燃烧时的喊叫了吗？拿着钱，我就不用担心你了。快结束了，保罗，你要发财了。"

保罗确实拿了钱。他知道，勒博这么做有两个目的。

首先，如果勒博被抓了，他会告诉警察保罗什么都知道，自己付钱让他闭嘴，让保罗成为事后帮凶。这笔钱必须足够多，这样才能奏效。警察会认为，每年一百多万美金的报酬，肯定是为了掩盖比作者真实身份更重要的东西，也就是说这些钱是用来掩盖谋杀案的。第二个原因，勒博会试图通过这笔钱追踪保罗。数字银行有很多陷阱，保罗雇用了一个有洗钱前科的人来帮他转移现金，唯一的目的就是把钱藏起来，不让原来的收款人知道。这个方法只在短时间内有效，而且他必须在每次付款之前更改系统，然后他向自己的经纪人约瑟芬吐露了心声，她充当了保罗和勒博企业之间的屏障，通过她的账户过滤这笔钱，但减掉约瑟芬的佣金后，这笔钱仍然进入了保罗的账户，存款上写着付款人的名字——勒博企业。

过了一段时间，保罗觉得自己已经安全了。勒博企业会定期给账户打钱，他确保自己行事低调，任何大手笔的购买都会留下痕迹，所以他把大部分的钱都留在账户里，而他本人则躲在纽约。

随着时间的推移，保罗不再害怕了。保罗知道勒博的真名，但他从未见过勒博本人，也没有任何照片。保罗不知道他长什么样，街上的任何人都可能是勒博，他所能做的就是躲起来。最后，他告诉自己，没人能找得到自己了。

许多年过去了，保罗又开始写信了。他的经纪人知道他藏起来了，他告诉了约瑟芬一切的真相，她则有偿替他保守秘密。勒博继续出版着书，每本书都是对真实谋杀案的噩梦般的复述。

即使他可以花掉所有的钱——保罗也从来没想过要这么做，毕竟那是沾着血的赃钱。然后，他遇到了玛丽亚。他曾经认为自己再也不能爱任何人了，但她则证明他错了。他们结婚后搬到了孤独港。保罗认为这是勒博最不愿意去的地方。琳赛去世了，这让他心碎了很长一段时间，但他想实现她最后的愿望，他想在孤独港生活，只是现在必须和玛丽亚在一起，而不是琳赛。保罗告诉自己，这将帮助他继续走下去，帮助他减轻自己的内疚感，但从另一角度上来说，搬过来之后情况反而更糟了，所以他全身心地投入到了工作中。

保罗知道那个打破玻璃的闯入者就是勒博，他的目标是私人办公桌，保罗在那里放着关于勒博的文章和剪报，试图追踪他的行踪，把小说中的谋杀案和真实案件联系起来。在被闯入的第二天，保罗看到了放在他车上的信息。

"我知道你是谁。"那混蛋甚至签了名——勒博先生。

保罗被找到了，他不得不再次逃跑。他害怕勒博会伤害玛丽亚，所以才没告诉她真相。最后一个听他说过勒博的人已经痛苦地死去了，因此他不能告诉她这件事。约瑟芬需要勒博那笔钱的分成，所以她不会告诉任何人。他现在知道自己应该带玛丽亚一起走，但当时他却认为留下她会更安全，毕竟，勒博想杀的是自己，而不是玛丽亚。在这一点上，他错了。后来，勒博骗自己，让自己以为是他把自己从沉船上救了出来，所以保罗猜测勒博很可能就是那个破坏船的人。

他抑制住了疼痛，一会儿再处理它。

勒博通过钱找到了他，可能是银行。现在勒博想要回钱，这一点很清楚。他想出了一个帮助保罗把钱从银行取出来的计划，如果只是为了杀保罗，保罗早就死了，勒博可以轻易地杀死他好几次。

懦夫。

他让这个词盘旋在自己的脑海里，保罗是个懦夫。

他为了保护自己不惜让别人死去，保罗知道勒博不会停止杀戮，他不可能因为琳赛的事去找警察，也不可能因为他对勒博真实谋杀案的推测去找警察，因为没有货真价实的证据。那样做很可能被认为是一个嫉妒别人的作家同行的疯狂诬陷。他知道现在不能去找警察，因为玛丽亚遭到袭击的事，他们在找他，而且他是一个共犯——有价值2000万美金的证据可以让任何一个法庭相信这一点。

保罗认为只有一个办法，他不会再逃跑了。他要先拿到钱，至少那样才有机会和玛丽亚和好。他会告诉她一切，给她一个应得的生活。

在钱从银行里拿出来之前，勒博不会杀他，保罗可以利用这一点。这时他意识到，自己一直都知道，这一天终将到来——他不可能永远逃下去。总有一天，勒博会找到他。也许这就是为什么他不能全身心地投入到和玛丽亚的生活中去。在地平线的边缘，总有一些黑暗而可怕的东西若隐若现。

他从床上坐起来，睁开眼睛，向玛丽亚许下诺言。

他会拿到钱。

他会把钱给她。

他会杀了勒博。

00:36

对多尔警长来说，太阳还没升起自己就已经醒了这件事并不稀奇。随着年龄的增长，他发现睡眠越来越困难。他从未结婚，也很少与伴侣同床共枕，因此也染上了一些坏习惯——他会喝很多咖啡，打鼾，有时会把电视放在卧室的角落里，没有追什么电视节目，也不太想养成什么习惯。当然，一杯热牛奶、几首舒缓的音乐、一本小说，甚至冥想……他知道，所有这些都可以帮助他入睡，但他就是无法掌握其中的窍门。药物是不可能吃的，他不可能让医生开止痛片，因为那样的话，消息很快就会在城里传开。用不了多久，人们就会说，警长宝刀已老。不，他告诉自己，他不需要吃药，也不需要养成什么习惯，而且他绝对不想冥想。

干这行，死后才能长眠。

他就是这么告诉自己的，但越来越觉得自己的这个想法很糟糕。

他又回想了一遍布洛赫从库珀的电脑里拷走的信息，然后决定起床。他允许自己买过一个小小的奢侈品——一台做工精良的咖啡机。那台机器比他的车还老，会发出很大的噪声，如果咖啡没有唤醒他，那台该死的机器发出的噪声肯定会把他吵醒。

太阳开始从房子后面升起，他坐在前廊上，喝着浓咖啡。这已经是第三个早晨了，他经常坐在那里思考无名氏的案子，现在她有了名字，但没有过去，也没有身份。

多尔感到一种熟悉的内疚感，那是他戴在自己脖子上的重量，大多时候还好，但有时候这个重量会直接压得他摔倒在地。

多尔早就知道琳赛是被谋杀的，他不相信法医的结论——自杀。

谁会把衣服脱了之后藏在山岭上，然后跳下去？那样自己的身份永远都不会被人发现。

那时他就不相信是自杀，可从那以后，他也没有别的进展。

他责怪自己没有早点弄清真相。保罗·库珀是 J. T. 勒博，他杀了琳赛，几年后搬到了孤独港。多尔告诉自己，他应该从保罗那里看出一些端倪，他应该发现这个近在眼前的凶手的，这太荒谬了。然而，他还是感到内疚。

在门廊长凳旁边的一个花盆下面,他藏了一盒小雪茄。他挪开罐子,从盒子里拿出一支雪茄,用火柴点燃。他的父亲总是把雪茄放在嘴里再点,多尔则不同,他用火柴点着雪茄,然后转动。烟叶一开始发光,他就吹灭火柴,然后吸一口雪茄。这个做法来自一位新奥尔良的扑克玩家,那人告诉他,这可以确保雪茄的味道不被明火产生的化学物质破坏。

他喝了口浓咖啡,吸了一口雪茄,看着天空,听着街对面房屋的排水沟和灰泥被新一轮朝日温暖而发出的吱吱声。

然后他听到了远处传来轮胎摩擦地面的刺耳声。

接着是高速旋转的发动机的声音。

警车以每小时约 80 公里的速度开过陡坡,飞起来,"砰"的一声落在柏油路上。车在轮胎的尖叫声中穿过烟雾停在了他的房子外面,布洛赫警官下了车,跑上门廊的台阶。

多尔说:"等我穿上裤子再上班。"他吸了最后一口雪茄,然后把烟蒂从门廊栏杆上扔到隔壁邻居的玫瑰花丛里。

布洛赫看着雪茄的烟蒂飞了出去,然后满面怒容地转身对着多尔。

"他的猫在我的草坪上拉屎。你要干吗?逮捕我?天哪,布洛赫,现在才早上 7 点。"

"如果你接了那通电话,我就不会在这儿了。"

他把手机扔在床上了,不管怎样,他离警局只有 10 分钟的车程。

"有人命悬一线吗?"多尔问。

布洛赫一时糊涂了,说:"没有,但你读过——"

"那就可以再等一会儿。我的大脑至少要到 9 点半才会开始工作,而且是在我再喝点咖啡、吃点熏肉和鸡蛋之后。"

"这事刻不容缓。"布洛赫说。

他们走进屋里。布洛赫开始说话的时候,多尔启动了咖啡机。过了一会儿,咖啡进了多尔的杯子,他给布洛赫也倒了一杯,然后机器安静了下来。他转过身来面对着她。

"你早上总是这么健谈吗?"他问。

"我们有了一个新的嫌疑人。"布洛赫说。

多尔用手捂住脸。

"是在苏的报告里发现的,玛丽亚·库珀和一个乡村俱乐部的侍者关系不错。"

"就这?这就是我们的新嫌疑人?某个和她关系很好的服务员?"多尔问。

"不,不只是某个服务员。今天早上我给俱乐部打了电话,这个服务员好几天没来上班了,就在保罗·库珀失踪的前一天,他提前回家了。从那以后就再也没人看到过他,他叫达里尔·奥克斯。"

00:37

保罗从来都不理解冥想有什么意义。

夏天的时候,孤独港的瑜伽班比酒吧的数量还多。他读过一些文章,甚至去上了一些课,还在网上买了超觉静坐[①]大师班的视频课。这背后的理念似乎很有道理——他渴望这种练习带来的宁静、安心和抗焦虑作用。

但这对他从来都没有起过作用。他无法关闭他的大脑。在作家的大脑里,每一条信息都被输入到意识和潜意识中,并随时可能以一个

[①] 一种由马哈里希·马赫什·约吉(1917—2008)于1957年在全球推广的口头禅冥想形式。

故事的想法或页面上的一段对话的形式被表现出来。

唯一被证明能发挥一定作用的是呼吸练习，保罗已经学会了控制自己的呼吸。有时，这有助于减轻他的焦虑，但只要闭上眼睛，他就会看到汽车燃烧的景象，不管他怎么努力，都无法切换头脑中的那个频道。

站在达里尔家地下室的床边，保罗张开双手，伸开双臂，深深地吸了一口气。保持住，再慢慢吐出来，重复他的"咒语"，再来一遍。10分钟后，他能看到的只有那辆车和蔓延到车窗外的火焰了。即便如此，他此时的心率还是很低，可他发现自己说话不再结巴，身体也不再发抖了。

虽然这并没有消除恐惧，但确实有助于放慢他身体的节奏——这是控制恐惧的第一步。感觉好多了，他需要这样做。

也许冥想并没有那么糟糕，他想，这是他第一次得到这样的结果。之所以如此，可能是因为如果他在达里尔面前表现得不正常，就会有大麻烦；也可能是因为缺乏刺激——达里尔的"河畔宫殿"里没有酒。

保罗告诉自己他很平静，他必须平静下来。

如果不静下来，他会死的。

他那时才知道，迫在眉睫的被谋杀的威胁为他真正尝试冥想提供了唯一的"刺激"，他的命就靠它了。

这个想法使他微笑了一下，尽管目前的处境危险重重，但他想，如果更多的人面临被谋杀的直接危险，他们可能会乐于尝试新事物。那天早晨给人一种解脱的感觉，对此他心存感激。

穿牛仔裤的时候，牛仔裤还是有点湿，但他可以忍受。袜子也还是湿的，他不需要这双袜子了，达里尔前一天给他留了几双。他穿上新袜子，慢慢走上楼梯，走到门口。门开着，只开了一条缝，他轻轻推开门，听到前门传来敲门声，便停了下来。

前门离地下室的门大约有 2 米的距离，他听到走廊里达里尔的靴子声，本能地把门关上，只留下四五厘米的缝隙。达里尔的脸出现在这个缝隙里。

"有人敲门。蹲下，别出来，我会打发掉他们。"他低声说。

"是谁？"保罗问道。

达里尔转过身，朝大厅窗外望去。

"是警长。别担心，蹲好就行。"

达里尔转过身去，保罗注意到，一把枪藏在他的牛仔裤后面。达里尔伸手拿起枪，检查了一下，然后放在大厅桌子上的厨房毛巾下面。

保罗握住门把手，拉近，缩小他的视野，但同时，他可以在不被看到的情况下看到达里尔。

没有什么冥想能让他胸中的心脏不再狂跳，他感到额头上出了汗。他咬紧下巴，不让颤抖传到牙齿上。

达里尔微微打开门，身子探进门缝，想把门缝填上，然后把靴子放在另一边，以防警长把门推得更大。

"你好，是奥克斯先生吗？"警长问。

保罗看不见他，但听出了多尔警长慢吞吞的声音。

"是我。"

"介意我叫你——"

"叫我奥克斯先生就行，"达里尔说，"有什么能为你效劳的吗？"

"我们有事情需要询问你，介意我们进来吗？"

"恕我直言，警长，我现在不方便接待客人，我这几天身体不太舒服，也没有好好收拾房子。"

一阵沉默，接着是多尔的靴子踩在外面地面上的声音。

"嗯哼，"多尔说，"好吧，我想我们可以在这里谈谈，看起来这里没有邻居，不需要担心吵到他们，对吧？"

"没问题。"

"能告诉我们这几天你去哪儿了吗？"

"就在这里，可能出去买过一两次东西，但正如刚才所说，我病得很重。"

"我能看到你嘴唇上的汗，孩子，你是发烧了吗？"多尔问，似乎在暗示达里尔脸上的汗是出于某种完全不那么无辜的原因。

"差不多吧。"达里尔说。

又是另一阵沉默，这次是经过深思熟虑的那种。尽管看不见警长，但保罗知道这不是一个会提问的人。

"你认识玛丽亚·库珀吗？"多尔问。

"我在新闻上看到了，真是个可怜的女人。她时不时到俱乐部来，我为她服务过，以打发时间，你知道的，我不喜欢看到女人独自喝酒，而且她的小费总是很丰厚，不像那些吝啬鬼，连个毛都不肯给你。"

"你们都聊些什么？"

"我们没怎么聊过，主要是谈论天气或者新闻，差不多就这样，我想只是闲聊而已。"

"你们在俱乐部之外见过面吗？"

这下轮到达里尔沉默了。保罗的下巴隐隐作痛，牙齿咯吱作响。他松开了门把手，用尽一切办法才控制住自己想去攻击达里尔的冲动。这个混蛋差点杀死玛丽亚，他把她的头骨打得稀烂。保罗告诉自己要冷静，要保持镇定。他想到了钱，强忍着把指甲插进手掌，内心沸腾的愤怒使他颤抖起来。这证实了他内心深处已经知道的事情，他咬着嘴唇，不让自己尖叫或者捶墙。

达里尔盯着地面，手指几乎碰到嘴唇。看起来他在尽最大的努力去回忆——而且对回答很小心。

保罗知道达里尔现在有麻烦了。如果达里尔说他从未在俱乐部外见过玛丽亚，多尔警长知道情况不是这样，那达里尔最好当场给自己戴上手铐。

"我不这么认为。"达里尔说。

就在等待自己话音落地的时候，达里尔的左手滑了出来，掀开厨房毛巾，放在了柜台上的枪上。警长以及和警长在一起的任何人都看不到他的动作，直到为时已晚。

保罗弯下膝盖。如果达里尔把枪挪开一点，他就会破门而出，冲过去。他可能会在第一枪之前赶到，但很可能不行。不过，如果达里尔真开了枪，那他就得试一试，保罗不能再让任何人因为达里尔而死了。

或者是因为他而死。

"你确定你们从来没有在俱乐部外见过面吗？"多尔问。

"很确定。"达里尔说着，手臂伸直，准备如果事情搞砸了就迅速拿枪指着多尔的脸。

血在耳朵里汹涌咆哮，保罗没有听到警长的回答。

达里尔的手臂绷紧了。保罗转移了重心，准备用右脚弹射起步向前跳。

鸟鸣啾啾，风吹松林，另一个房间里的电视发出微弱的杂音，再就是保罗体内肾上腺素沸腾的柔和的嗡嗡声，此外万籁俱寂。

他再次估计了自己和达里尔之间的距离，这个距离肯定不会成功的。

保罗又蹲了下去，打开了门。

00:38

站在门廊上的整个过程中，多尔一直盯着布洛赫。当奥克斯被多尔弄得心烦意乱时，她会转过身来，把相机放在身边，拍下房子的侧面和后面的照片。

她有足够的时间去拍照片，而奥克斯什么也不说。多尔一看到这个人就感到不安。作为乡村俱乐部的服务员，奥克斯看起来非常健康，肌肉发达。这个男人几乎没有任何脂肪，他的肱二头肌就像毛巾盖着的垒球一样突出。

这是一个身材保持得很好的人。

让多尔不安的不是他的身体条件，而是他的眼睛和表情，很明显这个人在隐瞒什么，他的行为很能说明问题。

当时多尔还不知道奥克斯到底在隐瞒什么，不过他肯定不喜欢有没有在俱乐部外和玛丽亚·库珀见过面这个问题。"不，先生。"他回答得很慢——可能是在权衡多尔的后口袋里是否有什么东西，比如一份声明，上面写着：玛丽亚·库珀和奥克斯每周二下午在餐馆见面，喝脱脂拿铁咖啡，打桥牌。

多尔重新调整了一下自己的姿势，试图把自己从膝盖突然冒出来的隐隐作痛中拯救出来。他把手放在臀部，伸直另一条腿，转移重心，减轻受伤膝盖的压力。

多尔的手伸向臀部，也就是枪套后面，然后看到达里尔的手臂紧张起来。

就在那时，多尔感觉到奥克斯有严重的问题。站在门口的奥克斯准备攻击了，他可能在前门旁边的桌子上放了一把刀，或者是一把枪。即使没有鲨鱼般的眼睛，光是产生这个想法也很可怕了。

他问奥克斯是否确定，奥克斯想了想——还是说他想拿出一把刀

或一把枪？最后，奥克斯说他很确定。

多尔对许多事情都放任自流，他从来没有抽出时间参与过数字革命，家里的楼梯上有一块坏了的木板，脚上的鞋子需要擦一擦，但他会推迟这些事情——他告诉自己，早晚会抽出时间去做这些事情的，最终也一定会这么做的。

他为数不多的没有放任自流的一件事是练枪，多尔每两周打50发子弹，百发百中。每个月，他都要进行拔枪训练。这让他回想起刚入伍时，接受近身保护训练的日子。他可以在3秒内从枪套里抽出武器，开3枪。年轻的时候，他曾把时间缩短到2秒多一点，现在则对平均2.5秒的速度很满足，布洛赫也差不多。

如果奥克斯想来真的，多尔已经准备好了。

多尔没有再问问题，现在不是时候。他只是让这一刻自由流逝。对其他潜在的嫌疑人，多尔会仔细检查他们的脸，尤其是眼睛，奥克斯则眼神呆滞，瞳孔在这种光线下几乎是黑色的。

在谈话的大部分时间里，他都保持着安静和警惕，而且可以感觉到布洛赫的不安。她挪了挪脚，向前迈了一步。

"你认识玛丽亚·库珀的丈夫保罗吗？"布洛赫问。

"不，我不认识。"达里尔说。

"也许我们该回去了。"布洛赫说。

多尔的目光始终没有离开奥克斯，他向后退了一步，说："也许你是对的。你帮了大忙了，奥克斯先生，暂时不打扰你了。"

当多尔和布洛赫安全地坐回车里，奥克斯关上前门时，他俩都松了一口气。

布洛赫说："那家伙很紧张。"

"确实，你看到后面的船了吗？"多尔问。

"当然看到了，手机里也保存了一张偷拍的照片。单靠一个服务员的工资,买下这艘船可真够呛。"

"我们先回警局,完成文书工作,然后交给法官。你觉得这足以申请搜查令搜查达里尔的家吗?"

她点点头,倒车,重新开上了路。

00:39

达里尔关上前门,用门闩锁上,转过身来,看见保罗趴在走廊里。

"他们走了吗?"保罗问道。

达里尔拉开百叶窗,看着警长的车倒回到院子里的车道上,又继续开出院子上了路,停了一下,然后开回了镇上。

"他们走了。"达里尔说,把厨房毛巾从枪上拿开。他拿起武器,放回牛仔裤的腰带里,这次把枪放在了前面。

"你应该待在地下室的。"达里尔用一种平淡随意的语气说。

保罗站起来说:"我还以为你要开枪呢,觉得你可能需要帮手速战速决。"

达里尔摇着头说:"不,那是最后的手段,不过还是谢谢你。你听到我们说的话了吗?"

问这个问题时,达里尔花了一点时间研究保罗的表情。如果这个人开始怀疑自己,那他需要知道。他们要冒极大的风险,而且达里尔知道,如果保罗不值得信任,他就不可能成功。保罗听到这个问题后,达里尔看到他的脖子涨得通红,也许是对警察到来的反应,也许是别的原因。

"听到了一点儿,我不知道你在乡村俱乐部工作。"保罗说。

啊,也许仅此而已,达里尔想。

"我在那里做兼职,单靠捕鱼是付不起房租的。我在那里见过你妻子几次,我对警察说的都是实话——所以他才离开了,我只跟她聊了几分钟,只是打发时间而已。情况就是这样,我不认识她。"

再一次,达里尔把所有的注意力都集中在保罗的每一个动作、姿势和话语上。

"好吧,我就说你怎么会认识她呢,对吧?"保罗说道。

达里尔点点头。"对。"他说。

达里尔知道保罗心里总会有一丝疑虑,这是肯定的,唯一不确定的是,这丝疑虑是基本得到了及时解决,还是会变得越来越大,而这是达里尔无法控制的。他只能等着瞧了,谁也没有办法做出预言,唯一能做的就是密切关注保罗,确保他在考虑别的事情。

而且确实有很多事情要考虑。

"我想我们得把日程提前了,"达里尔说,"那个警长是个傻瓜,他的副手也一样。他们找不到你,所以到处乱跑。他们想确保自己能抓到想要的人。"

"那我们什么时候走?"保罗问道。

"我们现在要准备好,目标是在 2 小时内离开这里。"

"这么快?"

"是的,你的钱不会永远等在那里。如果被宣布死亡,你就再也见不到它了,我们一起去拿吧。"

00:40

在大多数小说和电影中,人们会直挺挺地坐在床上尖叫,接着从昏迷中醒来。

这是戏剧性的，是影视化的。

但碰巧玛丽亚·库珀也是这样醒来的。

但是玛丽亚并没有真正醒来——至少没有完全醒来。

她的眼睛在眼皮下面转动，心率加快、呼吸加快。胸部充满了空气，然后呼出，接着随着心跳越来越快，直到她气喘吁吁。如果护士碰巧在房间里，她们会看到她生命体征的急剧上升。在护士忙于其他活动的情况下，知道她是否醒着的唯一方法是警报。

心率快到接近触发警报的界限了。

最后，没有这个必要了，护士们听到尖叫声就跑了过来。

玛丽亚被那声音——惊恐的尖叫——吓了一跳，睁开了眼睛。过了几秒钟，她才意识到那声音是自己发出的，然后她继续肆意尖叫。

一位助理医生闻声而至，他让护士按住她，给她注射了一针镇静剂。

她一句话也没说，只是尖叫。

玛丽亚的思想已经恢复了。她模糊地记得，在纽约，一个善良的女人赤脚在熟食柜台后面工作；一个愁眉苦脸的男人温柔地对她说话，紧紧地抱着她；还有一所沙滩上的房子，微风吹动着周围的草。

她不知道这是她的生活还是一场梦。

正当玛丽亚感到头部剧痛时，镇静剂开始起作用了。

她最后看到的是一堵浸透了鲜血的塑料墙。

00:48

孤独港警局里，在一张通常都是杂乱无章的桌子上，摆放着一排精装书，共计十本小说。

是 J.T. 勒博的全集，这意味着布洛赫去过书店。

"一定要把买书的这笔账记在开支上。"多尔说。

"大部分我都读过了。我们得了解保罗·库珀的想法，看看他是怎么想的。"

"搜查达里尔住处的搜查令怎么样了？"

"苏正在打出来。"布洛赫说。

她用了将近 10 分钟的时间向多尔简要介绍了勒博的作品。每一部小说都是与众不同的惊险小说——不同的人物，不同的背景，不同的情节。所有这些小说都是全球最畅销的，没有人知道为什么。

"为什么地球上最成功的作家之一，一个受到数百万读者崇拜的人，不愿意站出来接受这份荣誉呢？"多尔问道。

多尔坐在椅子上，聚精会神地听着 J.T. 勒博的历史。这是他听布洛赫讲话最长最久的一次，他没有插嘴。可以看得出来，在这个迷你演讲的过程中，她好几次意识到自己讲了太长时间，多尔则什么也不说，他的全神贯注和沉默不言促使她继续说下去。布洛赫开始敞开心扉，而他则希望多多益善。他喜欢她，甚至仰慕她，假以时日，她会成为一名比他想象中还要好得多的警官。

从布洛赫那里获取想法可不容易，想法往往会"撞"到她，然后像果冻一样从她的额头上滑落。她话不多，但开口时，你可以肯定她的话很有价值。

"得了吧，你一定想过这个问题，不是吗？全世界都这么爱他，他为什么要默默无闻呢？谁能抗拒呢？"多尔问道，终于打断了她的话。

"我可以。"布洛赫说。

多尔点点头，说："我可以相信，但你——"

"我什么？"布洛赫问。

"你不是那种爱说话、爱社交的人，对吧？"

"我社交,但不是在孤独港。你在开玩笑吗?如果我想认识一个人,我希望这个人不要老到拄着拐杖,靠他的人工髋关节站着。"

"好,我明白,我们都老了。但这里有几个和你同龄的人,保罗·库珀和玛丽亚并不比你大多少。"

"没错,但他们不是我喜欢的类型。不管怎样,我平时会出去,然后见见人,和他们交谈。那又怎样?"

"说出你的理论没什么不对的。"多尔说。

"但我不喜欢猜测,我喜欢看证据——我喜欢知根知底。"布洛赫说。

"我们知道的不多,但合理的猜测并没有错。发挥你的想象力,假设勒博不是一个沉默的隐士,假设他是个普通人,他为什么不举起手来,把所有的功劳和崇拜都揽在自己身上呢?"

她绷了绷下巴上的肉,说:"这个问题问错了,警长。"

多尔用手指敲着桌上那些书的书脊说:"这些书都是他写的,我没有时间读,所以如果你知道什么我不知道的,你最好开门见山。怎么问才是正确的问题?"

布洛赫拿起一本名为《反转》的书,递给多尔。他双手捧住。

"这是他的第一本书,刚出版的时候我读过,但不记得情节了,我需要再读一遍。第一本书通常都是自传性的,不管作者是否有意,都会在书里体现出来,书里可能有线索。真正的问题是,库珀为什么要杀了琳赛来掩盖他作为勒博的身份?她被谋杀时,这本书已经卖得很好了,虽然还不是全球畅销书,这要到后来才会发生。

"他那时已经有东西要隐瞒了。从一开始,他就不想让任何人知道他是谁。成功并不是其中的原因,库珀身上有种从一开始就腐烂的东西,那会是什么呢?

"我找不到任何将琳赛或保罗·库珀与脸书上的作家小组联系起

来的东西。我觉得所有的账户都被删除了。库珀是想隐瞒他的过去，但他的记录是清白的。"

打开《反转》的第一页，多尔摇着头说："不管他在隐瞒什么，琳赛是除了他之外，唯一知道真相的人。"

"一定是件大事，不是吗？"布洛赫问。

"当然。"多尔说。他扫了一眼十年前写成的《反转》一书的第一行，慢慢感受着。恐惧和不安突如其来。

在这个世界上，没有什么比一具尸体更令人着迷的了，尤其是一个脑袋转错方向的人。

00:42

保罗看着达里尔收拾着一个小包：一件衬衫、一条牛仔裤，还有前一天晚上带回来的东西——一顶棒球帽、一把点45口径的手枪和两把刀，再加上笔记本电脑。

一切准备就绪。

他们把瓶装水、一些熏肠三明治和那个小包装带上了船。保罗带了两样东西，U盘是第一件。U盘摸起来很干，但他仍然不知道是不是还能用。当他把U盘当成一本小说时，干不干似乎并不重要，U盘更像是一种动力，毕竟他要做的事可能会让自己被捕或被杀，所以他必须相信，在这一切结束后，还有另一种生活等着他。

U盘是未来生活的象征，他想留着。

下午，他们乘船出发了。达里尔驾驶着船，保罗坐在船舱后面的船尾。沉默了大约1个小时后，达里尔说："再过3个小时我们就能到迈阿密了，先去加油，然后从那里出发。黎明前应该能到开曼群岛。"

盯着达里尔脖子后面看了几个小时，保罗的注意力集中了起来。他需要达里尔才能拿到钱，没有他，钱不可能拿到。

他偶尔前倾身子，摸摸牛仔裤后口袋里的削皮刀，这是他带的第二件东西。原本简朴的行李里又添了一件秘密物品，他在厨房里迅速而安静地悄悄打开抽屉，挑了一把很容易放进口袋里的锋利小刀。达里尔什么也没看见——他一直在船上检查。

保罗想着达里尔破坏了他的"写作船"，然后又作为救世主出现的事。想着自己本来可以和琳赛一起过的生活，以及她在这个世界上的最后几分钟。他的牙齿磨在一起，发出咯吱的声音，下巴上的肌肉跳动着。他想起了玛丽亚，她现在的遭遇，都是因为这个男人。他想从口袋里掏出那把小刀，狠狠地刺向达里尔脑壳底部，转动。

再转回来。

感受温暖的血液从指间流过。

在思考的那一刻，他嘴唇上的盐尝起来像血一般，眼泪随之而来。他很快擦掉了。

那笔钱阻止着他杀死达里尔，而且如果一击不中，将会发生的可怕事情……

不，保罗决定等一等，再等一天。一旦他们拿到钱，回到船上，保罗就会想办法杀死达里尔。

他必须这么做。

因为一旦钱从银行取出，到了保罗手里，达里尔也会想杀了他。达里尔有枪，有刀，体重和身高都有优势，而且他是个聪明的混蛋。但有了钱，达里尔就放心了。他不知道保罗意识到了他的真实身份，这给了保罗一定的优势，他可以不露声色。等拿到钱，达里尔分心开船的时候，他就会动手。如果达里尔要动手——显然他会——那么一定会等到他们拿到钱，船在开阔水域，那时就是拔枪的时候了。只要保罗在那之前搞定达里尔，一切都会好起来。他没有钱就跑不了——永远也跑不了。

船乘着货船和游船产生的波浪，沿着海岸线起伏着。引擎发出的呜呜声、船体在海浪上的飞溅声、大海的气味和味道，在保罗这里呈现出一种黑暗的色调。

明天，船上的一个人会杀了另一个人。夺走一条生命可不是小事，保罗从来没有遇到过这种情况，现在他只想阻止这个凶手。他想象着跪在达里尔的尸体旁，生命之光从凶手的眼睛里慢慢消逝。那时，他会俯身向达里尔，低声说，自己早就知道他的计划了，并且知道他是谁，而且早就打算杀了他。

为了玛丽亚。

为了自己。

为了琳赛。

尽管这个想法让他感到陌生，但也让他感到坚强。想活下去，就需要这种信念的力量。在离开之前，他问达里尔是否可以最后搜索一次新闻，看看玛丽亚的病情是否有新进展，达里尔没有反对。保罗找了找，什么也没找到。

他需要玛丽亚渡过难关，黑暗中一定会有美好的事发生。保罗又盯着达里尔的后背。

又高又瘦。达里尔背部发达的肌肉是一个完美的目标，看着这个目标，保罗开始计划接下来怎么做。

把刀插在哪里？

太阳开始下山，远处的灯光亮了起来，到迈阿密这个歇脚的地方了。

当船靠近停泊处时，保罗有了一个计划。

00:43

格里菲斯法官是一位74岁的老人,他会在执法部门摆在面前的任何文件上签字,并为多尔警长放在法官办公桌上的搜查令和命令授权,在法官的家里,在法官的私人书房里,用法官自己的时间,而他甚至连多尔写的东西一个字也没读。

他也没有看布洛赫在达里尔家拍的照片。

而且法官也不听他说的什么,法官把他领进了家里之后,又领进了书房,似乎很高兴能暂时离开他的妻子。多尔见过法官的妻子几次,每次都很乐意避开她的陪伴。格里菲斯太太喜欢说话,喋喋不休,从来不是和你聊天,而是在对你输出,而且声音很大。对于一个瘦小的女士来说,她的舌头就像工业风力机一样有力。谢天谢地,格里菲斯太太这会儿在楼上。

"好了,好了,可以了,警长。我相信这一切都是绝对有必要的,而且很好。好了,都搞定了。"法官说着,把弄好的文件交还给他。就在那一刻,多尔想,如果自己站在了法律对立面,会发生什么。由于格里菲斯法官对他的职业职责毫无兴趣,甚至从来没有考虑过宪法,多尔警长认为,在法官面前受审对任何被告来说都可能是一个难题。除非你被指控谋杀了格里菲斯太太——在那种情况下,你可能会比预想中的更容易安全离开。

"谢谢,法官。"多尔说着朝书房的门走去。

"这么快就走了?我希望你能多待一会儿,喝杯咖啡,跟格里菲斯太太打个招呼。"法官说。

多尔加快了脚步,几乎是跑出了书房,冲向前门。一直到了门口,他回过头说:"对不起,法官,我现在得走了,警局有急事。"他随手关上了前门,在那一刻,他有点可怜法官。

回到警局，多尔把搜查令锁在了保险箱里。冻结保罗·库珀在开曼群岛的账户的命令，他已经用传真和电子邮件发给了银行，要求立即做出回应。2小时后，银行首席法务官发来一封电子邮件，确认该行根据《国际反洗钱条例》承认法院的命令，谁也拿不走这个账户里的一分钱，那2000万会留在账户里。他计划第二天早上带着搜查令突袭奥克斯家。多尔关了办公室，看见苏坐在调度台边。在这么晚的时间里专心致志地修着指甲，这让他很吃惊。

"我读了你的报告。"多尔说。

"很荣幸。"苏说，没有把目光从指甲上移开。

"现在不要趾高气扬了，干得不错，所有这一切都很不错。我想问你点事。"

这次她看着他。

"你对J.T.勒博的这整件事怎么看？你认为是库珀袭击了他的妻子吗？还是那个叫奥克斯的家伙？也许他和库珀的船沉了有关？"

苏摘下耳机麦克风，抱着双臂说："奥克斯从袭击当晚起就生病了，这很可疑。你需要更多证据才能归咎于他，大量的证据。我觉得库珀在害怕什么，也许他怕你发现他就是那个叫勒布的作家。"

"勒博。"

"随便叫什么。不管你怎么看，库珀先生都不想让警局插手他的事，这是肯定的。"

"何出此言？"

"亲爱的，虽然你是警长，但我是接电话的。在过去的三年里，我们接到过四起非法闯入的报案，报案的每个人都让我不胜其烦。那些人没完没了地打电话抱怨：'为什么你还没抓住窃贼？''我什么时候才能拿回我奶奶的项链？'我知道库珀家遭遇的非法闯入并没有造成什么损失，但是库珀太太却因此受伤了。这个县里的任何一个男人，都会逼着你去抓住那个闯进他们家且袭击了他妻子的混蛋——"

"但库珀不是这样的。"多尔说。

"是的。如果他知道是谁闯进来的,我一点也不奇怪。"

多尔的脑子运转着。对于玛丽亚遭受的袭击和琳赛的死亡,似乎所有的证据都指向库珀。

"谢谢。"多尔说。

"就这么难说出口吗?"苏问。

回家的路上,多尔把车停在了路边,闭上眼睛,在脑海里重复着这个思维模式。

库珀的身份暴露了。有人破窗而入,要么发现了库珀的身份就是勒博,要么是早就知道了。如果闯入者也知道库珀为什么要躲在勒博这个身份后面,那这种情况也就说得通了。

是奥克斯,他不知怎么就弄明白了,也许是他袭击了玛丽亚,还弄沉了库珀的船,也许他是为了开曼群岛的钱。多尔所需要的只是奥克斯、库珀和勒博之间可能的联系。

他打开手机,打给了布洛赫。他把突袭的时间提前了,让她早上5点到车站见他。明天早上5点半,趁奥克斯还在睡觉的时候破门而入,逮捕他,调查他,然后搜查整座房子。达里尔·奥克斯有很多问题要回答。

明天这个案子就会真相大白了。

他能感觉得到。

00:44

迈阿密站的停留时间比达里尔预期的要长。

一天的大部分时间里,他都在脑子里反复思考原来的计划,试着找出弱点,探索各种可能性。那天保罗没怎么说话,但临近迈阿密时,他打破了沉默。

"我需要一套衣服。"保罗说。

"干吗?我们近期没有参加高档晚宴的安排。"达里尔说。

"我大概去过那家银行八九次,每次都是穿着得体,那个银行就是那样的地方。别以为我忘恩负义,我也绝对没有侮辱的意思,但这条牛仔裤和这件衬衫让我看起来像是在逃跑。"

达里尔回过头来,上下打量了他一下。

"我们只有一次机会,所以当我们最终在大开曼岛登陆时,一切都要保证是完美的。"

"好。"保罗说道。

他们把船停泊在码头上,达里尔用现金支付了码头费和燃油费,甚至还为自己的迟到额外支付了50美金。保罗站在他身后,什么也没说,脸藏在达里尔的一顶棒球帽下面。

不到10分钟,他们就来到了一条满是酒吧、餐馆和夜总会的街道。迈阿密的天气更热,从海岸吹来的风似乎一点也不影响这里的湿度。他们又累又饿,汗水湿透了衣服。甜甜的香料味和雪茄的烟雾弥漫在每家餐馆外面的空气中,阳台桌上坐满了食客。他们打算过会儿再吃东西。

达里尔叫了一辆出租车,把他们送到了一家通宵营业的购物中心,这里有空调。迈阿密果汁让空气中的每个微粒都充满了水分。他们在阳光下晒了一天,再加上迈阿密果汁的作用,这个商场闻起来非常芬芳。他们一起找到了一家百货店——不太华丽,但也不寒酸。保罗不慌不忙地挑了一件蓝色棉质衬衫和浅灰色单排扣西装,接着找到了一双便宜的棕色抛光皮鞋——这鞋乍一看相当贵——再配上一双灰色的短袜,整套服装搭配就完成了。不需要打领带,一套时髦的休闲装就可以了。

他把衣服拿进试衣间,一件一件试穿。他从镜子里看到了自己的脸,差不多一周没刮胡子了。几个月前,他试图留点胡子,以顺应当前的时尚潮流,玛丽亚却说那样看起来很脏。现在,他需要一把剃刀和一些泡沫,也许还需要一些护发产品。

他对这套衣服很满意,脱下来,小心翼翼地收拾好,拿着离开了试衣间。

达里尔坐在外面的凳子上,像是在等伴侣。

保罗为达里尔挑选了一条黑色牛仔裤、一件黑色运动外套、一顶斯特森帽和一件白衬衫。达里尔把所有的东西都拿到柜台,付了现金,然后和保罗一起离开了。他们把购物袋放在脚下,在麦当劳里安静地吃了顿饭。他们没有叫出租车,而是走着回去的,这样保罗就可以中途在一家药店停下来,买一包一次性剃须刀、发胶和一些剃须泡沫。

靠岸 90 分钟后,他们坐上达里尔的船,伴随着迈阿密映照在水面上的灯光驶入夜色。他们会在明天中午前到达开曼群岛。保罗走到船尾,在长凳上蜷成一团,很想睡觉。他筋疲力尽,每走 1 公里,就觉得更远离自我了。这个现实既如梦似幻,又非常真实。他所有的感官都处于高度戒备的状态,他的鼻子能闻到一切,眼睛已经习惯了黑暗,耳朵则充斥着船在波浪上翻滚和碰撞的声音。这不是保罗的生活,这是一个测试,他发现自己在玩一种奇怪的、致命的游戏,而且不敢考虑搞砸的后果。

他的思绪飘到了玛丽亚身上。现在,在黑暗中,独自一人,在知道了所发生的一切之后，他才知道自己冤枉了她。她曾是他生命中最重要的部分，只是被他的谎言玷污了，他不能再和她在一起了，这一切已经回不了头了。如果能活过接下来的 24 小时，他会设法弥补的，他发誓，这次是认真的。如果没有遇到保罗，玛丽亚就不会经历这次袭击了。

00:45

多尔知道，手握搜查令，他完全可以不需要发出警告。

这对多尔来说没什么大不了的，毕竟是照章办事。但即使是毫无意义的礼仪问题，你也永远不知道，什么时候小失误会惹出大麻烦。

"达里尔·奥克斯，我是孤独港警局的警察，我们有搜查令，要搜查你这里。开门，不然我们就直接进来了！"多尔喊道。

他等待着，数到十，点头示意。

布洛赫拿起了"大黑钥匙"。这是多尔给那台重达 16 公斤的钢质"攻城锤"起的名字。自从买下以来，这台攻城锤只用过一两次，每次都是布洛赫操作的，多尔没有那么大的力气。她把球从身边甩开，向前走了一步，扭转了冲力，把碰撞范围对准了前门上门锁旁边的那个点。

木门屈服了，锁被撞了出来，砸在后墙上。多尔和布洛赫准备好武器，走了进去。他们已经在房子周围找过了，屋子没有后门，而且船不见了。

他们清查了一楼，然后是楼上的卧室和浴室，没人在家。只剩下地下室了——这房子里最危险的部分，这里没有可以在遇到危险时逃出去的简单出口，除了站在房间中央当靶子之外，没有办法清查各个角落。

布洛赫和多尔点亮袖珍手电筒,在地下室的楼梯上慢慢地走着。他们每走四层楼梯就停下来,让布洛赫蹲下来,透过台阶的木板条检查身后和下面的区域。当她把手里的灯光打向缝隙,把头低下以便看得更清楚的时候,多尔也蹲下身子,继续移动他的手电筒,希望能捕捉到布洛赫肩膀上方的任何动静——以此掩护他的搭档。

用这种方式下去是唯一安全的选择。下来花了3分钟,但多尔并不介意,他有这3分钟的时间可以花。

他们检查了地下室,里面没有人,但最近有活动的迹象。有人在桌子上放过一杯咖啡——桌上的灰尘上有圆形的痕迹,床单闻起来相对新鲜,而其他一切都有淡淡的霉味。一丝不苟是布洛赫的天性,多尔发现自己在观察她的工作。她检查了多尔已经搜查过的地方,只是为了以防万一。两人不急不躁,房子给人一种藏有什么东西的感觉,某种有待发现的东西。这种感觉很奇怪,但对执法部门来说并不陌生。

在地下室没有发现什么特别有趣的东西,半小时后,他们又回到了一楼。

布洛赫二话没说,转身向左走出地下室,向厨房走去。多尔觉得他应该去客厅看看。客厅的门开着,透出一丝光线。多尔不记得自己是否关上了身后的门。他知道自己在布洛赫之后离开了客厅,所以肯定是他关的。

尽管如此,他还是再次拔出武器,用脚把门轻踢开。

他喘了口气,放下了格洛克手枪。只是虚惊一场。

布洛赫从他身后走了进来,说:"这里有电脑的备用充电线,但如果原来有原装充电线的话,我猜他带走了。厨房下面有个储枪柜,但没有枪。我找到了枪油和一些刷子,还是湿的,他最近清理过武器。你那里有什么发现吗?"

在多尔看来，客厅并不怎么起眼，书柜似乎是唯一让人感兴趣的东西。多尔走到窗前，凝视着窗外的水面，仿佛还能看到达里尔的船留下的涟漪，实际上并没有涟漪，他错过了达里尔。

他转过身，看见布洛赫正在研究书架。

"有很多真实的犯罪书籍，大部分是关于连环杀手的，其余大多是警察办案程序和法医手册。"布洛赫说。

多尔说："我肯定他还在什么地方放了一盒《犯罪现场调查：迈阿密》的碟片。"

"我不这么认为。"布洛赫说，伸手去拿第二层书架上的一本大书，"这是一本关于联邦调查局行为分析小组剖析研究的书。这既不是回忆录，也不是那个地方真实的犯罪血腥历史，而是一部学术著作。这本书也被读过很多次了，你看。"

她拿起书，捏了捏作为记号被贴在某页上的一张黄色便利贴。便利贴所在那一章的内容是关于如何通过"签名"来分析连环杀手的。分析"签名"并不意味着要分析他们的笔迹，而是要检查犯罪现场和受害者，以确定每起谋杀案的暴力模式，对于以上这些，联邦调查局称之为"签名"。页边空白处有一处批注，是手写的。

武器，对受害者的选择，受害者类型，位置，过度杀伤/暴怒伤害。

"如果你是一个连环杀手，知道联邦调查局正在寻找受害者身上的某种模式，那么改变武器、策略，改变对受害者的选择，改变受害者在死前和死后遭受的暴力程度是最容易的事情。如果你那样做了，警察就几乎不可能把两起谋杀案联系起来。"布洛赫说。

多尔点了点头，把剩下的部分翻了一遍，寻找还有没有被标记过的书页，但什么也没找到。

"对一个服务员兼潜水教练来说，读这样的书真奇怪，你不觉得吗？"布洛赫问。

多尔并没有表示赞同，因为他没听清。此时，他脑海里思考的是面前的书架，还有从书架上的书里伸出来的"小黄旗"。

达里尔一直在做一些认真的研究。

多尔的手机开始振动，他接起来，是湾城法医小组那边打来的。

"我是多尔警长。"他说。

"你好，我是法医马克斯·麦卡利斯特，这里有一些你可能会感兴趣的东西。我们黑进了玛丽亚·库珀的手机，搞到了她的通话记录和短信，我会尽快以压缩文件的形式发过去。"

多尔谢过那个人，挂了电话。直到这时，他才意识到自己根本不知道压缩文件是什么。他盯着手机，准备给麦卡利斯特回个电话。

但这个电话最终没有打成，因为还没来得及拨号，他的手机又开始振动了，这次是一个他不认识的号码。

他接听了电话，并感谢了打电话的人："我们马上就到。"

布洛赫抱着一大堆从达里尔书架上拿下来的书，满怀期待地看着多尔。

多尔说："我们马上会收到一个压缩文件，里面有玛丽亚的通话记录。更好的是，刚才这个电话是从医院打来的——玛丽亚刚刚醒过来了。"

00:46

在过去所有来开曼群岛的行程中，保罗从没有乘过船。坐船比坐飞机花的时间要长得多，但要低调得多。他明智地利用了这次乘船过来的时间，在船舱的小水池里洗澡、刮胡子，用发胶抹还没干的头发。

自从他的船沉没以来，保罗第一次看起来且同时闻起来像个人。他迫不及待地穿上西装，在靠岸前做最后的修饰。直到那时，他才注意到周围的景色。尽管眼前情况危急，他还是忍不住惊叹于这个地方的美丽。对保罗来说，这就是天堂——五颜六色的鸟类在头顶盘旋，一群海豚似乎在接引着船到港口，还有海边烤架上鲜鱼和烤肉的味道。

停靠在乔治市时，保罗感到一种熟悉的兴奋感。

达里尔把船拴起来的时候，保罗在小屋里换衣服。如果能待在外面，远离那个致命同伴身上散发出来的恶臭，感觉应该会很不错。达里尔一直在他脑子里挥之不去，即使在换衣服的时候，保罗也确保能一直从船舱的窗户看到达里尔。他把小刀放在了夹克的口袋里。

达里尔一踏上船，保罗就离开了他的包，离开了他从船舱窗口看到的风景。这一定很明显，因为达里尔的行为举止后来似乎发生了变化，他似乎对保罗的一举一动很感兴趣，就像保罗对他的去向很感兴趣一样。

两人互相绕着圈，每个人都不愿意把对方放在视线之外。保罗现在穿戴整齐了，一身西装和系扣衬衫，还有硬底皮鞋。他离开了小屋，给达里尔留下了一些私人空间。

保罗抓住屋顶上的安全栅栏，绕着船舱走了一圈，向船的左舷走去。他背对着小屋，所以达里尔从任何一扇窗户都看不见他。他听着达里尔的靴子踩在地板上的声音，然后随意地把从点45手枪里取出的所有子弹都弹到水里。子弹沉到水下时发出一声软绵绵的闷响。子弹空了之后，他走回里面。

来得正是时候。

达里尔拉开包的拉链，掏出那把柯尔特点45手枪，扣住扳机，准备拉回撞针,检查枪膛口的子弹。

"等一下,把枪留在这儿吧。"保罗以自信的态度说道。达里尔愣住了,疑惑地看着他。

"你不能带枪进银行,外面也没有安全的地方可以存放它,把枪留在这儿吧。"

达里尔叹了口气,像个脾气暴躁的青少年一样把枪塞回包里,然后站起来,整理他的夹克。

"我看起来怎么样?"他问。

"你看起来……很完美。"保罗说道。

他们乘出租车去了围墙道上的开曼国际银行。该岛当局知道银行业旅游是其主要吸引力之一,因此银行大多在围墙道开设分行。这是一条四车道的宽阔街道,棕榈树喃喃低语,树下的宾利和法拉利呼啸而过。风吹在棕榈叶上的声音,使保罗想起了一堆钞票从空中落下的飒飒声——声音中有一种甜美的干涩,让人平静,但又充满异域风情。

保罗先走上台阶,达里尔跟在他后面,保持着几十厘米的距离。

玻璃门外的框架由大理石柱构成,即使从外面,保罗也能看到以岛屿形状铺开的华丽的马赛克地板。他觉得自己闻到了香草味的空气清新剂、真皮座椅的气味,以及似乎弥漫在岛上每一个角落的甜腐的暗香。

多年前,保罗慎重地选择了这家银行。他一边想着,一边推开玻璃门,给达里尔撑着一扇门。

新鞋在地板上发出回音,这让他想起了自己第一次踏进银行的情景。那时他就知道,自己的选择是明智的。

开曼国际银行的客户分布广泛:好莱坞电影大亨、房地产开发商、对冲基金经理、大多数非法军火商和全球最大的三个慈善机构。

绝对隐私，非常安全，完全免税。

就像超级富豪银行业的三颗魔豆。

除非存入 500 万以上，否则不能在这里开户。银行收费合理，作为回报，你不必对任何人负责。豪华轿车会在飞机跑道上接站，把你送到银行，并在你决定离开之前随时为你服务，但这次没有豪华轿车为保罗服务了。

这一次他"微服私访"。

没有收银台，只有一个接待处，后面有一个经理随时准备迎接你，房间周围有五个全副武装的警卫。

他不由自主地注意到那些穿着黑色西装、套着战术背心、手里抱着突击步枪的人。即使在角落里，这些人依然引人注目。他知道达里尔也会注意到这些人。保罗抬起头，环视着圆顶的金箔天花板。

他很喜欢这家银行的一点是，这家银行相信攻击性武器——而不是摄像头——才能保证安全。墙上任何地方都没有监控摄像头。保罗不得不承认他明白其中的道理，AR-15 步枪比柯达相机更具有震慑作用。而且，银行的客户在所有的交易中都希望自己的隐私能被保护。他听到身后达里尔的脚步声转向了左边靠墙的皮沙发。

保罗走近经理，她身材高大，外表相当严厉，黑发紧紧地从额头上梳开，一双棕色的大眼睛看起来好像发带要把她的整个脸拉长，拉出一个疯狂而又高兴的微笑。她身穿一件紫色粗花呢西装，里面穿着一件淡紫色衬衫，那是银行的颜色。

"您好，请问有什么能为您效劳的吗？"经理问道。

"是的，我想取钱。"保罗说。

"好的先生。请在密码区域输入您的安全密码。"

保罗面前是一台平板电脑类型的设备，他用触摸屏键盘输入了安全密码，然后账户信息出现了。

保罗试图吞咽唾沫,但他发现自己咽不下去。他的喉咙哽住了,整个人汗流浃背。

"恐怕您的账户有点问题,先生,我得打电话给客户经理,他会过来处理的。"她边说边拿起电话。

30秒过去了。保罗没有意识到,他的脚一直在地板上有节奏地敲击着。他再也压抑不住自己的情绪了,他快被逼疯了。

他知道自己必须保持冷静,这是唯一可行的办法。

一位银行经理从接待处后面的一扇橡木门穿过,走了过来。

"先生,你的账户有点小问题。"客户经理说,他向保罗做了自我介绍,说自己是阿莱恩先生,"我们收到了一份强制令,要求冻结这个账户。在这种情况下,我们有时是可以灵活一些,但这次不行,我爱莫能助。"他说。

"哦,但是我这里有办法。"保罗说道。

他内心尖叫着,但表面上只是转过身向达里尔示意,看起来像是被逗笑了。

保安的目光像炙热的激光一样刺进他的皮肤。

他记得在很小的时候,事情似乎总是要花费很长的时间。坐电梯要等两年才能到达下一层楼;躺在床上睡不着时,他从1秒数到1小时,但查看时钟时,发现只过了10分钟;做作业似乎花了一整夜的时间,而不是半个小时。

但没有什么,绝对没有什么,能比达里尔从沙发走到接待处这6米远的距离所花的时间更长。

而且保罗的性命被掌握在他最恨的人手中。

00:47

"好像完全就是一无所获。"布洛赫边说边打开巡逻车的警笛和闪光灯——他们在去湾城的路上。

这是她这1个小时以来说的第一句话。

多尔警长知道这根本不需要说。

他们快把达里尔的家给拆了,除了书之外,他们一无所获,什么都没找到。没有任何证据和线索能把奥克斯和保罗或玛丽亚联系起来。那些书很有趣,多尔看得出布洛赫还在脑子里翻来覆去地想那些书。她拿了六本书放在证物袋里,但当然,就那些书本身而言,可能除了题材是低级趣味或病态痴迷之外,并不能证明什么。如果他们有确凿的证据,一个正派的公诉人可以在陪审团面前对那些书做出更有利的解释。

"也许玛丽亚的手机里有什么东西。"多尔说。

他在接近真相,他知道这一点。布洛赫踩刹车时,多尔正把手放在仪表板上。现在是红灯,她放慢了车速,然后在汽车喇叭声中穿过约翰斯通大街上的车流。

医院的轮廓出现在他们面前,多尔不知道玛丽亚的身体状况是否适合接受采访,不过这对多尔来说并不是很重要,医生无法阻止他和玛丽亚说话。做警长有很多好处,其中之一就是他在湾城的同僚们对他的职业性礼貌,而且他们不可能把他赶出医院。

多尔不想逼玛丽亚。他知道她很脆弱,甚至可能精神错乱了。那次袭击的记忆可能永远不会回到她的脑海里,多尔已经接受了这个事实,他以前听说过这种情况。有些记忆对人类来说太痛苦了,大脑无法将其保存,那些记忆必须被驱逐,否则它们的毒素就会扩散,摧毁宿主。人类的大脑是用来记忆以及遗忘的,多尔警长从没忘记这一点。

他已经记不起伊甸生病前的样子了,但他还能记起医院地板上的瓷砖图案,记得医生注入她体内的化学物质的气味,记得当她注意到他在床边时,她那露出微笑的苍白凹陷的脸颊。他无法忘记琳赛漂浮在水里的肿胀的瓷白色身体,以及他为寻找她的身份而度过的夜晚。记忆可能是一种诅咒。

他们把车停在医院对面的停车场。这里太堵了,根本找不到更近的地方。如果他们碰巧在多层停车场中找到了停车位,而且想在换班时离开,结果很可能是被困在那里。把车停在街对面走过去更安全,而且他们就是这么做的。

医院一楼的电梯外等着一群人,尽管多尔很想和玛丽亚说话,但他还是决定等电梯。爬八层楼梯会让他的膝盖疼上一个星期,他需要保持运动能力,至少再多保持一段时间。

当他们到达正确的楼层时,访客已经开始来到病房。布洛赫和那天对她很友好的护士交谈了一番,护士把他俩带到了玛丽亚的私人房间外。护士先进去了。布洛赫走近玻璃,往里面看,多尔也是如此。他们不能吓到她,这很重要。温柔而有耐心地对待创伤受害者是好警察的第二天性,而布洛赫和多尔都是好警察。

房间里的顶灯已经关掉了,唯一的光线来自床上方墙上的一盏可伸缩灯,灯指向角落,这样就不会直接照到玛丽亚的眼睛。除了这盏柔和的灯,玛丽亚周围的机器也发出微弱的光芒。走廊里的光线本足以照到她的脸,但透过浅色的玻璃窗,光线也被过滤得暗淡了许多。

玛丽亚在床上坐着,头上缠着一块巨大的绷带。她在和护士说话,护士反过来抚摸着她的手背,安慰她。玛丽亚用另一只手遮住眼睛,避免眼睛被灯照到。

护士伸手把灯从墙上移了八九十厘米,房间里的光线变亮了,玛丽亚捂着眼睛的手指更紧了。多尔看到玛丽亚因为环境变亮而咬紧牙关，下巴肌肉紧绷；听到他急促吸气时，发出微弱的嘶嘶声。这一定是因为昏迷，或者头部受伤，多尔不确定是哪一个。玛丽亚目前身体虚弱，光源对她来说是个问题，多尔知道他必须尽其所能来解决这个问题。

护士离开了房间，临走时说："你可以进去，但请不要扰乱她的情绪。"

多尔点点头，问护士有没有告诉玛丽亚发生了什么事。

"还没有，只告诉了她有创伤性脑损伤，仅此而已。慢慢来，不要强迫她说话。"

多尔为布洛赫撑开门，她先走了进去，多尔很快跟了进来并关上门。他们和玛丽亚的床保持着距离。玛丽亚看着他们进来，什么也没说。她脸上的表情很难读懂。起初，她的表情似乎一片空白，但当多尔的眼睛习惯了黑暗，他看到了她额头上的"涟漪"——眉心上的皱纹。她的瞳孔仍然不平衡。她的右眼里是一个又胖又黑的瞳孔，另一只眼里的瞳孔则是电光般的蓝色旋涡中的一个小点。

"玛丽亚，我是亚伯拉罕·多尔警长，这位是布洛赫警官。你感觉怎么样？"

"痛得不那么厉害了，他们给我用了药。"她温柔地说，而且边说边好像解释一般地举起右手，给他们看那根插在她静脉里的"蝴蝶线"，还有那根从她的手上伸出，升到挂在她头上透明液体袋里的管子。

"我们可以和你谈谈吗？"多尔问。

她没有点头，眼睛闭上又睁开，脸上带着转瞬即逝的微微一笑。

多尔认为这就是"同意"了。

他们恭恭敬敬地走到床边，两人都坐在房间左边摆放的低矮的塑料椅子上。

"任何时候,如果你想让我们停下来,直说就好。我们可以改天再来,好吗?"多尔问。

"好。"

多尔和布洛赫交换了一下眼色,有些不确定。多尔不想抱太大希望。

多尔舔着嘴唇,思考着一个问题——如何让她开口说话,完全敞开心扉。他不想直接开门见山。

"你还记得什么?"他问。

玛丽亚闭上眼睛又睁开,转向多尔,小心而自信地说了起来,声音就像森林里干枯的树枝般噼啪作响。

"有些事情感觉像被一团雾笼罩着,有些就还好。"她说。

多尔点点头,但没说什么。他想让玛丽亚敞开心扉,这无声的提示奏效了。

"我想起了一些关于我丈夫的事情。"她说。

"你想起了什么?"多尔问。

"很模糊,我记得他很有钱。"

布洛赫拿出手机。她翻遍邮箱,找到了保存的银行对账单的照片,拿给玛丽亚看。

"J.T. 勒博,他是个作家,"布洛赫说,"我们认为你丈夫可能就是写那些书的人,这似乎能解释钱的来源。"

"是的,是的,他骗了我。我记得我们吵架了。"

"吵架的内容是关于他对你说谎的事?"多尔问。

她的眼睛开始盲目地寻找答案。

"一定是这样。我记得我当时在厨房,在思考,在想我有多爱他。然后一定是他袭击了我。"

多尔吸了口气,等了一会儿,然后问道:"你认为你和你丈夫面对面了吗？真实情况是这样吗？"

"他从后面打了我，"玛丽亚说，"一定是他，只可能是他。我当时在厨房里等着他。我没看到是谁，只是觉得有什么东西碰到了我的后脑勺。他一定是从前门溜进来的。"

多尔不知道她是在说出脑中的记忆，还是在说服她自己发生了什么。

她停顿了一下，然后盯着多尔，斩钉截铁地说："我丈夫打了我的头，他想杀了我。"

00:48

汗流浃背的20分钟。

这就是全部。

达里尔和阿莱恩先生谈了3分钟，给他看自己的身份证。保罗也给阿莱恩先生看了自己的身份证。阿莱恩先生笑了，然后让他们等一等。

17分钟后，两个皮质大公文包出现在两个高大保安结实的肩膀上。

1930万美金，还有一些地方税和银行手续费要交，总共是69万8000美金。此外还有2000美金是安全运输的服务费。保罗签署了一份允许扣除70万美金的单据。警卫带着现金来到停在外面的一辆轿车前，把现金放进后备厢，将达里尔和保罗领进了车里。汽车里装满了香槟、矿泉水、威士忌和杜松子酒，保罗一点也不敢碰，不管面前的警卫劝说了多少次，让他们倒杯饮料，放松一下。银行的保安团队把他们送到码头，把包装上船。达里尔给了港务长1万美金，以确保他短暂的靠岸没有留下记录。

保罗觉得自从走进银行，他就没有呼吸过。达里尔一发动引擎，将船开出码头，保罗就跪了下来，大口喘着气，感到心跳加速，眼球仿佛要从头上凸出来。

他们做到了，达里尔的疯狂计划成功了，他预料到银行会冻结账户，而且顺利地处理了这件事。保罗坐在达里尔身后，大笑了起来。

掌舵的达里尔也笑了起来。他脱下夹克，卷起衬衫袖子，加大了油门。

这种兴奋一直持续到他们冲进开阔的水域，离开远处的小岛。达里尔减小了油门，把手放在旁边地板上装衣服的包上。他俩谁也没有说话，一阵眩晕就这样无声无息地过去了。胖胖的皮质公文包安全地躺在下面，轻松的感觉拂过保罗，就像柔和凉爽的水雾。

但这并没有持续太久，就是现在，没有退路了。保罗让愤怒累积着，他从紧握的拳头、绷紧的肩膀和脖子根部的紧绷中感觉着愤怒。过了一会儿——具体不知道过了多久——他可以清楚地看到琳赛的脸，然后画面变成了玛丽亚的——她躺在医院里，头骨几乎塌陷。他看到一辆汽车后备厢周围燃烧的火焰，甚至能闻到什么东西或人被灼烧的味道。他不知道那声音是大火吞噬汽车的声音，还是大火吞噬的后备厢里，男人的尖叫声和撞击声。这些形象和声音很快以其产生的速度消散如烟，眼前显现出那个背对着保罗的人，那个要为自己造成的所有伤害付出代价的人。当达里尔在他背后望着地平线时，保罗从夹克里抽出刀来。这里仍然看得见码头，但已经很模糊了。他们驶往深水区，只要开曼群岛离得够远，而且附近只有他们的时候，达里尔就会采取行动，保罗不能再等下去了，就是现在。

起初，他不确定该如何握刀，刀拿在手里感觉又小又薄。他静静地站着，熟悉着腿下船起伏的节奏。他慢慢地向前移动，像拿短剑一样握着刀刃。他告诉自己他能做到。

那天天气不错，几乎没有风。大海蔚蓝壮观，万里无云。

保罗向前走去。这个人毁了他的一生，保罗打算永远摆脱他。

在客舱外，一只军舰鸟在船旁乘风而行，两只白尾热带鸟则在军舰鸟下面跳着相互配合的螺旋舞。

再走一步，无声无息，放慢脚步。他打开舱门走了进去，这时达里尔仍然专注于前方的路线。

船经过一群栖停在水面上的海鸥。

保罗把刀举过头顶，背拱了起来。

灿烂的阳光在潺潺的海流上投下银色的珍珠。

唯一的声音来自发动机。此时海水拍打船身，产生梦游般的节奏。

他拉紧背部，咬紧牙关，眼睛睁得大大的，盯着达里尔的后颈。

一只海鸥叫了一声。

保罗用最快的速度和最大的力量摆动手臂和躯干，像打桩机一样把刀刺进了达里尔的后背。

他瞄准的一直都是达里尔后颈上肩胛骨之间的那个位置。利用核心肌肉以及背部肌肉和肩膀来增加穿刺的力量，他希望刀刺穿达里尔的颈椎，切断中枢神经系统，让达里尔像一个被割断绳子的木偶一样摔倒。

动作的速度和力量动摇了他的目标，在脊椎右侧约1厘米处，刀子扎进了达里尔的肉里。这刀向下冲击的力量，使刀进入皮肤，充分滑进肌肉，然后继续穿过肌肉，在达里尔的背部开了一个约8厘米的口子。

达里尔放开舵，双臂乱舞着；他的背向内弯曲，双腿也软了。

接着他跪倒在地。

但并没有喊叫。

保罗把刀从伤口里抽出来，举过头顶准备再来一刀，他感到脖子和下巴上被溅上一股细细的、温暖的血。他向后倾斜,为下一击做好了准备。这一次,当刀子落下来时,他瞄准了达里尔的头顶。保罗不由自主地发出一声高亢的吼声,当他跳上前去把刀刺向达里尔时,吼声越来越大。

他失手了。

达里尔猛地举起双臂,突然向左一偏。这一下便足以避开那一击。刀在椅背上发出咔嗒一声,保罗的手腕撞在椅子的头枕上。

保罗无法呼吸了。刀在手里感觉很滑,达里尔差点把刀从他的手里撞下来,他知道自己必须采取下一步行动,而且必须果断。他不是什么战士。

他退后一步,一只手抓住达里尔的左脚踝,想把他从座位和控制台拖到一个空旷的地方,这样就可以跳到他身上,用膝盖压住,然后用刀刺穿他的眼睛。

一开始,达里尔反抗着,在保罗试图拖他的时候,抓住座位不放。

"放手。"保罗说着,用刀猛砍达里尔的脚踝。

达里尔放了手。保罗向后倾斜,挪了挪脚,拖着达里尔,身后留下了一条血迹。

保罗松开达里尔的脚踝,向前跨出一大步,拿着刀,准备把他的受害者干掉,完成任务。

他没有看到达里尔靴子的脚跟踢了过来,只觉得靴子狠狠击中了自己的下巴,然后自己的身体撞到了甲板上。他的脚在地板上打着滑,仓促地爬了起来。刀弄丢了,他环顾四周,没看见刀的影子,它肯定是滑走了,可能在座位下面。他四肢着地趴下,左看右看。

刀不见了。

他抬起头,看见达里尔站在舵后,打开他的包,手里拿着枪走了过来。保罗站起来,面对枪管站着。

咔嗒一声。

达里尔的表情变了。在痛苦而冷漠的表情中,他陷入了困惑。保罗要赶紧做决定,他要抓住机会,冲向达里尔,掐住他的喉咙,把他掐死;或者赶紧退后避开——总之或战或逃。

保罗一直想知道,肾上腺素原始的涌流浸透血液时会是什么感觉。他会向前冲,还是逃跑?从读到的所有相关著作中,他得出的结论是,是战还是逃不是一个选择。在某种程度上,你的身体几乎接管了一切——身体决定了是战还是逃,而有意识的决策根本不起作用。

但这并没有发生在保罗身上。他的身体在颤抖,他感到了肾上腺素的激增,却没有刺激他采取行动,而是把他牢牢地固定在原地,他的身体就像是一辆调教过度的雪佛兰科迈罗,而某个疯子正踩着油门,让车轮飞转,但速度太快,扭矩太大,无法将动力释放出来。

达里尔打开后膛,检查弹夹。

里面是空的。

保罗仍然站在那里——科迈罗的轮胎在柏油路上发出刺耳和撕裂的声音。

达里尔又弯下腰去拿包,从里面掏出一把刀。保罗失去了机会,恐惧和优柔寡断为他选择了道路,他根本不可能对付一个手拿武器的人,即使对方已经受了伤,但他不是一个普通人,他是个杀手。

在清醒的感觉仁慈地回到身体的那一刻,他只有一个选择。他转身向小屋跑去,边跑边提着两个包。他把两个包放在一只手里,这样就可以把门打开,但是包太重了。

他扔下一个包,打开门,走上后甲板。保罗等着达里尔,就在他进来的时候砰地关上了门。达里尔早就料到了,他抬起一只脚,反击那扇突然关上了的门。门被踹回,打到了保罗的脸上,保罗踉跄着向后退去,鲜血从鼻子里喷涌而出。更倒霉的是,他后腿撞在栏杆上摔倒了，而且几乎要头朝下掉进水里了。

突然，他感到有人抓住了他的肩膀，阻止了他的坠落。

达里尔用一只手抓住包，另一只手把刀举过头顶，准备刺进保罗的肚子。

保罗放开包，向后一仰，吸了一大口气，掉进了水中。就在他的头向下落入水中的时候，他看见达里尔像挥舞短剑一样挥舞着那把刀，把刀嵌在船体的外面——他也失手了。

保罗在水里转过身，朝外游了出去。他踢着腿，摆动着手臂，他的身体急需氧气，但保罗不在乎，他知道自己需要离船越远越好，否则有没有空气都无所谓了。就算淹死，也比被达里尔抓住要好。

他的眼睛被海水刺痛，肺快要爆裂了，腿、肚子和肩膀开始抽筋，但他使劲扑腾着，朝水面游去。

接着，他破水而出，嘴巴张得大大的，眼睛也瞪得大大的。

他离船已经有约 11 米远了，也许有 12 米远。他没在后甲板上看见达里尔，他估计引擎随时会开足马力，小船也随时会改变方向，跟在他后面驶来，把他从水里碾过去。

他转过身来，尽管身上疼痛难耐，体力还是恢复了过来，于是他又一次游了下去。

他至少要花一个小时才能游到岸边，如果他继续潜到水下，朝岸边向左向右游来游去，也许达里尔就找不到他了。

他搞砸了，彻底搞砸了。

没有钱，没人帮忙，还没了船。

他现在不能想这些事了，现在要想的，是如何维持生命，驱动胳膊和腿。

恐惧，对到不了岸边的恐惧。保罗并不害怕溺水，他害怕的是如果没能活下来，那么就没有人能阻止达里尔了。无论如何，他一定要阻止这个人，这个人必须被杀死。保罗不能让达里尔再伤害玛丽亚了，不然的话她还会成为他的目标，因为她躲过了他的袭击。只要她醒过来，他就会想办法杀了她。

必须阻止他。于是保罗游了起来，不顾痛苦、疲惫以及放弃一切让自己沉到海底的冲动。

00:49

达里尔拔出插在船栏杆后面的刀。他已经把那包现金从船边拖回来了，没有让它掉到海里。

如何处理这把刀似乎要难得多。刀没有被卡住，它在玻璃纤维栏杆上上下移动着，但他不明白为什么拔不出来。

这一次他使劲一拉，却发现自己连刀柄都抓不住了，他的身体耷拉在栏杆上。达里尔突然眩晕起来，他的脚想找东西支撑，好让自己站起来，但靴子的鞋底在甲板上滑动。他勉强站了起来，低头一看，看到了靴子下面的血迹，他的背上浸透了血和汗。

达里尔吐了，吐在了一边。然后小心翼翼、气喘吁吁地回到了小屋。

他当时想杀了保罗，让他痛不欲生。

但达里尔知道自己什么都做不了。他很虚弱，感到头昏眼花，而且非常非常口渴。医疗包在驾驶座下面，达里尔拿出来打开，发现了一些纱布和绷带。

他估计了一下，从保罗把刀插进他的身体到现在大概有1分到1分半的时间，这让他有些放下心来。如果保罗刺中了动脉，自己早就死了。

只要没有划破动脉，就还有活下来的机会。达里尔知道自己必须尽快行动起来。他从盒子里拿起所有的纱布，把右手伸到脑后。他的胳膊肘刚过水平线，疼痛就加剧了，而且越往后伸，身体就越疼。

伤口的位置再尴尬不过了。

他紧闭双眼，咬牙切齿，胸膛起伏，试图呼吸新鲜空气。他前倾身子，终于把纱布盖在了伤口上。他把那卷绷带甩到肩上，抓住了一端，左手伸到后腰，找到了那卷绷带，拉住缠到肩上，又扔了过去。

这样他就能在纱布上缠上两圈绷带。他把绷带的两端拉紧，抑制住想吐的冲动，然后把绷带系上。

来自纱布的压力有助于止血，但不能完全止血。达里尔加大了航速，直奔迈阿密。

他感到血浸湿了座位和裤子。

此外就没有什么感觉了。

他很想让船掉头，从保罗身上碾过去，但那样会浪费时间，他没有时间了。没机会回大开曼岛了，警方无疑已经知道他来访的目的了。如果回去，他们会在治疗后拘留他——审问他。

不，迈阿密是他唯一的希望，就像现在这样，让风在他身后再吹四五个小时。他能做到的，迈阿密会有很多庸医给他缝针，给他一些抗生素和止痛药，而且什么也不会说。

如果他能成功到达的话。

达里尔把背靠在座位上，试图压住伤口。他又感觉到血在汩汩流出。抑制住了想要尖叫的冲动，他集中精力掌舵。

他告诉自己会成功的。

他拿到了钱，这才是眼下最重要的。他以前追踪过保罗·库珀，他可以再来一次。

达里尔握着方向盘，使劲睁开眼睛，盯着海岸线。

他感到前额一阵剧痛,然后意识到自己昏过去了,头撞在了方向盘上。昏迷的时间不可能很长,只有几秒钟,但这让他很害怕。

他不可能活着到迈阿密的,没有办法缝合伤口。他现在处在开阔的水域中,如果回到开曼群岛,就会有一堆问题,迎接他的只会是警察和监狱。

他必须思考,没有犯错的余地。要么思考,要么死亡。

达里尔逐渐减小动力,让船慢慢航行,然后关掉了引擎,站起身来,向机舱后面走去。汗水淌进了他的眼睛。到达长凳后,他掀开座位,发现里面有一个急救箱。他拿出来,把箱子放在桌子上,然后打开。

达里尔选了一个闪光弹,然后走到后面的甲板上。他解开绷带,脱下衬衫,站在甲板上,两脚分开,让自己的身体适应海浪的节奏,接着把手伸过肩膀。这一番动作把他疼哭了。他放下手臂,眼泪顺着脸颊滚落下来。闪光弹会吸引附近的船只。如果他们看到了,就会过来的。这就是闪光弹在海上的作用,无论发生什么,每个人都互相帮助。

达里尔打开了闪光弹的收纳罩。

周围看不到任何船只,他并不是要利用闪光弹呼救。

明亮的钠制闪光弹开始燃烧。他又把手伸过肩膀,尽最大的努力,把那颗燃烧着的闪光弹的火焰顶住了伤口。他必须止血,烧灼伤口是唯一的选择。皮肤发出咝咝的声音,肉被烧焦的味道一下子扑面而来,他像垂死的人一样对着太阳尖叫起来。

00:50

"老天爷,你是怎么打开压缩文件的?"多尔问。

他从桌子后面站了起来。布洛赫来到电脑前,接替了他的位置。多尔双臂交叉,摇了摇头,抖了抖脸颊。他不像其他人那样,能顺利地适应那些科技产品。布洛赫投给了他一个凌厉的眼神,然后抓住鼠标,快速点击了几下,说:"开始打印了。"

他桌子旁边的打印机嗡嗡地响了起来,开始吐纸。多尔拿起第一张,看了看,然后扔在布洛赫面前的桌子上。

"我简直搞不懂这是怎么回事,那是什么鬼东西?"他问。

布洛赫拿起那张纸,浏览了一下。

这是一份短信列表,全部是从玛丽亚的手机上发到另一个号码上的。上面没有显示对方的身份,只有发给这个号码的短信以及发送的日期和时间。

打印机还在不停地吐出纸来,布洛赫站了起来,把打印机上的纸拿了起来,翻了翻,找到了另一页。

"好吧,他们通过电话以及电脑程序提取发送过的短信内容,然后,程序的另一部分会找到接收到的短信内容。我们得把这一切拼凑起来,就像拼图一样。"布洛赫说。

多尔翻了个白眼,然后朝天举起双手说:"我以为科技应该让这一切变得更容易,我讨厌拼图游戏。"

布洛赫忍住了微笑。他们一直等到打印机完成工作——一共花了20分钟,装了两次纸,等一切完成后,桌子上已经有了一沓纸,也许有600张。

他们一起收拾了多尔的桌子,把文件分好。玛丽亚的"手机"被拆开了,所以他们必须把它重新组装起来才能看到全部的内容。

这堆纸后半部分的那一沓显示了通话记录。多尔挑选了有人闯入的前一天,也就是玛丽亚被袭击之前的通话记录,单独放在一起。

他们一起按信息的日期把文件排成了整齐的一堆,并将其与相应的回复放在一起。划分证据的环节就用不了这么长时间了。

又过了 10 分钟,多尔说:"我看不懂这些东西,在我看来这只是一堆乱七八糟的信息和数字,为什么我们就不能看看那手机?"

布洛赫点点头说:"趁现在手里有最近的信息,我们先浏览一下,可以一会儿再去检查手机。"

多尔勉强同意了,他又试着看了看那些留言。一些纸张上有联系人的名字,这肯定和玛丽亚手机上的联系人列表一致。干洗店、慈善募捐专线。他忽略了这些,跳着继续看,直到发现一条短信记录,其所属的那个手机号码没有出现在联系人列表上。起初,他以为这没什么,直到他在纸上看到一条短信的日期和时间。

短信是在入室盗窃的第二天发过来的。

我的婚姻结束了,我需要你的帮助。

"看看这条信息,查查你的那堆回复,找找是否有一个不是手机内存里列出的号码。"多尔说。

经过几分钟的筛选,布洛赫找到了。

那是唯一一个记录在案的信息。

不管是什么,我都会去做。我什么都愿意为你做。

日期和时间都相符,这是对那条短信的回复。

多尔还没来得及说话,布洛赫就拿起电话给湾城的法医小组打了电话，让他们追踪这次对话的手机号码。

"他们让我等着。"她说。

"我讨厌这种废话。"多尔说。

"我看得出来。"布洛赫说。

"我更喜欢真正的警察工作，挨家挨户地敲门，看着别人的眼睛问话。"多尔说。

焦急的几分钟后，布洛赫接到了回电。她抓起一支笔做起笔记来，问了几个问题就挂了电话。

"这是个抛弃式手机。"她说。

"什么？我以为就是个普通的手机。"多尔说。

布洛赫摇了摇头，说："抛弃式手机就像一次性手机，可以匿名用卡充值。我们只知道，这部手机是几年前在曼哈顿的一家商店里买的，当时标价200美金，可能之后机主就把它转手了，这种手机在国内任何一家二手店都只要10美金。"

"她在给谁发短信？"多尔问。

"从语义上看，是某个想让她知道自己很爱她的人。她没有亲人，至少我查不到。听起来要么是玛丽亚在勾引别人，要么是她有了外遇。"

"会不会是达里尔？"

"这可能是二者之间的联系。"

多尔的上唇抽搐了一下，然后说："你是说，这个一次性手机是在曼哈顿买的？"

"是的，我有地址。要我打电话给商店，看他们有没有记录吗？"

多尔看了看表。

"不，还是上门拜访吧。我们今天下午就能到纽约，有好几件事可以核实一下。"

"比如？"布洛赫问道。

"比如勒博企业的地址，比如那个手机店，比如……"

"比如什么？"

多尔站起来，转身拿起一本勒博的小说，翻到版权页并说："比如位于纽约市熨斗区的 J. T. 勒博的出版商。"

10分钟后，苏给多尔和布洛赫订了下一班飞往肯尼迪机场的航班，布洛赫则以每小时140公里的速度驾车驶向机场。

现在有时间思考了。多尔认为应该提前打电话给曼哈顿的警察——只是礼节性的拜访。他打电话给苏，请她来负责这件事。

"打电话给71警区的米克·朗警探，告诉他这是礼节性拜访——我得去和一些人谈谈，而且我不想听什么管辖权上的废话，他会明白的。我和米克是老朋友了，但不管你做什么，都不要给出版商打电话，我不希望听到他们拒绝与我们见面。在约见时表现得自命不凡，对于那些西装革履的怪人来说实在是太有必要了。"

他挂断了电话，让布洛赫减点速。多尔觉得，自己更有可能死在去机场的路上，而不是在飞机上，尤其是在布洛赫开车的情况下。

"很高兴你在纽约还有朋友，而我在离开原来的地方之前自绝了后路。"

"真的吗？你的上级可不这么认为。你走的时候，他给你写了一封评价很高的推荐信，我在你的档案里看到了。"

"那是因为他想摆脱我。"布洛赫说。

她脸上掠过一丝不愉快，好像尝到了什么馊了的东西，想要全部吐出来似的，而她确实用自己的方式改变了话题。

"你认为玛丽亚之后上法庭时，能经得起质疑吗？"布洛赫问。

多尔认为她会的，只要布洛赫不开车送她去法院——如果这个可怜的女人不得不花时间做布洛赫的乘客，她一定会吓得瑟瑟发抖的。

"那个女人很坚强。虽然她的记忆并非处于最好的状态,但我敢说,等她出庭做证的时候,她肯定靠得住。不管什么时候,我都宁愿把全部身家赌在玛丽亚·库珀身上,也不要寄希望于辩护律师。"

"她需要体检。"布洛赫说。

"这取决于地方检察官。她一开始听起来很不稳定,但我们离开的时候,我觉得她已经好多了。我知道,我们在海滩上看到她的时候,她已经神志不清了,但她当时脑出血了,现在的她状态一天比一天好。"

"这么说奥克斯可以洗清嫌疑了?"布洛赫问道。

"看起来是这样的。我们从他家没有得到任何线索,他有几天没来上班了,但他说自己生病了,仅此而已。仅凭这些不足以逮捕他。也许未来我们还能找到有关他的其他线索。那个一次性手机可能是他的,我不确定,但我不太信,我觉得奥克斯不是那种浪漫的人。玛丽亚认为她的婚姻已经结束了,这个事实只会给她丈夫带来压力,但是……"

"但是什么?"布洛赫问道。

"也许奥克斯没有袭击玛丽亚,但他可能一直在帮助库珀?"

"他为什么要帮助库珀?"布洛赫问。

"我认为,一个银行账户里有2000万美金的人,如果有必要的话,肯定会得到帮助,你说呢?"多尔问。

布洛赫点点头说:"即便如此,风险也太大了,有电视报道什么的。"

布洛赫拐了个弯,在左转的时候碰到了人行道的边缘,多尔紧紧抓住扶手。

"在我的印象中,如果价钱合适的话,奥克斯并不反对冒一些风险。"多尔说。

"价钱?等等!如果我们想错了呢?"布洛赫说。

那幅在办公室里挂倒了的画瞬间在他眼前闪过。布洛赫在面试时告诉他，画是上下颠倒的，而且在她离开后不久，他就把画重新正着挂了起来。

"如果玛丽亚和达里尔·奥克斯只是随便玩玩呢？然后她发现自己的丈夫是勒博，在银行里有 2000 万美金。她告诉了达里尔，也许他鼓励她去找保罗对质，然后分得一笔钱？也许他答应拿到保罗的部分财产后，就带着玛丽亚私奔呢？但实际上，达里尔是在利用玛丽亚得到那笔钱。这听起来更像是我们刚才面对的人。"布洛赫说。

"好吧。但是谁伤害了玛丽亚？看起来还是库珀，不是吗？"

布洛赫什么也没说，她加大了油门，双手紧握着方向盘。

布洛赫只用了 30 分钟就到达了机场，把车停在了最近的禁停区，肯定没人敢给她开罚单，然后他们一起前往湾城 1 号航站楼。机票已经在前台恭候多时了，通过警方的航空旅行系统，他们还托运了枪支。

运输安全管理局并没有搜查多尔和布洛赫，二人直接通过安检，提前登机。到纽约需要 3 个半小时的飞行时间。布洛赫带来了通话记录，打算在飞机上看完。多尔还带了别的东西，他打算读他人生中第一本 J. T. 勒博的小说，但这本书并不是勒博的第一本书——在布洛赫的推荐下，他本打算读的第一本书——而且也不是最近出版的一本。实际上，他从旧作品目录里随便挑了一本——一本名叫《天使坠落》的书。飞机的轮胎离开跑道时，他打开了书，还没看完第一页，他就已经呼呼大睡了。

00:51

保罗·库珀拖着虚弱的身体来到海滩上，面前是两个困惑的渔民。

这两个当地人正在检查渔网，准备乘双体船①出航。保罗在白色的沙滩上躺了一会儿，喘了口气，让过度劳累的肌肉休息一下，但不能休息太久。因为如果在那儿待太久，他就会抽筋，然后几个小时都不能动弹。

他勉强站了起来，拂去湿衣服上的沙子，向渔民致意，沿着海滩向公路走去。他看得出来，当地人以前从未见过白人被冲上海岸。凡事都有第一次。

这不是保罗第一次从零开始。他这辈子破产过几次，有一次因丧失抵押品赎回权而失去了一套公寓，车也被拖走过，甚至有一次不得不把狗送人，因为他丢了工作。

当然，当 J.T. 勒博出现后，一切都改变了。

海滩直接通向一段双车道的高速公路。在右边，他可以看到远处的一个条形购物中心，购物中心的一边有一个加油站。他朝那个方向走过去，在路上把衬衫晾了晾。炎热的天气帮了大忙，他身上的潮湿感会被太阳的炙烤所掩盖。

到达加油站的时候，他看起来并不比其他在外面待了一整天的人糟糕多少，不过他身上有股大海的味道，而且每走一步，鞋子都在吱吱作响。加油站后面的墙上挂着一排投币电话。第一部电话被从墙上扯了下来，听筒放在支架上，电话线则松松地从听筒上垂下来。第二个位置根本没有电话。第三个是个特例。保罗拿起电话，拨给接线员，要求打对方付费的电话到纽约。他把经纪人的电话号码给了接线员，然后等待着。

过了一两分钟，他才听到咔嗒一声，然后接线员说接通了。

---

① 双体船是指在两个分离的水下船体上部用加强构架连接成一个整体的船舶，具有稳定性好、安全舒适和操纵灵活等优点，常用作中小型客船和渡船。

"天哪，保罗！"约瑟芬说，"我以为你死了，新闻上说你失踪了，你知道吗？你没看到吗？你去哪儿了？我都快担心疯了。我给这里的警察打了电话，让他们和孤独港联系，然后……你知道警察有多没用吗？他们什么也没做。玛丽亚也受伤了，电视上有个警长说是你干的，但我不相信。请告诉我你没事，而这一切都是个彻头彻尾的错误。"

"我没有伤害玛丽亚，这一点我后面再解释，但你得帮我。我需要你给我汇些钱。大开曼岛的游行街上有一家西联国际汇款公司，你能给我汇 5000 美金吗？"

"当然可以，但是……我都快不想问了。保罗，我给你的旅费还有你账户里的钱去哪儿了？"

保罗抱着他的头说："没了，都没了，我对此无能为力。情况有变，约瑟芬。我是对的，勒博找到我了。"

"你在哪儿？我来接你，我们可以去警局，把这一切都说清楚。"

"不，我不能去警局。我因谋杀未遂被通缉了，而且我没有证据。一直都是这样，这家伙从不留痕迹，我得自己处理这件事。"

"你一个人是做不到的。"

"我必须做到，我早就该结束这一切了，我现在必须结束这一切了。"

00:52

对于一个规模小且安静的警局来说，为社区服务的孤独港警官们效率惊人。多尔发现苏已经租了一辆汽车，和布洛赫下飞机时，一名护送人员正等着他们。负责护送的是一位不到 25 岁的年轻人，手里拿着一个平板电脑，屏幕上显示着"亚伯拉罕·多尔警长"的字样。起初，多尔以为纽约市警察局在妨碍他的调查，后来仔细看了看那个拿着平板电脑的年轻人才发现他不是警察。走近他时,这个年轻人介绍自己是马丁,来自阿维斯出租汽车公司。他把多尔和布洛赫带到行李托运区域,在那里拿回了枪,然后把他们带到了外面,上了一辆电动小车。10分钟后,他把他们送到租赁处,那是一辆灰色的轿车。多尔在文件上签了字,给了马丁20美金小费,在他走的时候还挥手向他示意。

他一直等到布洛赫把车倒出车位,才坐到副驾驶座位上。汽车里弥漫着炸鸡和柠檬空气清新剂的味道。

"这一定是他们给所有来访警察开的车。"布洛赫说。

布洛赫以前在纽约开过车。她曾在新泽西住过一段时间,在曼哈顿上西区驻扎了将近一年。住在城里太贵了,所以她每天都要通勤。多尔知道,她父亲也曾在同一个辖区服役。他从来没有问过她为什么离开,事实上他也不想问。他猜测她与人相处不好——这太明显了,所以提出了从纽约调离的申请。她一直没有在任何地方安顿下来,直到来了孤独港,而孤独港起初看起来也像是一个中转站——也就是另一个她用来到达下一站的地方,不过这次她留下了。多尔对她的记录了如指掌,他希望她能永远留下来。

他们走中央大道到兰德尔岛,然后走罗斯福大道直到公园的出口匝道。布洛赫要求多尔再说一遍地址。他照着笔记本念了一遍,布洛赫点了点头,上了第二大道,朝市中心开去,一直开到第85街。

多尔让布洛赫停了车。他们下车沿着第85大道向东走,直到站在一座砖房外面。

布洛赫又问了一遍地址,多尔再次重复了一遍,并看着布洛赫查看她手机上的一个应用程序。她在地图软件上输入了地址,软件显示地方正确。

"你不认为事情会那么容易,对吧?"布洛赫问。

"当然，但我期待的不止这些。"

他们去的地址和勒博企业注册的地址是一样的——曼哈顿东85街229号，只不过这不是一个商业地址，门上的砖墙上凸出几个大大的铝字，上面写着：美国邮政总局，格雷西站。

走进去后，多尔让布洛赫负责谈话。尽管他们都穿着执法制服，腰带上别着手枪，但走到排队人群的最前面时，还是有五个人叫住了他们。布洛赫要求和经理说话。

多尔想念纽约。刚从亚拉巴马州农村的家搬到纽约加入警察队伍时，他以为自己永远不会离开，最后，他因为伊甸离开了。伊甸死后，他时常想念两人以前的美好时光。在任何地方，他眼前都会浮现出她的脸：在他们经常光顾的咖啡店的靠窗桌子旁，在时代广场水洼闪烁的霓虹灯里，在晚上的地铁里——当另一列火车轰鸣而过时，他会在玻璃上看到她的倒影，然后是她的气味。她的面孔还出现在他的公寓里，在他的床单上，在他的衣服上。在他那把点38口径的警用手枪的光滑表面上。他知道自己必须离开。眼前，回来的感觉就像是走进了别人的生活，这些记忆好像不完全是他自己的，也不完全是痛苦的，但有一种熟悉感。他意识到自己已经开始想念这座城市了，这里曾有过很多美好的回忆。

在邮局里等了一会儿，一个脸色苍白、衬衫脏兮兮的秃顶男人走上前来和他们说话。他证实邮局为企业保留了邮件地址，勒博企业的专用邮箱在办公室里，每个月都有不同的快递公司带着任务来清空盒子，就是这样，没什么有价值的信息。

"你还认为挨家挨户敲门是一种好方法吗？"布洛赫问。

"好事多磨，至少这样感觉我们在前进，一起去商店看看吧。"多尔说。

20分钟后，多尔和布洛赫走进了一家看起来像7-11的商店。

"你确定是这个地址吗？"多尔问。

"就是这里。"布洛赫说。

进去之后，他们意识到他们猜对了——这确实是一家 7-11 便利店。柜台后面的店员五十多岁，脸色苍白，汗流浃背，胡子凌乱，穿着一件旧的黄色阿诺德·帕尔默毛衣，里面套着一件马球衫，看起来就像要去切尔诺贝利的高尔夫球场开球。

"打扰一下，我们是警察，"多尔说着，迅速亮出警徽，但还没快到让店员看不出那不是纽约警察局的警徽，"不知道你能否帮助我们。这里以前是卖手机的吗？"

"你们不是纽约警察。"店员说。

"是的，我们不是。我们是从别的州来的，但是在有纽约警局的授权和配合的前提下来的。所以，几年前这里是一家手机店吗？"

"不，这里一直都是 7-11 便利店，自从我在 1992 年买下这个地方以来都是如此。"

"你是这家店的主人？"多尔问。

"是的，我是。"

布洛赫盯着那人的毛衣说："你应该给自己加薪。"

"我这位同事的意思是，自从你来了之后，这家店显然经营得很好。跟我说说手机吧。我们有记录显示，你几年前卖过一部一次性手机。"

"现在还在卖。"那人指着柜台下面的玻璃陈列柜说。

多尔退后一步，看了看，看到几个用真空塑料包装的小手机。

"你知道把手机卖给谁了吗？买家用了一张可能是在这家商店买的预付卡，在电话里存了 200 美金。"多尔说。

"不知道，很多人买手机的时候都会买预付卡，也不会留下记录。"

布洛赫环顾了一下商店，指着那个男人身后的一个监控摄像头说：

"你有那个时候的监控录像吗?"

"没有,监控坏了,好多年没用了。"

"那信用卡收据呢?"多尔问。

"这是一家只收现金的商店。"那人指着柜台右边写着"只收现金"的牌子说。

最后的机会了,多尔想。"你还记得有个人走进商店,买了一部手机,还买了张价值200美金的预付卡吗?"

"我甚至都不记得上一位顾客是谁了。对不起,我不知道。"

多尔和布洛赫交换了一下眼色。

"如果你们什么也不买,就滚回塔拉哈西① 去吧。"那人说。

"我想念纽约了。"布洛赫说。

4点35分,多尔和布洛赫走进熨斗区的一栋办公楼里。大厅里是浅色的松木和石头,书架上摆满了朝着外面的精装书。接待员坐在一张大理石办公桌的后面,她身后的公告板上有一张公司名单,上面只有几个名字。这里才是他们来访的真正目的地,但在城里时,他们还是没忍住查看了一下勒博企业的地址,毕竟,勒博企业就在来这里的路上。

一位接待员打了个电话,让他们坐下来,说马上就会有人来。几分钟后,一位穿着牛仔裤和黑毛衣的金发高个儿女士带着满脸假笑走进接待处,说他们可以和富勒顿先生谈10分钟,但她需要先知道是什么事。

"这件事和J. T. 勒博有关,这是件严重的事情,女士。"多尔说。

听到这个名字,她脸上的假笑消失了,说:"我叫莎拉,请跟我上

---

① 美国佛罗里达州首府。

楼,然后你们可以和富勒顿先生单独谈谈。"

她把他们领进电梯,带到了十四楼。十四楼是一个开放式空间,到处都是桌子、手稿和书籍,大多数员工似乎都是年轻女性。在地板尽头的角落里,是一间被玻璃墙环绕的办公室。莎拉扶着门,布洛赫先进去,多尔紧随其后。在一张花岗岩写字台的后面,坐着一个六十出头的高个子男人,他穿着整洁的海军蓝工装裤、蓝色衬衫和炭黑色马甲,一头灰色的卷发,脸上带着平易近人的微笑。他们刚一进去,他就从那堆文件后面站起来,绕着桌子走过来和他们握手。

"西奥·富勒顿,出版商,很高兴见到你们两位。我知道孤独港,在孩子们小的时候,我和妻子经常带他们一起去那里避暑,那是个美丽的地方。什么风把你们吹来了?"

"我是多尔警长,这是布洛赫副警长,希望你能配合我们处理一个案子,"多尔说,"案子中涉及一个名字,我们需要找到一些信息。这个名字是 J. T. 勒博,先生。"

多尔一直仔细观察着富勒顿,注意到他提到这个名字时,后者微微皱起了眉头。富勒顿看了看莎拉,又看了看多尔,额头的皱纹在纽约人的微笑中被熨平了。

"他是我们的摇钱树,多尔警长。我就当你已经做过研究了,所以你对作者的了解可能和我一样多,请坐。"他说。

多尔在一张皮扶手椅上坐了下来,咬了嘴唇一口,以掩饰膝盖上的剧痛。富勒顿靠在椅背上,歪着头,准备听对方接下来的话。

"我们不能把调查的每一个细节都讲清楚,这一点你也明白,但我们部门可能掌握了一些信息,我们认为 J. T. 勒博是孤独港的一名居民。"

"你知道他的名字?"富勒顿问道。他说话的时候坐直了身子,然后身体前倾,把胳膊肘支在桌子上,双手紧握在一起,看起来就像一个即将收到生日礼物的孩子。

"是的。不幸的是，这个人现在失踪了。我得告诉你，这个人可能已经死了。我可以给你更多的信息，但我需要知道你和勒博的关系。"多尔说。他认为最好不要告诉富勒顿，如果真的找到了保罗·库珀，他会被逮捕，并被指控谋杀未遂。如果富勒顿认为多尔打算把他的摇钱树关进监狱三十年，可能就不愿意帮忙了。

"我的天哪，当然，我会尽我所能帮你。嗯，其实我从来没见过勒博，公司里没人见过他。我们对他了解不多，他通过快递送稿子，付现金。信封上写的是我的个人地址。书一编辑好，书稿就会送到他的邮筒里，他会做出修改，然后再把书稿寄回来，我们和他的接触就这么多。"

"那合同、付款之类的呢？"多尔问。

"通过电子邮件，他会给我发一封加密邮件。在你问之前，这条路就已经行不通了。我们的一些信息技术人员曾经试图追踪电子邮件的地址——但这个地址的线路被连接到多个国家。总之，一拿到稿子，我们就开始磋商，达成协议后，合同就寄出去了，他签完字就寄回来，然后我们把预付款的第一部分付给勒博企业。"

"这个公司的银行账户在哪里？"布洛赫问。

"如果没有搜查令，恐怕我不能透露这些信息。你知道的，合同中有严格的保密条款。即使我想，也不能告诉你，尽管我看不出这有什么用。"

富勒顿的目光被布洛赫和她在笔记本上移动的笔吸引住了。

"为什么没用呢？我们正在努力追查这个人。"

"银行账户地址和公司地址——也就是邮筒的地址——是一样的。"

"好的，但可能还有比账户地址更多的信息，"多尔说，"听着，富勒顿先生，公司里一定有人见过他。拜托……"

"不，真的没有，现在真的没有了。"

"但是曾经有一个人，我想起来了，也许是他的第一任编辑。"多尔说。

"是的，鲍勃·克伦肖，但他已经不在了。"

"但是你肯定有什么记录在案的东西——一个地址或者关于这个人的一些信息。"多尔说。

富勒顿用手指敲了敲桌子，看着莎拉，点了点头。

接着，莎拉离开了办公室。

"我给你看一下我们掌握的关于勒博的唯一资料。"富勒顿说。

莎拉拿着两张信纸大小的纸回到办公室，递给多尔。

纸是刚从打印机里出来的，还很热乎。

这是一份简单的问卷。勒博留下的地址，是多尔和布洛赫刚才去过的那个邮筒号码。"出生日期""个人经历""如果用笔名写作，请填写真实姓名"——这些地方全部是空白的。

"正如你所看到的，这个人从来不乐于提供信息。"富勒顿说。

"你刚才说，"多尔说，"最初为勒博工作的编辑鲍勃·克伦肖，你说他离开了？"

"是的，这很令人伤心。"

"他有家人或者可能一起谈论过勒博的同事吗？"

"没有，鲍勃独来独往。他离婚了，没有孩子，和前妻也没有联系。我不知道他工作之余都干些什么，当时我告诉过警察这些事情。"富勒顿说。

布洛赫的笔在她的笔记本上划过的轻柔的刮擦声突然停止了，这是个新的线索。

"你说你当时告诉过警察这些事情是什么意思？"多尔问。

"就是当他们告诉我们鲍勃出事的时候。"富勒顿说。

"他们告诉过你什么？你没说清楚。"布洛赫说。

富勒顿转过头，凝视着窗外曼哈顿的天际线。多尔顺着富勒顿的目光看了看：熨斗大厦船首一般的造型"驶过"第五大道，远处是麦迪逊广场公园。在回答这个问题的时候，富勒顿似乎想给自己设立一个鲜明、生动的视觉形象。多尔想，也许这是富勒顿减轻他话语沉重分量的一种方式。

"鲍勃·克伦肖被烧死在曼哈顿大桥旁一个废弃停车场的汽车后备厢里。鲍勃被谋杀了。"

莎拉低下了头，多尔什么也没说，只是听着布洛赫的笔又在纸上移动了。

"勒博是那起谋杀案的嫌疑人吗？"多尔问。

"不，当然不是。为什么会是呢？鲍勃有很多问题，这个案子一直没有解决，但勒博和鲍勃之间没有矛盾，否则勒博就会换出版商了。瞧，我已经尽力帮你了，但现在已经没什么可以告诉你的了。"

"你和这家伙共事多年。关于他，你一定能告诉我们一些我们不知道的事情。"多尔说。

富勒顿垂下眼睛，问："你知道在小说里写一个反转有多难吗？"

"老实说我不知道。"多尔说。

富勒顿倾身向前，全神贯注地注视着多尔，说道："在我看来，这是一个作家所能做到的最困难的事情。勒博的每一本书都让读者瞠目结舌——每一本书，你永远无法预料到书中的反转会在何时到来。现在，就算我只对他的手稿进行轻微的修改，也会遭到反对。这家伙喜欢默默无闻，但奇怪的是，我觉得他对自己的作品非常自豪。"

"自豪？"

"我知道这很疯狂，但除非我修改过的手稿是基于真实案例，否则他是不会接受的。我觉得他对自己的工作成果很有保护欲,当然他理应如此,他知道自己有多厉害。我知道这很矛盾,但这就是我对他的印象。如果你创造了一些非常伟大的东西,为什么你会羞于接受它带来的荣誉呢?"

"最后一个问题,你对保罗·库珀这个名字有什么印象吗?"多尔问。

"我想我听说过他——一个中等水平的推理小说作家,应该是约瑟芬·施耐德的客户,几年前约瑟芬向我推销过一本他写的书,但是被我拒绝了。"

00:53

达里尔第二次开船经过他的房子时,太阳升起来了。他的四肢像铅一样,如果不是肾上腺素和吗啡在体内流动,他知道自己在到家之前就会昏迷不醒。

一看到家里的前门开着,他就赶紧踩下了油门,从房子旁边开了过去。门不是大敞着的,只开了四五厘米,但足以看出门与门框没有齐平。

他知道警察进过里面,尽管如此,他还是要检查一下——要保证绝对的安全。如果他冲动行事,他身体的状况就会进一步恶化,只有一个办法能了解现在的情况。

他已经两天没合眼了,现在只想躺下睡觉。他在迈阿密一位好心的医生的办公室里度过了一夜,就着暖和的苏格兰威士忌吞下抗生素,在医生缝合伤口的时候,嘴里咬着皮带。去看医生的时候,他的情况很糟糕:脸色苍白,发着高烧,而且觉得背上仍然插着把刀。没时间等吗啡起效了。按照惯例，他提前给医生付了钱。医生数完钞票，锁在保险箱里，也觉得有必要立即采取行动。

达里尔的背部已经用手术酒精清洗过了——这可以把结痂的伤口再次弄破，让新鲜血液流动起来。然后医生开始缝合伤口，用纱布垫在达里尔的躯干上并绑好绷带。一阵恶心感席卷了他，而且就在好心的医生收紧绷带的时候，吗啡虽减轻了部分痛感，但作用发挥得太少也太迟了。达里尔昏过去了几分钟，醒来时躺在地板上，医生正在费力地抬他。

他历经千辛万苦回到了船上，与头晕、恶心和高烧做着斗争，努力把船开到了港口。大量的抗生素填饱了他的肚子，他知道如果自己吐出来，到早上就会有大麻烦了。凭着顽强的意志，他在黑夜和波涛中向着孤独港，向着他的房子奋力前进。

还有敞开的门。

在他家以西1公里处另一个私人住宅的码头上，达里尔关掉了引擎。这个私人住宅是个度假屋，谢天谢地，主人不在家，没人打扰他，要不然可能会很尴尬。

他不愿把钱留在船上，于是拿起皮质公文包，爬上木质码头，向度假屋边上的树丛走去。那包的重量撕扯着伤口的缝线，他能感觉到自己的伤口在流血，至少他希望那是血。迈阿密的那位医生看起来不像是个很讲卫生的医生，所以达里尔猜测，很有可能是脓流到了肩胛骨上。

达里尔没有往最坏的方面想，而是强迫自己相信可能的事实。包的重量把伤口拉得很紧，那只是血而已。他决定不再把信心寄托于医生，而是相信用于清洁伤口的酒精和服下的大量抗生素。

这一带的树木提供了很大的掩护，足以让他在不被人发现的情况下走回自己的家，然而回去的地形却很坎坷。他带着包，费了好大劲才穿过崎岖不平的地面。包老是被低处的树枝绊住,在前进的过程中不断扯疼他的背。

20分钟后,他来到了树丛的边缘。可以看到房子了,可以看到前门了。他放下包,蹲下来等着。

休息着。

听着。

附近的路上没有汽车,也没有车停在他家院子里。除了鸟儿的歌声,四周寂静无声。

达里尔找到了一棵大橡树,在这棵树后面,他看到了一根空心的圆木。把包放在里面,没有人会看到,而且也没有人会过来检查一根朽木。比放在船上安全,他想。他小心翼翼地把包放进去,然后沿着树的边缘走着,直到来到尽可能靠近房子且不会暴露自己的地方。达里尔静静地坐着,听着,看着,确定房子里没人。从窗户看不见任何动静,里面没有开灯,锅炉烟囱里没有蒸汽冒出,一切都显示无事发生。

达里尔一开始步子很小,蹲得很低,慢慢向房子靠近。他一走到开阔处,立马就意识到自己是多么脆弱。肾上腺素激增,接着他咬紧牙关忍着痛跑向前门。

门上钉着一份法庭搜查令的复印件。他的聊天记录、他的电话、他的房子——孤独港警局可以查到的一切。

他讨厌警察围着他的家团团转。搜查令后面是一张他们拿走的物品清单,只是几本书,并不重要,他不需要那些书。他正要咒骂警察不关前门,就看到锁被弄坏了。他们关不上这该死的门了,而且搜查之后,他们也没有采取任何措施保护房子。

走进去时,他发现空气中充满了他们存在的气味。不,不是气味,而是他们来访后留下的痕迹。空气中飘浮着一股淡淡的灰尘的气味,地板上有碎木头片，盘子和杯子从厨房门口撒了出来。往另一个方向看，他看到书在地板上躺着——他们以警察一贯的方式洗劫了这个地方。地下室的门开着，他感到口干舌燥。他轻轻地把门开大了一点，每走一步都畏畏缩缩，一直走进黑暗的地窖。台阶下面的架子上放着一只手电筒，他又深吸了一口气，打开了手电筒，然后浏览了一下地下室。

床还在原地，家具被四处移动过，橱柜抽屉躺在地板上。

地板本身没有被翻看过。他拿着手电筒转了一圈，发现地下室角落里的一块硬土还没有被人动过。他上了楼，关掉了手电筒，松了一口气，然后又上了一层楼。

在衣橱里，他发现自己的衣服堆在底部，衣架无精打采、空空荡荡地挂在横杆上。警长检查得很彻底，也很凌乱。

他把一件衬衫、一条裤子和一套干净的内衣放在床上，脱了身上的衣服，洗了澡，然后把干净的衣服穿上。他让门开着，原路返回，抓起包，迅速向船上走去。这一次，他几乎在地上拖着包，以确保不会撕扯到伤口。码头和刚来时一样安静，一层薄雾笼罩着水面，太阳的金光照亮了薄雾，看起来就像一块精美的白色丝绸罩住了蜡烛。

他藏起包，发动引擎，离开码头，把孤独港抛在了后面。在靠岸前的几个小时里，达里尔以为这将是他最后一次来孤独港。他现在知道，情况可能并非如此。

他需要离开一段时间，去个安静且安全的地方，休整一番，等待身体痊愈。开始这项任务时，他以为到现在应该已经完成了，一拿到钱，自己就可以走了。然而保罗和玛丽亚还活着，而且现在警察在调查他。

谢天谢地，警察没有翻动地下室的地面。他现在知道，他们不会再回去把这个地方搞得乱七八糟了，他们已经搜过了，而且错过了大奖。

不过，他的工作还没有完成。

就目前的情况来看，达里尔还有很多工作要做。

00:54

"嗨，玛丽亚，我叫查德，是脑损伤小组的一员。你在那张床上会不会更舒服点呢？就是这样，小姐。介意我坐下吗？谢谢。好吧，如果我讲得太快，或者我说话的时候你发现自己在打瞌睡，或者你有什么需要我的，就喊一声——查德，我随时会过来，好吗？亲爱的。"

查德穿着一件亮黄色的T恤和一条蓝色的牛仔裤，衬衫上贴着一张贴纸，在他的红头发和白牙齿之间，在他欢快的微笑和抑扬顿挫的声音之间，玛丽亚不知道她是醒着还是在做梦。查德脸色发白，装出一副关心的样子走进了她的房间，现在他坐在她的床上，就像她上幼儿园时一样跟她说话。

"现在，亲爱的，你的头被重重地撞了一下，我相信已经有人向你解释过了，但我在这里想告诉你的，是你可能会因为这个可怕的重创而经历的一些事情，以及我们能做些什么来帮助你。"

玛丽亚面无表情地盯着查德。

"你可能会出现一些记忆问题、语言问题、协调问题，甚至会做噩梦。是的。现在，亲爱的，有了我们的疗程，我们可以让所有这些事不那么麻烦了。明天我们会尝试一些物理治疗，也会有一些测试。你知道这里的医护人员和医生都以为你死了吗？原来你得了一个叫血管炎的病，这是现在的状况。但别担心，头上的手术刀口意味着他们已经发现这个问题了，而且会为你治疗的。没什么好担心的，但我们会联系医疗小组找出根本原因,好吗?"

血管炎,这件事医生们已经提过了。和查德一样,他们说没什么好担心的。玛丽亚并不担心,她的血压总是很低,医生每次采血时,都会把她的皮肤扎破弄伤。她母亲也一样——血管不好,她不需要查德用迪士尼频道般的声音解释这一切。

"现在,不要为我们将要问的那些可恶的问题而烦恼——这些问题不是设计出来戏弄你的,不是说你需要去上大学或去做什么其他的事情,这只是一些常规问题——没什么好担心的。"查德几乎像猫一样,发出咕噜咕噜的声音。

玛丽亚一言不发。

查德伸出手,摸了摸玛丽亚的手,轻轻地拍着。

"哦,亲爱的,你让我想起了我姐姐。我看得出来,我们会相处得很好的。现在,来吧。怎么了,亲爱的,你说不出话来了吗?"查德问。

"滚出我的房间,不然我他妈会让你也脑损伤。不过从你的穿着来看,你脑子可能已经受损了。"玛丽亚说。

她盯着查德张开的嘴巴看了一会儿,他的牙齿真的很好。

"查德?"她说。

"嗯?"他勉强回应。

"我注意到你还在这儿,你想让我慢点说吗?有什么需要我解释的吗?你有时间吗?"

"也许吧。"他说。

"滚出我的房间,到别的地方花费你的时间去吧。"

玛丽亚觉得查德离开后可能会大哭,但她并不后悔自己说过的话,一点也不。事实上,她很喜欢。查德的高亢嗓音和积极向上给她的印象是,他是生活的受害者之一,一个可以被欺负、被虐待、被践踏的人。查德允许这件事发生的事实决定了他的命运,至少在玛丽亚看来是这样的。他注定是队伍里的最后一个，爱情里的最后一个，总是被人利用，然后被人抛弃。

玛丽亚没有时间考虑查德这个受害者的感受，她受够了那些破事，她感到身体的左侧十分虚弱，左手没有力气了。她用尽了全部的意志力才挪动了左腿，身体的一侧感觉像是注满了铅，麻木、缓慢，而又迟钝。

她知道再温和的鼓励也帮不了她，正能量可以从查德身后的门里滚蛋了。

玛丽亚在心里定下了方向，一个明确的目标。她会去做理疗，她会努力——比任何人都努力。她会挥汗如雨，努力与疼痛做斗争，因为没有人比她更想达到目标。笑脸和掌声不足以让她抵达这个目标。

不。

玛丽亚知道，她的武器库中有无限的能量来源，内心深处的某种东西正燃烧着穿过她的身体。

恨。

玛丽亚有恨，有怒，这就足够了，这就很好了。

再过几个月，她不只会恢复正常，而且会变得更好、更快、更强。她让保罗进入了她的生活，而他背叛了自己，伤害了自己。她不应该依赖达里尔的，他太软弱了。她思考着那把锤子砸下来时——保罗挥舞的那把锤子，她看不清脸，但她知道那就是保罗，他肯定发现了她和达里尔的事。

然后是一片黑暗。一直以来，她的鼻子里都有那种味道，她永远不会忘记的味道，新鲜油漆和鲜血的味道。

00:55

多尔正穿过湾城机场,这时布洛赫抓住他的胳膊,拉住了他。

"我们必须做点什么。库珀失踪了,没有线索,也没办法找到他。我们他妈的要怎么抓住这家伙?"她问。

在离开纽约之前,他们曾试图与保罗·库珀的经纪人约瑟芬·施耐德交谈。

施耐德不愿意见他们,他们也无法越过她办公楼的门卫。她不接电话,而且她的秘书直截了当地拒绝捎口信。孤独港警局在纽约没有管辖权,虽然多尔在纽约有熟人,只要他开口,警探们就会帮他的忙,但他知道,如果把纽约警局的警探带到施耐德的办公室,他会付出惨重的代价。根据富勒顿的说法,库珀的经纪人在市长办公室里有很多朋友,所以想都别想,除了回家别无他法。这让布洛赫很难接受,她在飞机上一直闷闷不乐,一言不发。现在,在机场,布洛赫的沮丧终于爆发了。

多尔盯着她疑惑的大眼睛,然后从她双肩处看过去。她身后有一家汉堡店,虽然是个机场餐厅,但多尔还是觉得应该很难把汉堡做得难吃。

"我饿了,我们去吃点东西吧。"他说。

他从布洛赫身边走过,感觉她注视着他后颈的目光像午后的阳光一样灼热。

"我们可以边吃边聊。"他说。

他们从吧台点了芝士汉堡、洋葱圈和烤土豆,把配菜沙拉和可乐端到桌子上。布洛赫看上去又累又气,她在执法部门是个另类,聪明、诚实,而且在乎身边发生的所有事情。人们成为警察的原因有很多,有些人想要回馈社会,有些人加入是因为他们想要权力,或者他们的家人是警察，或者他们认为这是通往其他道路的开始，比如进入地方政府机关。然后是最后一种，最后一种原因会让多尔感到毛骨悚然，但他经常看到这种情况，无法否认——有些人加入执法部门，就是为了得到杀人的机会。

"你为什么要当警察？"多尔问。

布洛赫嚼完莴苣和番茄，用餐巾擦了擦嘴唇，喝了一大口可乐，才说："因为家人。"

多尔的杯子悬在他嘴边，他啜了一口，放下问："这么说，你是被迫的？"

"我父亲是个警察，干了三十五年。他和另外五个警察被抓了。他们一直在做黑帮的保护伞，最后决定出来单干。他们贩卖女孩、可卡因、枪支，应有尽有。"

多尔小心翼翼地保持沉默，以防打断布洛赫接下来要说的话，但过了一会儿，他意识到自己需要提示她继续。布洛赫有时会说一些她自认为很清楚，但不是所有人都能明白的话。

"所以你报名参加的……原因是？"

"我父亲和其他五个警察没有任何关系。这几个人是父亲的朋友，但父亲没有参与其中。他们都说我爸知道这件事，却什么都没做。看起来这几个人并没有买通他。我觉得他们试过了，但父亲拒绝了。他只是睁一只眼闭一只眼，你明白吗？"

"他得到应有的正义了吗？"

"他在审判前就死了，心脏病发作。"

"对不起，布洛赫。所以，你是在为自己的家族正名吗？"

女服务员端着盘子走过来，打断了他们之间的谈话。多尔咬了一口脆洋葱圈，等着布洛赫的回答。开口说出来对她来说很难，这是一个戳人痛处的话题，他看得出来。在这种情况下，她比平时更难相处。

"起初当然是这样,我希望人们能记住我父亲真正的样子——一个好人。加入警察队伍之后,我发现他们不这么想。上级告诉我,我父亲是个好警察,普通的巡警也这样说。我父亲没有出卖他的同事,这对他们来说是最重要的。那时对我来说,一切都变了。我想知道,在一个无论你做什么都会被包庇的团体里是什么感觉。我经常搬家,原因总是一样的,警察帮助警察。我爸谈起他的警察朋友就像谈起家人一样,也许我也想成为其中的一分子。我……我和别人处得不太好。"

多尔没有做出回应。

"我们怎么抓住那个家伙?"布洛赫问,改变了话题。

多尔叹了口气。布洛赫10分钟前第一次提出这个问题时,他已经有了一种不好的感觉,他知道答案,现在,已经没有办法避开这个问题了。

"钱是我们最好的机会,他会想办法得到那2000万的。"他说。

"但是我们拿到了法院的命令,他不能碰那笔钱。"布洛赫说。

"这并不意味着他不会尝试。我去查一下,看看是否有人要求转账。"

多尔看了看手表,找到了开曼国际银行的直拨电话号码,用手机打了过去。接待员帮他接通了阿莱恩先生。

"有什么问题吗?多尔警长。"阿莱恩先生问。

"我希望没有,先生,我只是想确认一下,看看你那边是否有人要求把保罗·库珀账户上的钱转过去?"

"对不起,我不太明白,警长。"

"我们发给你的搜查令,还记得吗?我们讨论过这个问题。我知道这不属于你们的法律管辖范围,但我以为银行会执行冻结账户的命令。"

在长达 5 秒钟的沉默后，阿莱恩先生问道："是多尔警长吗？"

"是的，当然，我以为你已经知道了。有什么问题吗？"多尔问，他突然感到胃部传来一阵紧绷。

"我想一定是有什么误会，警长。请再告诉我一遍，我能怎么帮你？"

"我想知道是否有人要求把保罗·库珀账户里的钱转过去。"

"啊，我明白了。既然这个账户已经关闭了，我们就不会保留与这个账户有关的任何记录了，它不会出现在我们的系统上了。"

"关闭？你是说冻结吧？"

"不，是关闭。库珀先生一提完款就关闭了账户。"

多尔的胃好像猛地被撞到了地板上一般。布洛赫盯着他，她从多尔那边的谈话中听出了不妙的气氛。

"保罗·库珀从他的账户里取钱了是吗？全部的 2000 万？"多尔问。

布洛赫的椅子在瓷砖地板上发出刺耳的声音。她站了起来，闭上眼睛，双手放在头顶，就像在看一场车祸。

"是的，先生。他付了银行手续费，而且我们还收了地方税，所以那笔钱不到 2000 万了。"

多尔现在感到浑身热血沸腾，但没有退缩。"阿莱恩先生，请给我一个不现在就过去逮捕你的理由。"

阿莱恩先生一点也不担心。

"因为，警长，我被授权发放这笔钱。"

"谁授权的？"

"当然是你。"阿莱恩先生说，带着相当满意的语气。

"我授权你的？"多尔问。

"是的，你和库珀先生一起进来，给我们看了你的身份证件，解释说冻结账户的命令只是一个误会，为了表达善意，你前来护送库珀先生，确保他能带着现金安全回家。"

多尔又说了20分钟，然后挂断了电话。

"请告诉我，他正在把银行的监控录像送过来。"布洛赫说着，又坐回多尔对面的座位上。

"没有监控录像，银行没有监控客户区域的摄像头。"他说。

布洛赫咒骂一声。

"在你问之前，我先回答你，他们没有保留我的身份证复印件。有个混蛋假装成我溜进去了，这肯定是个不错的赝品。"

"所以他就这样一走了之了，我们再也见不到那家伙了，对吧？"

他们默默吃着冰冷的芝士汉堡。多尔一点一点地仔细考虑了这个案子，案情似乎进了死胡同。他看到布洛赫也做着和他同样的事。

"除非我们能让他来找我们。"布洛赫说。

孤独港警局的车辆保养工作做得堪称典范，因为可以不计成本。布洛赫停在停车场的那辆巡逻车两周前刚装了四个新轮胎。她如闪电一般穿过了湾城、高速公路和孤独港狭窄的街道，回到了警察局，在烧焦的刹车盘的气味中，把车停下，两个后轮胎磨得光秃秃的。也就是说，她在湾城的街道上留下了很多橡胶印。

多尔和布洛赫走进部门办公室，发现苏正在笔记本电脑上拼命地打字。没有电话响，牢房里也没有人，香克斯副警长还在摆弄库珀的笔记本电脑。

"你准备好草稿了吗？苏。"多尔问。

"去拿杯咖啡，我马上弄好。你在车里说的每个字我都没听清，引擎太响了。"苏说着，不赞成地看了布洛赫一眼。

布洛赫耸了耸肩，什么也没说，跟着多尔走向咖啡机。他们从圆形水瓶里倒满了咖啡,多尔领着布洛赫去了他的办公室。

他们默默地坐着,两个人都在搅着咖啡。多尔觉得自己恢复了活力,他的身体需要咖啡因。他打开书桌抽屉,拿出一瓶止痛药,倒出三粒直接吞了下去。苏带着她的笔记本和三张信纸进来了,她递给多尔一页,递给布洛赫一页,然后拿着她誊写的内容坐下。她把笔记本放在桌子边上,拿出一支笔,准备修改她打出来的东西。

两人默默地读着,布洛赫在空白处做了几个标注,用笔在那个奇怪的单词上扫过。

结束后,他们三个人一同静静地坐了一会儿。

"寄到纽约去。"多尔说。

苏起身离开了。多尔给富勒顿打了电话,提醒了一下他刚刚发过去的新闻草稿,他想在电话里把这个不好的消息告诉富勒顿。

不是每天都有出版商能听到他们摇钱树死了的消息。

他们等了半个小时,多尔和布洛赫讨论了一些细节,然后电话响了,是富勒顿,他现在在路上。

苏带着钉在一起的三页复印件回到多尔的办公室,把文件递给多尔,说:"先生,富勒顿把要修改的地方通过电子邮件发给了我。"

多尔读完,递给布洛赫。她看了看,点了点头,说:"我们可以走了。"

苏挠了挠头,说:"亚伯拉罕,你为什么要发表这份新闻声明?"

"我们不想让这个家伙逍遥法外,这就是为什么我们要写这个新闻稿。"

"可这不是事实,亚伯拉罕,我不喜欢误导媒体。"苏说。

"你看,在纽约的富勒顿看来,我们说的都是实话,他以为勒博死了。这不是在对媒体撒谎,苏,这是为了抓住一个潜在的杀人犯。"布洛赫说。

他从布洛赫那里拿回了那三页纸。

  孤独港警局联合世界图书出版集团遗憾地宣布，美国最优秀的推理小说作家之一J.T.勒博去世了。据悉，J.T.勒博在一场海上事故中丧生。为了纪念他的逝世，世界上最受欢迎的作家们将被邀请参加在洛杉矶举行的追悼会，以纪念J.T.勒博的生活和工作。届时将会有他的作品朗诵、表彰他对通俗小说贡献的演讲，而且会邀请媒体为他在全球的数百万粉丝报道这场颁奖典礼。

"我还是不明白说一堆谎话有什么用。"苏说。

"自豪感，"多尔说，"如果富勒顿是对的，那么勒博就会出现在人群中。他是不可能错过的。富勒顿会准备好追悼会，这足以吸引他了。这个世界上没有人会放弃参加自己葬礼的机会，他会来的，我知道。"

"他说得对，"布洛赫说，"此外，这也给了我们一些时间来更好地了解这个家伙。"

"你是说我们应该读读他的书？"多尔问。

布洛赫点点头。多尔叹了口气，他从不喜欢惊悚小说，他总能预见到反转的到来。

在晚上离开之前，多尔和布洛赫坐下来，把短信和电话又看了一遍。袭击当天，有人给这部抛弃式手机打过电话。由于无法追踪到持有人，所以无法得知通话内容。他们决定在抛弃式手机上安装警报，这样手机在使用时，就会直接向孤独港警长办公室发出位置警报。很可能这个抛弃式手机再也不会被使用了，但至少他们可以尽量做足准备。

他们需要弄懂的一件事，是玛丽亚在袭击当天发给保罗的两条短信。布洛赫是在打印件里找到的。

其中一条短信是他护照的照片，另一条是文字信息。

忘东西了吧？

她在玩什么把戏？多尔想，他必须查明真相。

00:56

保罗在南佛罗里达州的一家海鲜店吃鲜虾沙拉什锦冷盘时听到了这条新闻。

当地新闻主播称，一名据称是神秘作家 J. T. 勒博的男子死于一场离奇的船只事故。

他把冷盘吃完，用叉子在碗边转了一圈，把最后的酱汁蘸了起来。保罗又点了一杯啤酒，慢慢地喝着，看着新闻，等着新闻循环播放，重播这个故事。

15 分钟后，他又看到了这条新闻。他想起了玛丽亚，想起了那天早上读过的那篇文章。她正在康复，警方称她已经确认了袭击者的身份。这一次，新闻频道把重点放在了勒博的故事上，他看到了几个讨论小组的评论员。音量很低，但他听得很清楚，他知道玛丽亚很可能也在某个地方看着。

她从来不理解保罗对绝对隐私的需求，一切是为了保护。

他用现金付了款，然后离开，步行去了汽车站。保罗买了第一班往西去的公共汽车的票。纪念活动将在洛杉矶举行，这样做是希望不仅能吸引到作家，还能吸引到电影明星和导演，一切都是为了宣传。

他检查了一下钱包，数了数剩下的钱。保罗在想，如果没有约瑟芬他现在会怎样？她已经汇了足够的钱给他，如果节省一些的话，可以度过接下来的一两个月，甚至在付给渔船船长路易斯500美金之后，也没问题。路易斯把他从大开曼岛送到迈阿密，没有检查护照，也没有问任何问题。他又给了路易斯500美金，买了把枪。

保罗还有一些时间，他需要仔细计划一下。如果他是对的，他就又有一次对付达里尔的机会了，一次结束这一切的机会。

离开之前，他还有最后一件事要做。

公交车站是少数几个能保证有付费电话的地方之一，而且这里的付费电话确定能用。

保罗在电话里投了几枚硬币，凭记忆拨打了玛丽亚的手机号码。电话还没拨完，他就砰的一声把听筒放下，听着他的零钱掉进公用电话底部的硬币池里。他又拨了一次电话，这次拨的是家里的电话。警察很可能拿着玛丽亚的手机，他不想让他们听到自己要说的话，玛丽亚可能会把这次的通话内容告诉警察，但他想给她这个机会。他曾经冤枉了她，对她撒了谎，而且没有给她足够的爱。

电话响了起来。

保罗想象着玛丽亚的脸，以及她柔和的目光。在他吻她之前，她眼中闪烁着温柔的火花。

古老的应答服务开始了。保罗想象着自己能听到磁带在磁盘上转动的声音，他开始说话，他有很多话想说，也有很多话需要说。这一切都是在内疚、眼泪和愤怒中流露出来的。

"我对你撒了谎，我有事瞒着你，一些我不该作为秘密保守的事。起初我很害怕，害怕如果我告诉你我的真实身份，他也会来找你。愚蠢，我真是太愚蠢了。我不是J. T. 勒博，达里尔才是，就是乡村俱乐部的那个达里尔。你听到了吗？如果你收到这条信息……我是保罗，我很抱歉，玛丽亚。我爱你，对不起。我勒索了达里尔，让他付钱，换我对他的身份和所作所为保密。慢慢了解你之后，我发现我不能告诉你。我没有告诉你真相，是因为我为自己的所作所为感到羞耻，而且我不想失去你。当达里尔最终找到我时，我不得不逃跑，以为这样可以拯救你，但我全搞错了，我把一切都搞砸了，都是我的错。我把钱弄丢了，达里尔把钱全都拿走了，不要相信他，不要靠近他，他是个杀手。我会试着结束这一切的，为了我们。"他停顿了一下，又说："我爱你。"

保罗挂了电话，擦去脸上的泪水，走向站台。他上了公交车，一个人坐在后面，周围没有其他乘客。他检查了下口袋里的左轮手枪，手枪里装满了子弹。他把枪收起来，在座位上坐好，准备开始长途旅行。

很快，一切都将永远结束。不管怎样，保罗这次必须结束这一切，现在已经没有回头路了。

00:57

玛丽亚盯着手机屏幕，上面展示着她拍的厨房柜台上的保罗护照的照片。

"你还记得自己拍过这张照片吗？是用你手机上的摄像头拍的，你和短信一起发给保罗了。"多尔说。

她又看了看照片，然后把目光移开，闭上眼睛，集中注意力。她的脑子就像一个线条不太吻合的拼图，记忆中有一些不应该存在的空间。然而玛丽亚知道那些记忆就在那里，在某个地方，没有任何东西被抹去，但有些东西在那一刻是看不见的，就好像有些记忆和感情被黑暗的面纱笼罩着，遥不可及。

她摇着头说："现在我想不起来这件事了，我不知道为什么要发那条信息。"

多尔点了点头。

他在屏幕上轻滑手指，调出短信，然后拿给玛丽亚看。

"这能对你有所帮助吗？"他问。

布洛赫放下笔。

"我不记得给保罗发的短信了，我不记得，很抱歉。我记得有一次争吵，但不知道因为什么而争吵了。"玛丽亚说。

就是在这个时候，玛丽亚知道自己会康复的，会好起来的，会变回原来的样子的。这一点令人欣慰，也是在她发现自己能够对照片和短信的事撒谎时，明白的这一点。她不想让警察知道自己一直在计划让她的情人当面质问保罗，要求拿到属于她的那笔钱，如果他拒绝——就敲诈他，护照就是那个陷阱的诱饵。

警察不需要知道这种信息，他们只需要知道，她对锤子砸在头上的记忆。每当那个画面浮现在脑海里，她都能感到头骨一阵剧痛——清晰而猛烈。她当时已经转过身，锤子从背后砸了过来。一定是保罗，只可能是保罗，达里尔不会这么做——他爱她——他不可能这样做的。她不明白警察为什么要问这些问题，她不是已经把知道的一切都告诉他们了吗？

多尔点了点头，说："玛丽亚，我们不想在这些问题上给你任何压力，现在这里只有我们。我们只是想知道，你记不记得什么重要的事。如果没有，也没关系。你是否觉得你丈夫打算离开你，然后你发现他落下了一本护照，诸如此类的事情？"

玛丽亚慢慢地闭上眼睛，然后又睁开，这是她表示同意的方式。她下意识不去点头，那天早上头疼得厉害。多尔和布洛赫来的时候，

她该吃下一剂止痛药了。药物使她昏昏欲睡，玛丽亚想用仅剩的一切智慧来应付警察，而且她让护士等到警察离开后再走。

"也许吧，我不确定，我不知道。"

"玛丽亚，你认识一个叫达里尔·奥克斯的人吗？"布洛赫问。

"这个名字听起来好像很熟悉。"玛丽亚说，这是她所能想到的最含糊的回答。

布洛赫拿起手机，向后滑动了几次，调出了由某个号码发送和接收到的短信，而这个号码并没有列在她的联系人名单上，只是一串没有备注的数字。

"这是他的号码吗？"布洛赫问。

玛丽亚用手指划过额头，眼皮不停跳动着。

"我今天感觉不太好，头很疼。我们能改天再谈吗？我实在是记不得了。"玛丽亚说。

她透过手指缝看到警察们交换了个眼神。她不敢肯定，但觉得自己看到多尔的嘴唇在颤抖——他的胡子在抽动。

"当然可以，那就改天吧。"多尔说。

00:58

多尔跟着布洛赫穿过医院走廊，她迈着优雅的大步，而他则不得不加快步伐，只为了跟上她。布洛赫比他高，每走一步，多尔的膝盖就会让他感到一阵酸痛。

他们到达了停车场的巡逻车那里，布洛赫打开驾驶室的门，站了1秒钟，没有进去就砰地关上了门。多尔站在另一边，两人隔着车互相看了看。

"该死。"布洛赫说。

"我看不出这会改变什么。"多尔说。

布洛赫把胳膊肘放在车顶上,双手抱头说:"一切都改变了。"

"不,并没有什么改变。也许玛丽亚和达里尔有一腿,那又怎样?她得知丈夫要离开,就发短信说他忘了带护照。保罗没有预定任何旅行,但他坐船出去了。她给他发的短信里充满了不满,她提醒他忘记带护照,并不是为了好心提醒他。"

布洛赫点了点头。

"她仍然坚持是保罗袭击了她,也许现在这更有意义了。她发现了保罗作为作家的秘密生活——质问了他,所以保罗试图离开她,但忘了带护照,所以回到家里,接着两人发生了争吵,可能是为了他账户里的数千万美金,然后他用锤子砸了她的头,这就是我们目前知道的故事。"

"我想达里尔才是那个打了她的人。"布洛赫说。

多尔抬头望着蓝天。天气很热,他很疲惫。

"可能是吧。我们知道那个入室盗窃报警是个烟雾弹,唯一损坏了的是那个抽屉。我觉得她就是在那里找到了他的记录,也就是勒博的银行对账单。她利用达里尔打掩护,帮她编了一个故事来解释抽屉受损的原因,让自己在面对他之前有时间思考。"

"听着,我们有的是时间去读那些书,继续调查勒博,做好准备。保罗会出现在追悼会上,我愿意用我的生命打赌。"

布洛赫点了点头,但不满的情绪依然存在。

"我们有一个指控保罗的案子,但没有任何指控达里尔的案子。通奸不是犯罪,你到底为什么不高兴?"多尔问。

她看着他,然后他就知道她要说什么了。

"邮筒,这就是困扰我的事情。我不能将它和我们的案子联系起来,但就是感觉邮筒的出现很突兀。"

00:59

结束的开始
八月

中午的烈日下,保罗·库珀带着口袋里的枪和满脑子的坏主意,在拉布雷亚大道上的一家剧院外等着。他摘下太阳镜,用 T 恤的袖子擦去额头上的汗水,又在心里预演了一遍计划。

他会等到剧院里的客人都离开。保罗设法在靠近围栏的地方找到一个位置,那是一条从剧院通往路边的用围栏隔开的人行道。哀悼者们走向街道和等候他们的豪华轿车时,都要从他身边经过。这使他能够清楚地观察人群。目标就在这里。他对此很有把握。而且很有可能在剧院里。虽然不太可能在人群中,但他还是扫视了一下周围人的面孔。他不能错过这个机会。等看到目标时,他会从裤兜里拔出那把使用点 38 特殊弹的手枪,对着他的脸扣动扳机。

剧院外的停车场已经满了。两三百人挤在围栏的两边。他们在向他们死去的偶像致敬。那天剧院没有演出。因为剧院被预订了,用来举行一场纪念已故的 J. T. 勒博的追悼会。

追悼会开始得很晚,进展也比对外发布的流程要慢。像所有的追悼会一样,演讲持续的时间太长了。组织者们能怎么办呢?难道要他们把斯蒂芬·金或约翰·格里沙姆从舞台上拉下来吗?而当作家们在有空调的剧院里朗读勒博的作品时,剧院外面的粉丝们则紧握着书,高举着标语,唱着歌,互相支持,表达着他们共同的、毫无来由的悲伤。

保罗感到恶心。而造成他恶心的罪魁祸首，要么是他周围大规模的歇斯底里——一群成年女性在为一个死去的作家而哭泣，要么是炎热的天气，或者两者兼而有之，再或者是他肚子里的伏特加。他需要喝几杯烈酒才能让自己的手不抖。

他对杀戮没什么兴趣，至少目前还没有。他手上有命案——很多的命案，但这次不太一样，这次很特别。

每当他听到周围有人提起勒博这个名字时，他肚子里的"刀"就会扭曲一点。虽然 J. T. 勒博是一个家喻户晓的名字，但作者的面孔却鲜为人知。事实上，人群中没有人见过这位作家。他们或许拥有勒博的每一部小说，或许拥有比那部著名的处女作更为罕见的签名本。他们可能认为，通过对作品的仔细研读，自己已经了解了这位作家，但他们中没有人见过自己的偶像。他们甚至没有人见过勒博的照片，更不用说见过作者本人了。现在，他们永远也没有机会了，死去的作家不可能给他们签名。

世界上只有四个人知道 J. T. 勒博的真实身份，而这四个人中的其中一个即将被保罗·库珀口袋里使用点 38 特殊弹的手枪所发射出来的子弹击中。

剧院入口处的玻璃门打开了，一群人拥出来，进入洛杉矶令人难以忍受的高温中。当然，他们是特意穿成这样的。男人们推搡着去找自己的汽车，淡色亚麻西装挂在他们瘦骨嶙峋的肩膀上。大多数男人喜欢穿白色或奶油色的西装，并配上黑色领带，这些足够作为致敬的象征了。在如此严酷的热浪中，一身忧郁的黑色西装无异于蓄意谋杀。女人们穿得则更为正式，为了礼节而牺牲了舒适度。她们调整着帽子，戴上墨镜，暗沉的丝质连衣裙粘在她们的腿上。

汗水顺着保罗的脸颊淌下来，流进了胡子里。他把衬衣下摆捧在手里，擦了擦脸，一时露出了苍白的腹部。衬衣下摆落下来时，粘在了他的肚脐上。口袋里的枪感觉很沉。这也给他的思想带来了压力。他又检查了一下人群，一只脚踩在路障底部，站了起来，把脖子探到周围人头的上方。人群中没有目标的踪迹。他开始怀疑自己的计划。也许目标根本就不会出现。

然后，毫无预兆地，目标出现在那儿。

他没有时间思考了，在距他约1.5米的红地毯上，目标正在低头走着。

他曾多次想象过这一刻。他会害怕地盯着枪口吗？他会喊出来吗？安保人员有时间做出反应吗？

目标周围有四名武装警卫，步调一致，缓慢而小心翼翼地移动着。目标低头时，他周围的安保人员会仔细观察围栏两侧的人群。

枪声一响，警卫们就会争先恐后地去抓他。他知道自己准备在光天化日之下，当着至少500个人的面杀人，而且他知道自己一定会逃脱惩罚。逃脱谋杀的罪名是比较容易的部分，毕竟，保罗至少要对几具尸体负责，可能更多，所以很容易数不清。

对保罗来说，最难的部分是扣动扳机，这从来都不容易。他一只手抓住围栏，另一只手伸进口袋，抓住了枪。他告诉自己能做到。一阵涟漪穿过五脏六腑，把灼热的胃酸送进了喉咙。他咽了下去，然后吹掉了嘴唇上的汗。此时他心跳加快，耳朵里如鼓声般怦怦作响。

他想起了自己所遭受的一切。如果有什么能让他熬过接下来的10秒钟，那一定是愤怒。他需要愤怒，他必须把自己的愤怒变成一个不可阻挡的引擎，推动他采取这一行动。在过去的几个月里，他一心只想着复仇，为背叛、谎言和痛苦而复仇。

动手吧，他想，现在就动手！

保罗开始拔枪，但他随后就僵住了。一只手搭在他的肩上。

他身后的人向前倾着身子，张嘴说话的时候，热气吹到保罗的脖子上。

即使身边很多人紧紧地拥着他，即使他身体里的血液在咆哮，他还是像听号角声一样清楚地听到了那句话。那句话就像一场爆炸，在他耳边炸响。保罗觉得那句话仿佛把他背上的肉都剥掉了一层。

"我知道你是谁，"他耳边的声音说，"你是 J. T. 勒博。"

不仅仅是这句话。

保罗听出了这个声音。

他感到肩膀上的那只手在用力压着自己，掰着他转过身来。

多尔警长减掉了一些体重，看起来更苗条，也更冷酷了，但还留着那愚蠢的小胡子。事实上，胡子看起来比以前更浓密了。他没穿警长的制服，为了混入人群只穿了普通的衣服。他摇了摇头，黑色的小眼睛盯着保罗。

"结束了，孩子，你现在得跟我走了。"多尔说。

保罗咽下一口苦水，他的一只手还在枪上。如果拔出枪，多尔会开枪打死他，当然这并不是说他有射杀多尔的意图。他想，如果能拔出枪，越过人群的头顶开枪，他就能逃走，消失在人群中。这从一开始就是他的计划，开枪，确保自己击中了达里尔的头，然后像其他人一样躲起来跑。人群太拥挤了，挤到谁都没法辨认身份。

"不管你想做什么，都不要做，把手伸出来。"多尔说。保罗起初没有注意到，但现在看到多尔已经拔出了一把武器，握在手中。

一大颗汗珠从保罗的发际线上淌下来，流过前额，绕着脸颊，停在他的下巴上。他没有动，枪在口袋里又重又烫，他的手紧紧地握着枪柄。

"别逼我朝你开枪，孩子。"多尔说。

保罗放开了枪，慢慢地举起了手。举起手的时候，警长的话在他的脑海里反复出现。警长并没有威胁要开枪打死他,也没威胁要杀了他。他说话的时候,用的是恳求的语气。多尔并不想夺人性命,他不想让自己良心不安。在这种情况下,这么说很奇怪,但这对保罗来说听起来相当真实可信。

就像他的生命已被剥夺,除了复仇,他没有什么可以为之而活的了。知道自己会比达里尔活得更久,这个想法带给他一种纯粹的满足感。它激发了他的想象力,让他觉得自己很强大,并帮他重新获得了一些被剥夺的信心——日复一日地生活在恐惧中,这些信心已经被一层又一层地剥离了他的身体。

如果是另一个警察咆哮着用枪指着他的头,保罗可能会拔出左轮手枪,朝目标开枪。

多尔则不同,他提醒保罗,说他采取的每一个行动都会产生影响,他的死将摧毁多尔作为一名长期供职的执法人员所努力坚守的那部分自己。实际上,多尔在请求,请求保罗不要让这种事发生。

保罗尊重这一点。尽管他恨达里尔,但他不会夺走除了达里尔之外的任何生命,也不会因为复仇而毁掉别人的生活,这个代价太大了。

"我右边口袋里有把枪,我打算就这样把它放在口袋里,慢慢把手伸出来,放在头顶上。"保罗说。

他照做了,而多尔则警惕地看着他,准备在保罗做出错误举动的时候举枪射击。他张开手指,慢慢地抬起手,然后放在头上。

"现在转过身来,保罗。"多尔说。

保罗转身面对着红地毯。此时他意识到他左边至少有一个女人,右边有两个女人意识到他被逮捕了。在人群的喧闹声中,没有人听到他和多尔之间的对话。保罗周围开始形成一片真空地带,使他显得很突出。他向右边看了看从剧院持续出来的人流,然后向左看,发现达里尔正盯着他。

多尔抓住保罗的左手腕，把手从他的头顶扯下来，在背后绕了一下。

达里尔穿着深色西装和蓝色衬衫，系着深蓝色领带。这身打扮不是在哀悼，他的眼睛里没有愤怒，他的表情，如果他脸上有表情的话，似乎是一种怜悯。保罗知道，达里尔，也就是真正的 J. T. 勒博，是不会错过这个仪式的，毕竟这是一个在众多名人和粉丝庆祝他的作品时，匿名出席的机会。

他的血腥之作。

保罗感受到手铐上冰冷的金属绕在他的左手腕上，但右手仍然是自由的。他可以把手伸进口袋，抓起枪，在多尔阻止他之前开枪，但多尔很可能会朝自己的后脑勺开上一枪。

手铐在他的左手腕上套紧时，发出咔嗒的响声。

达里尔似乎在说："看看是谁来了，是伟大的作家本人。"

达里尔的眼中流露出强烈的愤怒。保罗感觉到多尔摸了摸他的右手腕，然后他知道多尔的枪已经放回去了——多尔现在正一只手把保罗的左手腕紧紧地压在背上，另一只手伸向他的右手腕。也许这个认知解放了他的身体，从而使他做出了反应，也许不是，他不知道，也永远不会知道，在接下来的时间里，他的行为到底是有意识的还是无意识的，但他无疑没有考虑过自己的行为。

这些行为就这样发生了。

他感觉达里尔的眼睛碰到了他胸中一个冰冷的地方，一个他住了很多年的地方，一个可怕的地方。

保罗把手挥下来，躲开了多尔的抓握。他无法自控，恐惧攫住了他。身体就像站在捕食者面前一样做出了反应，所有的想法都被抛弃了，大脑与身体分离了，只有生存才是最重要的。一种本能的、原始的模式开始发挥作用，控制了他的身体。他的反应不是出自他本人的意愿,而是自发完成的。他并没有决定采取行动,但还是做出了行动。身体开始自主运行,以摆脱这种危险。他的身体不相信自己的大脑做出的决定。

他的手指够到了裤子口袋的边缘。

意识到发生了什么之后,多尔抓住保罗的小臂,用另一只手扭了扭手铐。疼痛出现得很剧烈,也很迅速,但这并没有阻止保罗,也不可能阻止。多尔也没有办法阻止他拔出武器并扣动扳机。

保罗的手抓住枪,食指找到了扳机。那是一把短管左轮手枪,没有击锤,所以拔出来时不会卡在口袋里。

保罗开始拔枪。他觉得从很远的地方传来了多尔警长的声音,声音显得很微弱,好像保罗此时正身处于一个深井的底部,丧失了听力、思想和感知能力,只能凭本能行动。

保罗举起了枪。

达里尔没有动,没有丝毫的退缩。保罗和达里尔之间再也没有了别人,没有了警卫。视线很清晰,保罗知道自己可以击中他。

保罗看到达里尔身后有了动静。

然后保罗的大脑启动了刹车,理智控制住了他。眼前的景象就像一个开关,瞬间在大脑中打开。他扔下了枪。

玛丽亚从达里尔身后走了出来。达里尔转向她,伸出臂弯。保罗看着玛丽亚走近达里尔,精致的手指握在达里尔的夹克袖子上。

她吸引了保罗的目光——她的手抓达里尔抓得更紧了,而且缩在他身边。她穿了一件黑裙子,还换了发型,那是一头乌黑的短发,在夕阳的照耀下闪闪发光。她看起来脸色苍白,鲜红的口红将她乳白色的皮肤衬托得更显白皙。这个人是玛丽亚,但不是保罗的玛丽亚。

那张脸上没有任何感情,在保罗看来,那张脸更像是一张面具。

多尔对保罗失去了耐心——他一直对着保罗的耳朵大喊大叫,但保罗充耳不闻。保罗的双手现在被铐在手铐里,他感到背部传来一阵压力,迫使自己趴在地上。人群中的一个女人一定是看到了枪,因为她是第一个尖叫的人。几秒钟之内,人群就从安全围栏中蜂拥而出,疯狂争抢着要离开剧院停车场。恐慌占据了上风,人们会在踩踏事件中受伤,保罗明白这一点,也接受了。毕竟,这也是最初的计划的一部分。

保罗的胸部撞到了混凝土,然后是脸颊。他感到多尔的膝盖压在他的后背上,压得他喘不过气来。多尔拿起武器时,他听到了金属枪在混凝土上刮擦的声音。

保罗隐约觉得多尔在向自己宣读米兰达权利,但他根本听不进去,他把全部的注意力都集中在了玛丽亚身上。

保罗尖叫,声音原始而嘶哑,但他必须在人群中大声喊叫,他需要玛丽亚听到他的声音。他喊叫的,是他能想到的唯一有可能救她的办法。

"玛丽亚,你妈妈打电话了!"他大叫道。

达里尔紧紧地抱着玛丽亚,吻了她一下,转身,两人都走开了。保罗不知道她是否听到了自己的话,他在人群中几乎听不到自己的声音,但这并没有阻止他大声喊出来。

保罗意识到自己甚至听不见警长的声音,因为自己一直在尖叫。他的喉咙像个热锅,声音的力量从身上爆发出来——大声喊着。

00:60

玛丽亚听到了喧闹声,知道那一定是保罗。达里尔和她一起离开剧院的时候,停了下来,转身看着人群。玛丽亚停了一会儿,才把目光投向骚乱的根源。她不知道几个月来第一次见到保罗的自己会有什么反应，此时她心跳加快，脖子涨红，下颚开始颤动起来，呼吸也加快了。

那是恐惧。

从物理层面上来说，保罗没有什么好害怕的，她被武装警卫包围着。她的忧虑是出于自我保护——看到他的时候会有什么感觉吗？这就是她害怕的地方。仅仅是看见保罗，都会触动过去的某些部分，并将其唤醒。

玛丽亚在一次暗杀中幸免于难，她为此恨上了保罗，恨自己竟然和一个对她做出这种事的男人生活在一起。

事实上，在自家厨房遭到袭击的那个玛丽亚没能活下来，那个玛丽亚死在了冰冷的瓷砖上。

现在的玛丽亚是一个完全不同的人。

改变是从体能训练和理疗开始的。医院找到了一位更符合玛丽亚性格的理疗师，恢复的过程很艰苦。她身体左侧非常虚弱，花了一个星期才学会正确使用叉子。协调运动则花了更长的时间，走路就像学骑自行车一样困难。以前能自主完成的动作，现在则需要思考，消耗大量的体力并做好心理建设。她必须刻意移动左腿——得好好想一想，然后她的腿才会服从。健身中心外面有一条走廊，中心区域是一个被走廊环绕着的小花园，每条走廊都长约 27 米，铺着苍白的瓷砖地板，一边是一面被漆成叶绿色的墙，另一边是可以看到花园景色的窗户。第一天，玛丽亚借着助行器，一步一步，满身是汗地移动了 6 米。第二天，9 米。第三天，她在 3 米的地方摔了一下。那天并不美好，但她没有哭，而是奋力抗争着。到周末的时候，她已经可以走完三分之二的走廊了。两个星期后，则可以走完整条走廊再加上下一条走廊的一半了。

一个月后，大家已经公认，玛丽亚可以在没有帮助的情况下在中心区域走动了。负重训练起了作用，她的协调性也恢复了。新的神经通路被建立起来了，她已经学会了克服任何困难，并非完全克服，但也不远了。

心理治疗持续了一个疗程，而且心理治疗开始得太不成熟，也太早了。治疗师跟她谈了脑损伤——以及对精神的影响。她说那就像一团火瞬间在海绵表面燃烧起来，火焰会破坏海绵，在可以找到气囊的地方烧出洞，在其他地方把东西熔化在一起。他告诉她，她可能会经历记忆的空白期，而且由于创伤，大脑可能会试图填补这部分缺失的记忆，他称之为虚假记忆，也就是移情。每次治疗师说话时，玛丽亚都感到头痛，所以就叫他闭嘴。

他说她还没准备好接受心理咨询，至少现在还不行。

除了物理治疗，玛丽亚对其他的都不感兴趣。主治医生会把她的牙齿弄疼，她也不理会心理医生。她很喜欢一个名叫布莱恩的男医生，他个子高大，热爱运动，瘦削但肌肉发达，四肢纤长。他总是系着一条黄色的领带，这条领带是如此的艳丽花哨，甚至使她瞠目结舌。她不太喜欢领带这一部分。他在电脑上给玛丽亚看她的大脑，扫描结果很可怕，她不敢看。布莱恩解释说，他和同事必须做一些测试。玛丽亚认为大多数测试都很蠢，或者名字很蠢。测试中有一个名为威斯康辛卡片分类测验[①]，或者类似的东西。测试时，他给她看卡片，让她进行匹配。这个测试不像玩捉对儿游戏——她记得和妈妈一起玩过——最起码能匹配起来。这些卡片彼此不怎么匹配，有些甚至完全不匹配。测量眼睛反应时，她必须看着闪烁的灯光。还有更多的扫描，接下来的一周则又做了更多的检查，其中一个是关于赌博的，玛丽亚喜欢这

---

① 威斯康辛卡片分类测验是一种单项神经心理测定，用于检测正常人的抽象思维能力。

个检查。

第三次见到布莱恩时，她觉得很无聊，而且他又戴上了那条领带。玛丽亚只听到了他说话的片段。

"前额叶损伤……行为改变……记忆障碍……抑制解除……冒险行为……易冲动……注意力疲劳……"

医院让玛丽亚回家，但她不想回去，而是住在湾城的一间酒店中，预付了一周的费用。她还没有准备好自己做饭和打扫卫生——至少目前还没有。事实上，她并不想做这些。警长对她很好，他一直与玛丽亚保持联系，经常去医院看望她。现在她出院了，他则定期给她发邮件，她也总是会回复——得让他站在她这边。是的，她相信保罗曾试图杀死自己，但她从来没有告诉过多尔，自己曾经打算敲诈保罗。

在入住的第三个晚上，她接到了一个电话。

是达里尔。

听到他的声音真好，她内心的一部分得到了慰藉，就像在城市里走了很长一段路后，给又热又痛的脚泼了一些凉水。

达里尔想要和她见面。她把他叫到自己住的酒店中。第二天晚上他就来了。玛丽亚为达里尔打开门，用一只手捂住他的嘴唇，带他到她的床上。在随后的交谈中，她回答了达里尔所有的问题。

不，她没有告诉警察他们要和保罗对质的计划。

是的，警察告诉她，他们相信保罗就是被称为 J. T. 勒博的作家。多尔警长在最后一次去医院时，详细地解释了这一切。那一次，他们坐在小花园里，警长告诉她，虽然全世界都相信保罗死了，但他不相信。他们会策划一场勒博的追悼会，多尔认为保罗一定会出现在追悼会上。玛丽亚受到了出版商的邀请，虽然她不想向那个试图杀死自己的人致敬，但她觉得与出版商建立关系很重要。出版商想和她就图书版税问题达成协议，她要发财了，而且到时候会给她安排额外的安保措施。

多尔提醒玛丽亚，如果保罗联系她，她必须立即给他打电话。多尔警长对 J. T. 勒博做了一些调查，但他并不喜欢自己的调查结果。调查显示，她丈夫是个非常危险的人，可能造成了许多人——包括一个叫琳赛的女孩的死亡。即使在宁静的花园里，被喷泉潺潺的流水声和玫瑰的香味包围着，玛丽亚仍然感到害怕。

在旅馆的床上，玛丽亚躺在达里尔身边，只是静静地看着他。她把发生的一切都告诉他后，感觉自己好多了。他们赤身裸体，互相拥抱。玛丽亚喜欢达里尔熟悉的皮肤触感。她的手擦过他的背时，感到那里有块皮肤不自然，于是缩了回来。

"那里怎么了？"

"是保罗弄的。在你的厨房里，还记得吗？我听到了一些声音，出去查看是怎么回事，回来的时候……"

"什么？"

"你躺在地板上，我以为你死了。就在那时，他用羊角锤敲了我的背。"

"天哪。"她捂着嘴说。

"我击退了他，然后逃走了。我不想去急诊室，一切都变得如此疯狂。我都快担心死你了，然后我就发烧了。等病好了的时候，你已经在医院里醒过来了。我差点死了，我们差点死了，我很抱歉，亲爱的。有一段时间，我失去了理智，我都以为我失去你了。"

她靠近他，相互吻了一会儿，又拥抱了一会儿。

"你是怎么找到我的？"她问。

"医院说你已经出院了。考虑到发生的一切，我想在打电话给你之前，给你点时间。我就不该弄开保罗桌子上的那个抽屉，我很抱歉，我觉得自己应该对你现在的处境负责。"达里尔说。

她把一个手指放在他的嘴唇上，让他停下："这不是你的错。"

"你觉得保罗是发现了我们的计划,所以才袭击了我们吗?"

她沉默了,抚摸着他胸前的细毛,然后说:"也许吧,有可能,不过这不重要了。你是怎么找到我的?"

"我当时路过了那栋房子,门是关着的,所以我知道你很可能待在湾城。你一直讨厌孤独港,我知道你喜欢这家酒店,我们以前在这里住过。嗯,那天晚上我们在楼下的餐厅吃了晚饭,保罗出去旅行了。你说想去一个我们不用躲起来,可以像情侣一样坐在一起吃顿饭的地方。最后,我们在这里过了夜。"

玛丽亚对这件事只有极为模糊的记忆。她记得达里尔穿着晚礼服,但想不起地点。她已经逐渐习惯了记忆中的这些空白部分。她的记忆中有许多黑洞,有些事情历历在目;有些事情几乎就在眼前却笼罩在迷雾之中;还有一些记忆干脆消失了,仿佛已被擦除干净。她还记得母亲香水的味道——那是她唯一的一瓶香水。然而,她却不记得是哪一天嫁给保罗的,也不记得昨天是否吃过饭。

"我不记得了。"她说,然后把一条腿搭在达里尔身上,接着直接爬到他身上。

"让我们创造新的回忆吧。"她说。

在举行追悼会前的几周里,她几乎都是和达里尔一起度过的:他们一起躺在床上,一起吃晚餐,一起看电影。在慵懒的星期天早晨,他们会在当地的小餐馆里没完没了地喝着咖啡。两人在一起的时候,玛丽亚有一种近乎幸福的感觉。

现在,在达里尔的怀抱里,在从纪念仪式出来的红地毯上,她转过身来。她与保罗的目光相遇。这时,她发现自己终于有了感觉。

同情。

只是同情。

她听着他对自己大喊大叫，但不太明白他在说什么。好像是说汤姆打电话来……

不管曾经她如何爱过他，那些爱都属于另一个玛丽亚，那个死在孤独港的玛丽亚。

00:61

洛杉矶警局比预期中更有帮助，他们完全配合了多尔的要求，甚至给布洛赫买了一辆没有标记的员工公共用车，条件是她几个月回来后，给他们的高级驾驶教练上一门进修课。他们之所以这样想，是因为他们从洛杉矶国际机场租了一辆车负责护送二人，而护送者甚至无法跟上布洛赫的车。

多尔知道布洛赫远不只是一个有天赋的司机。

他们站在审讯室外面翻阅着笔记。多尔脚边的地板上放着一箱证物，布洛赫为审讯做了详细的准备，她有一百多页的笔记，一张已经背下来的问题清单，还有两个装满证据的袋子。这些证据是洛杉矶警局帮他们编目和储存的，逮捕是在洛杉矶进行的，所以审讯也必须在洛杉矶进行。保罗·库珀在接受问讯后，将被带到法庭。高级警察要求助理检察官将案件移交给孤独港，他们都准备好了，而且设法让这个案子避开了联邦调查局的眼线。他们的准备天衣无缝。

"你觉得我们应该在追悼会上逮捕达里尔吗？"布洛赫问。

"不，我坚持之前的决定。目前所有证据都指向库珀，玛丽亚得到了一些钱，我猜达里尔会为此留下来。"

布洛赫点了点头。

"你准备好了吗？"多尔问。

她又点了点头，抽了抽鼻子，像个拳击手一样用拇指在鼻子上擦了擦。

"那好。"他说。布洛赫打开门，替多尔扶着。他拿起纸板箱，将它带了进去。他们走进一间小房间，里面的桌子和椅子被固定在地板上。桌子中间的一个洞里伸出一个钢环，保罗·库珀坐在其中一把椅子上，双手被铐在钢环上。洛杉矶警局的一名技术人员已经在角落里安装了一台数码摄像机，机器悠闲地等待着，蓄势待发，准备捕捉整个采访过程。

多尔把箱子放在地板上，在保罗对面的座位上坐下，布洛赫则坐在旁边。保罗·库珀旁边有一张空椅子，他说自己不需要律师，只想离开这里。

布洛赫解释说自己要把采访录下来。她站起来，打开数码摄像机。多尔提醒保罗，他已经听过了米兰达权利。

这些问题都是精心准备的，经过多次编辑和改写。

"库珀先生，我已经解释过你的权利了，你也知道自己为什么会出现在这里。那我们开门见山，好吗？你想告诉我们你为什么要杀你妻子吗？"

"我没有伤害我的妻子，"保罗说道，"你们找错人了。"

尽管他们已经为这次审讯做了精心准备，多尔仍然对库珀的态度感到惊讶。他显然很害怕，这是已知的。他因多项重罪被捕，包括两项谋杀未遂和另一项密谋谋杀罪。多尔还有别的罪名要控告他——但现在他把这些都藏在了自己的后口袋里。密谋谋杀罪和谋杀未遂指控可能会归结为简单的非法持有枪支：这些指控都是由纪念仪式上的事件引起的。但是，即使考虑到所有情况，以及库珀被捕后真实的恐惧感——他说话的方式中还是有一些东西让多尔犹豫了一下。库珀的话听起来好像是认真的。

这家伙准备这次审讯的时间可能比多尔和布洛赫还长。多尔告诉自己，这家伙已经为这一刻排练过了——是多次练习的结果。在这种情况下是很正常的。他知道布洛赫也会有同样的感受——而且她会把自己的判断推迟到审讯结束。她不会让自己轻易就被罪犯甩掉，而且还甩掉得这么早。

　　"库珀先生，我们有很多证据表明你与你妻子被袭有关。从长远来看，如果你不浪费大家的时间，情况会更好。你攻击玛丽亚一定有充分的理由，对吧？好了，现在是时候告诉我们了。"布洛赫说。

　　"我告诉过你们了，我没有碰她，是达里尔·奥克斯干的。"

　　"你为什么认为是他袭击了你的妻子？"

　　一阵沉默袭来。保罗没有回答，他深深地吸了一口气，盯着布洛赫的眼睛默数到三，然后转过头去，痛苦地长呼出一口气。

　　这个人有东西可以告诉我们，但是不愿意或者觉得不能告诉我们，多尔想。

　　或者，他正在把布洛赫引入陷阱。

　　"我相信你知道，库珀先生。作为警察，我们必须格外相信证据，因为那是指引我们通往真相的东西。库珀先生，你应该知道，为了写那些小说，你已经做过调查了，你写的不都是和谋杀案还有警探相关的内容吗？"

　　他坐直了一点，说："我的书和这事有什么关系？你们应该找的人是勒博吧？"

　　这句话对布洛赫和多尔来说是一记重击，但他们不能表现出来。嫌疑人在审讯时经常会说一些令人意想不到的话。目前，他们所能做的就是坚持执行计划，后面有的是时间听那些狗屁借口。

　　"库珀先生，是我们负责在这个房间里问问题。"布洛赫强调说。她还不想谈这个问题，但这些最初的问题都是为了动摇库珀——用一些适时的抨击软化他。

"你真的想这样玩吗?我们知道是你袭击了玛丽亚,告诉我们原因,我们就不用再浪费时间了。如果现在坦白,后面你在法庭上的情况会好一些。"布洛赫说。

"不是我,去问她吧。"库珀说。

布洛赫和多尔交换了一下眼色,是时候开始了。

多尔把第一件证物递给了她,那是一个长约36厘米,宽约13厘米的纸板箱。盒子的一面是透明的塑料,里面是一把锤子,手柄和锤头上有干涸了的深色血迹。

"这是你的锤子,用来攻击玛丽亚·库珀的。我们在上面发现了指纹,只有一种指纹——是你的。"布洛赫说。

她把锤子放在一边,又拿出一份厚厚的打印文件,文件上面的一角用订书钉钉着。

"这是玛丽亚证词的文字记录,她说她在你的抽屉里发现了一张银行对账单。"

多尔把下一个证据袋递给他,那是一个透明的密封塑料袋,里面装着一张血迹斑斑的银行对账单。

"这张银行对账单说你值2000万美金。玛丽亚对这笔钱一无所知,所以她质问了你……"

"不。"库珀说。

"你恶毒地攻击了她,打碎她的头骨,用塑料防尘布把她裹起来,准备带上船。"

"不。"库珀说。

多尔拿出一组船舷上有个洞的照片,拍在桌上。

"你打算把船弄沉了,做出你和她死亡的假象,但是出了问题。船进水太快了,你无法接近她,所以离开她消失了。"布洛赫说。

"不。"

"你想让每个人都相信你死了,这样你就可以带着钱消失了。我们知道你清空了银行账户。"

"那是我的钱,是我应得的。"

"那你为什么不让真相大白呢?"多尔问。

"因为我知道,你们会认为是我伤害了玛丽亚,他希望你们这样想。"库珀说。

"谁希望我们这样想?"布洛赫问。

"达里尔·奥克斯。"库珀说。

布洛赫向后靠了靠,双臂交叉,她在提醒多尔。

"布洛赫警官告诉过你,我们只相信证据。所以,请告诉我们,奥克斯袭击玛丽亚并陷害你的证据在哪里?"多尔问。他想起了那个躺在库珀家车道草地上的坏掉的邮筒。他对库珀的态度开始软化,但他必须跟着证据走。目前还没有证据表明奥克斯与此案有关。

"如果我告诉你们……"库珀说,然后摇了摇头。

多尔张开双手扶着桌子说:"如果你告诉我们……什么?来吧,这是你的机会。机不可失,失不再来。"

"你们不会相信我的。"

"你不妨试一下。"多尔说,"因为现在玛丽亚说是你袭击了她。如果她错了,就告诉我们原因和真相。"

"我不能。"库珀说。

"为什么不能?"

"因为那样你们就会死。"库珀说。

布洛赫受够了。她弯下腰,拿起一摞书,开始把书堆在桌子上。她用一本书猛地盖在另一本书上面,刻意制造了一些噪声。书堆起来了,是勒博小说全集。布洛赫拿起一本《火人》,扔在库珀面前。

"你第二部小说中的人物,受害者因为知道得太多而被烧死在车里,听起来很像你第一位编辑鲍勃·克伦肖的遭遇。"

库珀摇了摇头。

"我们想了解一下你第三部小说《天使坠落》里的那个女人。她是在泄洪道被发现的,全身赤裸,没有身份证明。在你的书里,你说她是被前男友谋杀的,她知道他的一个秘密——前男友其实是个被通缉的用假身份生活的连环杀手。"

库珀什么也没说。

"她的真名叫琳赛,对吧?"

泪水在库珀的眼睛里打转,这个名字刺痛了他。

库珀把脸埋在手里,身体前倾,把胳膊肘支在桌子上。他手腕上的铁链绷紧了。

"然后是你的第五部小说,一个男人——"

"停。"库珀说。

"哦,我可以继续说下去,库珀先生。我们读过这些书,其中一些谋杀案的情节与真实的、未被侦破的谋杀案有着惊人的相似。我觉得你是个杀手,你在书里写了你的罪行,我们也看到你电脑上的信息了。琳赛发现了你的真实身份,她发现你就是 J. T. 勒博,你隐瞒了身份,因为你是个杀手。我认为你会被判死刑的,库珀先生,除非你现在就开始与我们合作。"布洛赫说。

屋内一时间鸦雀无声,他们在等待答复。慢慢地,库珀的肩膀开始颤抖,他用手捂住脸,所以看不见他的表情,然后耳边传来一个声音。

是一阵笑声,但是笑声里没有一丝温暖,而是充斥着空虚与恐惧。

库珀把手抽开,露出一个大大的、绝望的微笑。

"你们完全搞错了,"库珀说,"我现在没有选择了,我要告诉你们到底发生了什么。我会为我在其中的所作所为而进监狱,为保持沉默而进监狱，为拿了钱而进监狱。我是个懦夫，我活该，但至少你们会知道真相。我不是 J. T. 勒博，达里尔·奥克斯才是勒博。"

"我们暂时休息一下吧。"多尔说。

库珀向后靠了靠，吸了一口气。多尔和布洛赫暂停了录像，走出了审讯室，随手关上了门。

多尔背靠着墙，把注意力集中在天花板上。

"别告诉我你相信这些废话。"布洛赫说。

"邮筒。"多尔说。

"那该死的邮筒怎么了？"布洛赫问。

多尔离开墙壁，沿着走廊走去。

"你上哪儿去？"布洛赫问。

"我要去和玛丽亚谈谈。我说过不管怎样，审讯完保罗之后我会给她打电话。也许我应该去她的酒店看看。你继续审库珀，在这方面，你比我在行。"

00:62

达里尔惊讶地发现，玛丽亚对那天发生的事情的反应是如此的平静。她真的像是变了一个人，内心强大且随心所欲。

更像他了。

他现在比以前更喜欢她了，之前她只是棋盘上的卒子，现在她是女王了。

他们乘电梯上了十楼，饭店正在进行大规模的整修。那天早上离开房间时，达里尔和玛丽亚看着工作人员小心翼翼地从走廊的墙上取下照片，用细布包裹起来，交给服务员，然后服务员把照片放在行李架上。

失真

那天晚上，电梯门打开时，达里尔闻到了油漆的味道。当天，那一层的走廊都重新刷过漆，是有益身心健康的那种深绿色的漆。玛丽亚也能闻到，她用手捂着鼻子。

他们走到门口，玛丽亚找到了门禁卡。她停了下来，深深地吸了口气。楼下走廊尽头的油漆味似乎更浓了。她看着达里尔，而后者不喜欢她这样盯着自己，她的眼睛里有一种说不出的东西。她刷了卡，走进房间说："我得去洗个澡。"

这个房间看起来更像一个套间，有加长浴室、两个水槽、大浴缸和湿式卫生间①。桌子、沙发和电视在卧室旁边的一个单独房间里。一扇滑动玻璃门通向一个小阳台，阳台上有一张小桌子和两把椅子，在这里可以享受户外早餐，如果洛杉矶没有雾的话，还可以看到好莱坞的标志。

玛丽亚径直走进浴室，把钱包扔在浴室的瓷砖上，打开水龙头。达里尔坐在床上，看着她脱衣服。浴缸里的水位慢慢升高。达里尔起身走到桌子前，打开笔记本电脑，输入了酒店的无线网密码。房间里没有其他声音——没有电视声，没有背景音乐——只有浴缸被水注满的声音。

达里尔记得那天在孤独港那所房子的厨房里的味道。玛丽亚打开了一罐油漆，在墙上涂了一些，只是为了让事情看起来更有说服力。那味道和现在走廊里的一样。气味可以触发记忆，就像其他感官一样，甚至可能比视觉或听觉的作用更为强大。

她刚才在走廊上看他的眼神，让他明白感官记忆是一种强大的东西。对一些人来说，能勾起回忆的可能是一种熟悉的香水味，对另一

---

① 一种特殊设计的卫生间，地面和墙面都防水，通常包括淋浴、洗手盆和马桶等设施，无需淋浴房或浴缸。

些人来说，则可能是一种特定品牌的烟味，或者是一朵花的香气——仅是这些东西，就足够让大脑陷入记忆或者怀旧之中了。

她知道了。

达里尔在笔记本电脑上查看了自己的电子邮件账户，麦地那房产的收购已经完成，钥匙就放在房地产经纪人的办公室中。

现在正是完美的时机，玛丽亚已经完成了她的使命，再让她继续活着既不明智也不安全。

达里尔起身检查了旅行袋，除了一件还在壁橱里的新衬衫，他把所有的东西都打包好了。他取走衬衫，折好放进包里。

可以走了。

他能听到浴缸还在注水，玛丽亚在他没注意的情况下把门关上了，现在声音减弱了。她总是喜欢洗很长时间的热水浴。通常，在避开她进行那些秘密的计划之前，他会给她准备热水浴，看着她滑进浴缸。他知道，从浴缸装满水到她出来，他至少有半个小时的时间。在这半个小时里，水的温度会降到足够低，然后她才会出来。

他隔着门对玛丽亚喊道："你从浴缸里出来的时候，我会给你准备一些酒，好吗？"

"当然可以，就要红葡萄酒吧。"玛丽亚说。

达里尔没有去拿酒，而是忍不住利用现有的时间来写作。初稿快写完了。他打开笔记本电脑上的文档，里面有正在创作中的作品——J. T. 勒博的最新作品。他开始打字，这是一个全新的故事，发生在一个和这里一样的酒店里。完成这部分内容后，他仔细读了一遍，并做了一些细微的调整。后面他会把名字改掉，以免让可能读到这本书的警方太过于清楚这件事的真相。他希望真相就在其中，但又很模糊，主要是防止警方抓到他。

10分钟后,达伦听到水溅出的声音,然后滴落在浴室的瓷砖上。玛莎从浴缸里出来了——这次比平时早。她走进他后面的卧室。他转过身来,看见蒸汽从浴室里冒出来。她穿着一件白色长袍,头发湿的时候看起来更黑。现在她已经擦去了口红,苍白的脸让她头发的颜色显得更深——仿佛一朵百合和一朵黑玫瑰形成了鲜明的对比。

每一处都很漂亮。

"我去拿酒,好吗?"玛莎问道。

"对不起,我忘了。"达伦说。

这间套房有一个藏在梳妆台里的酒柜,里面摆满了酒。她选了一瓶里奥哈葡萄酒和两个玻璃杯,从抽屉里拿了个开瓶器,用旁边的小刀片切掉了酒瓶的塑料盖子,然后用开瓶器打开了葡萄酒的瓶塞。她把瓶子放在梳妆台上,让酒香飘满整个房间。

达伦转身回到笔记本电脑屏幕前,保存了文件。这时他感到玛莎碰了碰他的肩膀。

"你在做什么?"玛莎问。

他站起来,把椅子转过来,说:"坐吧,我让你读一下。"

玛莎回到梳妆台前,把酒倒进两个杯子里,递给达伦一杯。她倒在办公椅上,手里拿着一杯酒,达伦轻轻地把她转过去,面向屏幕。她读的时候,达伦站在一旁,以便观察她的表情。

她的眼睛随着文字转动着,他可以看到矩形的屏幕光线反射在她右眼黑色的大虹膜上,凸起的表面扭曲了图像,变成了一个奇怪的形状。

读到第三行时,她额头上的一小块肌肉抽搐了一下。她的眼睛继续顺着文字的轨迹在屏幕上扫视，向右，向下，向右。

她开始发抖，达伦从她手中毫不费力地拿过杯子，放在桌子上。

她眼中涌出了泪水，嘴唇颤抖着。她正在读一篇描述自己被谋杀的故事。

然后，突然间，仿佛恐惧袭来。她用手捂着脸，深深地吸了一口气——这是一种本能的反应，让肌肉准备好逃跑。

但她没逃。她动不了。

"你是J.T.勒博。"她低声说。

达伦走到她身后，伸出双臂搂住她的身体，把她提到空中。

"我本该在孤独港干掉你的。"达伦说。

他开始向后拖动她的身体，她的腿在踢，她的手在反抗他的控制。达伦把她放在他的腿部，但一只手臂锁在她的肚脐上。他用空着的那只手把阳台的滑动门推得更大了。

她几乎要挣脱了，但他又抓住了她。他双手抱住她的腰，高高提起。

达伦在阳台上走了两步，用力拉着，扭动着，把玛莎扔出了阳台。他看到她落下时脸上的表情，她双臂张开，声音突然变成了尖叫。

他没等她落在地上就转身离开了，下面的尖叫声和汽车的喇叭声已经足够了。

达伦回到屋里，合上笔记本电脑，放进包里。玛莎的手机从浴室地板上的钱包顶部伸出来，他找到之后，给科尔警长发了一封电子邮件，模仿玛莎的语气，说她一想到审判就难受，她无法面对她的丈夫索尔，这一切太纷繁复杂了，他

赢了。她感谢警长为她所做的一切,并告诉他不必为她将要做的事感到内疚,她受够了。达伦发完邮件,离开了酒店。

达里尔打完字,从笔记本电脑前站了起来,走到阳台门口,打开了门。

玛丽亚该出来喝杯酒了。

00:63

玛丽亚听着热水注入浴缸时有节奏的翻腾声,同时凝视着浴室里的镜子。

她穿着内衣站在镜子前,用洁面湿巾小心地卸着妆,卸完扔进了脚边的垃圾桶里,然后看了看脸盆的方向,找到了剩下的那包湿巾。脸盆四周看起来非常干净整洁,只剩下了她的牙刷、牙膏和清洁湿巾。起初她没有放在心上,但还是仔细看了看。达里尔一定是把他自己的牙刷装起来了。她向右走,盯着垃圾桶,看到她的湿巾放在达里尔的一次性剃须刀旁边。

他们至少还要在旅馆里住一个星期。

达里尔为什么要收拾东西?

一个画面在她脑海中闪现。一本放在厨房柜台上的护照,那是保罗的护照。现在油漆的味道很浓,差点让她吐了出来,然而,负责重新装修的工作人员并没有来过他们的房间。浴室里没有被重新粉刷过,但她的鼻子里仍然有那种气味。

玛丽亚闭上了眼睛,然后看到了达里尔,他穿着白色塑料工作服站在那里,眼睛死气沉沉的。

她的双膝突然发软,赶紧抓住水池稳住自己,以防摔倒。

我他妈到底经历了什么?她小声呢喃着,双手紧抱在头的两侧,好像是要防止头骨裂开。

然后,她又看到了那一幕,画面很清晰。当时外面并没有什么喧闹声让达里尔分心,或者离开厨房。她被袭击时,房间里只有达里尔一个人。一阵剧烈的刺痛使她跪了下来,大口喘着粗气。她从衣服旁边的地板上抓起钱包,拿出手机,找到多尔的号码,但停了下来。

达里尔站在门口,问她要不要酒。她说好,要红葡萄酒。这是她为了克制住喉咙里的尖叫所能做的唯一一件事了。

她甩了甩头,恐惧开始袭来。她想起了那天的保罗,他计划射杀达里尔,而不是她,一直都是达里尔。她搞砸了,居然让一个怪物进入了她的生活。

保罗当时对她喊了什么?——汤姆来电话了。

她一遍又一遍地重复这句话。

不,不是汤姆来电话了,而是汤姆打来电话了。

汤姆打来电话了,汤姆打来电话了,汤姆打来电话了。

所有的空气都离开了她的肺。她猛地伸出一只手臂稳住自己,差点把电话掉在地上。

不是汤姆打来电话了,是——

妈妈打来电话了。

她拨通了电话答录机——那台妈妈留在孤独港的机器,那是一种允许远程访问消息的电话。她输入了密码,静静等待着。

你有一条新的信息。

5分钟后,玛丽亚挂断了电话。她从旁边的暖气片上拿起毛巾,放进嘴里,哭了起来。她的身体前后摇晃着,在泪水和羞愧中抽搐着。

过了一会儿,她放下毛巾。水打在她的脖子后面,她转过身来,关上了浴缸的水龙头,然后把一些水放了出去,这样就不至于把浴室给淹了。

她盯着门。

此时,玛丽亚才意识到门那边有个杀手,自己已经无处可逃了。那天晚上他们回到房间时,他一直在密切注视着她。她突然感到非常害怕,然后注意到自己的身体在剧烈颤抖。

她拨通了多尔的电话,没人接,她留了一条含糊不清的信息,然后把手机放回钱包。她现在抖得厉害,甚至说不出话来。

内疚、痛苦、恐惧。

她冤枉了保罗。

玛丽亚知道现在能做的只有一件事,她心里很清楚,她受够了现在这个深陷困境的自己。保罗拿了那笔钱的行为很愚蠢,对她隐瞒真相的行为也很愚蠢。但她想,没有人比自己更愚蠢了,她不仅爱上了一个杀手,而且在被他袭击之后,还把他带回了自己的床上。她感到一股强烈的恶心感。

我做了什么?

我根本无处可逃。

她受够了男人,她的父亲、丈夫和情人都伤害了她,利用了她,还让她自生自灭。

她受够了痛苦,受够了恐惧、内疚和耻辱。

受够了这种生活。

00:64

达里尔打开浴室的门,没看见玛丽亚站在浴室里,那么她一定还在浴缸里。灯光调暗了,室内一片宁静的景象。他想了想将来如何在书中描述这一场景,然后走了进去。

"要不要……"

他的话哽在喉咙里了。

达里尔低头看着浴缸。

水呈暗红色,就像有人往水里倒了一瓶红墨水。玛丽亚苍白的身体躺在浴缸里,那双死气沉沉的眼睛盯着天花板上无声的灯泡。她的一只手腕搁在浴缸的一边,手指仍然勾着达里尔那天早上扔进垃圾桶里的一次性剃须刀。他看到玛丽亚苍白的手腕上有一道很深的伤口,血流进了浴缸。他探过身去,看到另一只被水淹没的手腕上也有一道伤口。

浴缸里的水被她的血染红了,血在剃刀上,剃刀在她手上,手腕上有伤口。他知道,如果可以的话,他不应该破坏这个场面,这给他省了很多事。

他从放在脸盆上的纸包里拿出一张洁面湿巾,把手指裹住,然后摸了摸她的手腕。他把手指的位置变换了几次——感受她的脉搏。

什么也没有。

她一直害怕参加追悼会,害怕保罗,害怕他可能做的事。达里尔也很焦虑,他害怕见到保罗,因为那可能会触发一些已经淹没在痛苦中以及她大脑血液中的记忆，但他没有料到这一点。他拿起她的钱包，掏出手机查看。手机显示，最近没有通话记录。其实里面没有显示任何记录——所以也许她已经删除了，他无从判断，也许她的手机没有储存通话记录的功能。他给多尔警长发了封电子邮件——一封告别信，然后把手机擦干净，扔在地板上。他转过身，手指上缠着湿巾走出浴室。

时间紧迫，达里尔收拾好笔记本电脑，和湿巾一起放进包里——稍后他会把湿巾扔掉——咒骂着离开了房间。

他咬牙切齿，下巴蓄着力，满腔都是怒火。

他真的很喜欢那个场景——玛丽亚在死亡发生前，没有读到自己死亡的内容。这是现在永远也得不到的纯粹的快乐时刻了，他觉得自己被骗了，被人抢走了猎物。

晚上还得去改那本书，他不能让这一"反常现象"出现在手稿中，这会像虱子不停地叮他的肉一样噬咬着他。

得把整个场景重新写一遍。

她打败了他。

00:65

多尔把车停在离旅馆入口几十米远的地方，这是他能找到的最近的停车位。这里当然有代客泊车服务，但多尔不喜欢花钱让某个孩子去帮忙停车。

洛杉矶不适合多尔。

他自己停车已经停了四十多年了，现在不打算去改变这些破习惯了。

他把洛杉矶警车的引擎关掉。这是一辆绿色的庞蒂亚克,感觉快要散架了。打开驾驶座破破烂烂的车门后,他突然停了下来,又关上车门,蹲伏在方向盘下面。

达里尔给了酒店外的代客泊车员一张票,他带着一个包,站在人行道上,小心地低着头,不看任何人的眼睛,努力降低自己的存在感。

多尔想过去谈谈,但有些事阻止了他。他想看看达里尔要去哪儿,是否住在另一家酒店,最好还能弄清楚他能去哪里找到达里尔,以防他们决定在达里尔和玛丽亚谈过之后的第二天早上去找他。

达里尔站在人行道上时,多尔拿出了手机。他觉得开车过来的时候,口袋里的手机可能一直在振动。那辆旧警车没有蓝牙系统,而且多尔不想被交通摄像头拍到自己手里拿着手机,尤其是在洛杉矶警车里的时候,那样看起来可不太好。

有一个来自玛丽亚的未接来电和一封语音信箱的新消息,还有一封来自她的电子邮件。他先看了邮件。

这是一封遗书。他查看了未接电话,这封邮件是在电话打出半小时后发出的。他拨通了语音信箱,把电话贴在耳边,另一只手紧握着方向盘,喉咙因即将爆发的情绪而哽住了。

在听语音信箱的前 10 秒钟里,他把目光锁定在了达里尔身上。

在流水声中,玛丽亚告诉他,自己完全搞错了。她在酒店的浴室里,达里尔在外面,她被困住了,是达里尔袭击的她,现在她想起来了,保罗是无辜的。但是她最后的请求却不是要寻求帮助——

你已经没办法及时救下我了,没人能做到,只要能抓住这个混蛋就行。保罗把一切都告诉我了,他在我的电话答录机上留了言,他说的是实话,必须阻止勒博。达里尔必须被逮捕,抓住他,别让他跑了。

留言结束，多尔开始用拳头捶打方向盘。一辆黑色 SUV 车停在酒店外面，代客泊车员从车里出来，把钥匙交给达里尔。他上了车，把车开入车流。

多尔启动了好几次庞蒂亚克的发动机，这辆破车才终于发动起来了。然后他跟上达里尔，试着给布洛赫打电话，但她的手机关机了——肯定正在审讯室审保罗。

他就知道，他已经感觉到了。邮筒是第一个线索，有人想让尸体被发现，有人想让保罗成为玛丽亚谋杀案的嫌疑人，但她当时活了下来。现在，多尔确信她已经死了，而他正在跟踪凶手。

他在几辆车后面跟着，让那辆 SUV 车保持在视线范围内，但同时又不能靠得太近。

多尔咬紧牙关，只为完成玛丽亚最后的愿望。

他不会让达里尔逃走的，他会阻止这个混蛋的。

在那一刻，多尔明白了另外的一些事，他明白那些事的感觉，就和体会心痛、失去和内疚的感觉一样——这些都是他非常熟悉的朋友。他知道达里尔能让调查转为对保罗不利的一面，也知道达里尔完全有可能逃过指控。虽然玛丽亚给了他一份临终遗言，但一个好的辩护律师完全可以将其阐释成一个脑损伤自杀受害者的胡言乱语。

在那一刻，他很高兴布洛赫没有接电话，他不打算再打了，也不打算叫支援。这些受害者在法庭上得不到正义。

多尔打算阻止达里尔。

但非常肯定，自己不会逮捕他。

00:66

离开酒店房间 2 小时后,达里尔站在浴室的镜子前。他在洛杉矶的房子并不豪华,这是一座古老的殖民时期西班牙风格的房屋,共有两层,内有三间卧室,还有一个大地下室。在晴朗的早晨,他能看到 501 公路,以及在晨雾中像幽灵一样流动的车辆。

现在已经很晚了,快 10 点了。

在过去的 1 个小时里发生了很多变化。达里尔剃了光头,他先是用电动修剪器,然后用剃刀。在追悼会上,他留了干净整齐的胡子,现在则已经变成了山羊胡。他用棉签蘸着染料仔细地漂白了部分胡子后,上面点缀上了白色斑点,他的皮肤也被染得黝黑。事实证明,给皮肤上色比他最初想象的要困难得多。以前,他总是去有喷雾黑肤护理的美容院,但这次,他用的是一瓶昂贵的自动黑肤乳液。乳液需要仔细涂抹才能保证肤色看起来是均匀的,而不是在他的脖子或手上留下黑色的斑块。

他回到卧室,穿上运动裤和 T 恤,把笔记本电脑带到二楼的书房。他打开电脑,又读了一遍之前描述的玛莎的死亡场景。尽管很喜欢那一幕,但他知道这段必须删掉。

杀了你的爱人。这难道不是所有好作家都会写的吗?

他在这段文字上加了高亮,正要删掉,突然听到了响声。

他一动不动,静静地听着。笔记本电脑风扇发出柔和的嗡嗡声,此外什么声音都没有。他仍然没有动,脖子后面的汗毛都竖了起来。尽管什么也听不见,但他知道房子里有人。

他迅速悄无声息地站了起来,回到卧室,从壁橱的保险箱里取出一把消音手枪，检查了武器，装满子弹，上膛，穿上一双耐克鞋，然后回到书房。在楼梯口，他又听了一遍，但什么也没听到。

不过不要紧，他知道屋里有人。

00:67

多尔看着达里尔把车停在可以俯瞰高速公路的西班牙式住宅的车库里。一路上，他离达里尔的 SUV 车至少隔着三辆车。驾驶中最困难的部分，是与前面的车保持适当的距离。

他觉得洛杉矶警局的公务用车可能会更糟，但他已经习惯了。那辆庞蒂亚克的刹车需要好好修理一番，刹车要么踩不下去，要么踩下去后上不来。也就是说，实际上没有减速的余地，你要么停，要么不停，事情就是这样。

他自己也不太确定，自己是如何一路都没出事故的，现在他在这里了。

他一直等到房子里大部分的灯都关了或调暗了才开始行动。多尔检查了一下枪，确保弹夹装满了，然后下了车，接近房子。一路上，他似乎一个警报器都没看到。

墙上没有什么潜在的入侵者可以看到的防盗报警器，房子的各个角落也都没有摄像头。

绕着房子转了一圈后，他发现了两个可能的突破点：后门的锁可以被撬开，或者可以试着从厨房的窗户溜进去。

他选择了后门，房子里没有背照灯，在他和后门之间，只有一道篱笆和一个小院子。爬围栏不是多尔的强项，栅栏由木板组成，高约1.5 米。至少栅栏很坚固。多尔用双臂把自己撑了起来，把一条腿搭在篱笆上,然后把另一条腿甩了过去,落在地上。双膝传来一阵灼痛。他低声咒骂了一句,揉揉关节,然后蹑手蹑脚地穿过院子。

他跪在后门,停了下来,仔细聆听着。

没有狗,也没有邻居,这所房子和旁边那所房子里都没有亮灯。他拉起裤腿,在靴子里摸索着那个东西。找到了,他抽出随身携带的撬锁工具。在孤独港有很多避暑别墅,那些房子一般会在冬季空置。多尔已经记不清有多少次,他必须进入那些房子,在浣熊触发警报后关闭警报。通常情况下,房主要开4到5个小时的车才能到家,所以非常乐意让警长撬锁,关掉警报并重置,然后随手把门关上。

因此,如今的他已经可以相当熟练地使用撬锁工具了。

他检查了锁——一个大概有六个桶的圆柱体——选择了合适的撬锁工具,一番尝试后,不到2分钟就把门打开了。

他收起工具,把手放在腰间的枪上,轻轻走进黑暗的房子,把门关上,但没让锁卡住——他之后可能需要快速离开这里。

他咬紧牙关,忍受着每一次轻柔迈脚时膝盖传来的剧痛感,穿过屋子——厨房、休息室和走廊都没人。

他朝楼上看了一眼。浴室的灯还亮着,一束光从另一个房间里射了出来。他分不清光源是在哪个房间,但光线很柔和,可能是一盏灯。

头顶上有脚步声。

多尔停了下来,屏住呼吸。

他听到了木头和旧滚轴的声音,一个他绝不会弄错的声音,有人在打开一扇旧窗户。他继续蹑手蹑脚地往大厅的方向走。现在,他能听到外面车辆的声音,但那是从楼上传来的。然后是另一个声音,就在走廊的正上方。屋顶上有人。

多尔小心翼翼地爬上楼梯,在视线与楼上的地面齐平时拔出了武器。他透过栏杆瞥了一眼,看到一间小书房。桌子上点着一盏灯,灯旁边，一扇窗户完全打开了，多尔眯起眼睛。

他现在走得很快，不再关心潜在的噪声。他走到楼梯门，向书房走去，然后跑了进去，举着枪。房间是空的，他身后放着一张小床。他跑到开着的窗前向外望去，用枪对准他目光所及之处。

屋顶上没人，下面的街道上也没有人，他跟丢了达里尔。多尔把枪放回枪套，把一只脚放在窗户上，双手抓住窗框的两边。他打算爬上屋顶，看看能不能把街道和屋顶的其他部分看得更清楚些。要么是达里尔已经跑得无影无踪了，要么就是他正努力爬上隔壁的屋顶。

突然，多尔感到身后有人。

"我有枪，什么都别想做，你这个非法侵入者。"那声音说。

多尔一动不动，没有转身，但他感觉屁股上的格洛克手枪在冲他大喊大叫。

"把两只脚放在地板上，把手举到我能看见的地方，然后就这么待着别动。"那声音说。

多尔把脚放回地上，慢慢地松开窗框，伸出两只空着的手，说："我是警察，不要开枪。"

"转过身来，慢慢地，手举着不要放下来。"那个声音说。

多尔照他说的做了，小心翼翼地不让手臂滑下来哪怕一点。他看见一个人蹲在床后，胳膊放在床上。多尔看见，那人手里拿着一把消音手枪，正对着自己。起初他根本没认出那个人——秃顶，皮肤黝黑，还有花白的山羊胡。走近看时，他看到了熟悉的下颌线，但真正暴露他的是眼睛，多尔永远不会忘记那双可怕的眼睛。

"嗨，达里尔，"多尔说，"或者我应该叫你勒博？"

"你比我想象的要聪明得多，跪下。"

这句话包含的信息就和从天而降的铁砧砸在多尔身上一样，让他感受到了沉重的压力。到了最后时刻了，但他并不觉得害怕，他想采取坚定的立场，这是他妈肯定的，但他也知道这只会有一个结果。

"在我跪下来之前，告诉我一件事——是你把邮筒弄坏了，对吧？好让邮差找到玛丽亚的尸体。"

"我本来打算用那辆车弄坏邮筒的，你知道，就是从上面开过去。但我担心会在邮筒柱子上留下油漆痕迹，而且还得换轮胎。做也危险，不做也危险。现在跪下。"达里尔喝道。

"你今晚杀了玛丽亚，对吧？"多尔问。

"跪下。"达里尔说。

多尔笑了。他不是最好的司机，在部门里也不是脑子最聪明的。他不能跑，因为在翻越围栏时他差点弄坏膝盖，也许他应该早点把这一切拼凑起来。现在，他唯一能做的一件事就是开枪。

为了练习枪法，他曾投入了大量时间。拔枪，击中目标，不到3秒完成五回合拔枪并射击，是他的个人最佳成绩。

多尔喘了口气，伸手去拿枪。

多尔感觉到第一颗子弹时，他的武器还没离开皮质枪套。

他没有感受到第二颗子弹。

00:68

达里尔手里推着消音器，把它从手枪上拧了下来。

他低头看着多尔的尸体。

尸体惨不忍睹。他把枪放在裤子的一个口袋里，把消音器放在另一个口袋里，绕着尸体走了一圈。然后他抓住尸体的脚，把它拖出书房，扔下楼梯，让它滚到走廊上。他也跟着来到走廊上，跨过多尔死气沉沉的手臂，打开了地下室的门。他拖着多尔朝敞开的门口走去，回头看了眼地板上的血迹，这些血迹很容易清洗。地板是用抛光的木头做的，整个房子都铺着同样的木地板，包括楼梯和楼梯口，他只需要把书房里的地毯换掉。

多尔的尸体顺着陡峭而危险的地下室楼梯滚下去时，达里尔听到了骨头折断的声音。

但这并不重要，他下到地下室后，又抓住多尔的靴子，把他拖到楼梯后面，来到一块松软的土地上——一块长约3米，宽约2.4米的土地。一把铲子靠在楼梯的后墙上。达里尔开始工作，泥土很容易被铲开，没过多久就堆积起来了。他把枪留在多尔的枪套里，但拿走了车钥匙、手机和钱包。达里尔拎起多尔的尸体，扔进了泥土里。几分钟后，他就会找到多尔的车，并开到洛杉矶一个不那么迷人的地方，把钥匙、手机和钱包留在车里，然后那辆车会在10分钟内消失。

他一铲接一铲地把多尔埋起来，把土拍平，把铲子靠回墙上。明天早上，他要用混凝土把这块区域加固起来，刚好够盖成坟墓。他刚买这所房子的时候，地下室的地板是一片泥地。

慢慢地，随着时间的推移，达里尔把很多客人带到地下室中。他把他们杀死，埋起来，然后用混凝土加固。现在，他环顾了一下地下室，发现泥土地面所剩无几。在一个15米×9米的地下室里，他设法把很多尸体埋在地下，倒了很多混凝土。他试着数了数自己在这里埋了多少人。

太多了，根本数不清。

多一个也不会有什么不同。

然后是孤独港的那栋房子。多尔没有检查地下室，在孤独港或湾城，任何妨碍达里尔的人都被埋进了地下室，不多，只有六个人，不像波士顿。他四年前就把地板全部浇筑上了混凝土。不过，其他的一些房子里还有空间，那些位于纽约、奥斯汀、奥兰多、夏延的房子。

还有他在洛杉矶的第二套房子，以及位于哥伦比亚特区、凤凰城和休斯敦的房子。现在，他的新房子位于麦地那。

麦地那的房子有足够的空间，那栋房子是新买的，花了 500 万美金。麦地那是百万富翁的一个精致而安全的天堂，俯瞰着西雅图的海湾。达里尔迫不及待地想住进去了。

00:69

"又出了别的事，我们得再过一遍，不管你已经把这个故事讲了多少遍。你得再告诉我一遍关于 J. T. 勒博的事，否则就别想离开这个牢房。多尔失踪了，我没时间胡闹了。"

保罗可以看到布洛赫嘴角的唾沫，仿佛再过 2 秒钟，她就会俯身越过审判桌掐他的喉咙。保罗已经被拘留了 24 小时，他去过法庭了，以谋杀未遂的罪名被提审。正等着被送回孤独港的时候，布洛赫走进了候审区，告诉他，她要和他谈谈新的情况。此时保罗不认为有不能说的了，他知道自己必须合作。

"我会告诉你的，我不想让任何人受到伤害。"保罗说。

他把故事又讲了一遍，和以前一样，没有遗漏任何细节。

"所有跟我谈论过勒博的人都被杀了，你得去救玛丽亚，让她离达里尔远点。"

布洛赫咬着嘴唇，多尔昨晚去看玛丽亚了，她仍然联系不上他。

"我们到哪里去找达里尔？他还有什么其他的房产吗？"布洛赫问。

"我不知道，只知道他有一栋位于孤独港的房子，另外他以前在曼哈顿也有栋房子，但他卖了。老实说，我不知道他在别的地方还有没有房产。"

布洛赫默默地站了起来,离开了审讯室。

那天早上,保罗在孤独港被以新的罪名提审。约瑟芬·施耐德这次安排了一位律师,还为保罗申请了保释。地方检察官反对保释,老法官将保释金定为1000万美金。他需要这笔钱的十分之一作为预付金,而且还有别的条件:他不能再待在孤独港了——得在镇外找个地方;不能联系他的妻子玛丽亚·库珀;也不能与任何潜在证人或正在进行警方调查的相关人员接触——也就是达里尔·奥克斯。施耐德安排的律师说:"我的委托人将于今天下午取保候审,预付金将尽快提交给法院。"

果然,审讯结束后,律师说约瑟芬已经支付了100万美金的预付金,让他给她打个电话。保罗用孤独港法院候审区的公用电话给约瑟芬打了过去。

"我一直每半小时左右打一次电话。你没事吧?"

"我没事。天啊,约瑟芬,我不知道你有那么多钱,我无法告诉你这对我意味着什么,谢谢你把我保释出来。唯一的问题是我不能待在这里,我需要找一家酒店。"保罗说。

"我们一会儿再谈这个问题。听着,能听到你的声音真是太好了,你应该给我打个电话。自从你去开曼群岛后,我就再也没有收到过你的消息了。"

"我只是需要一些自己的时间,很感谢你帮我,但我不想……"

"别说傻话了,亲爱的,这就是我来这里的原因。你出来之后,几个街区外就有一家西联汇款公司,你可以取1万美金当作旅费。我在湾城机场给你订了张机票,抱歉,我擅自行动了。我还给你找了个住的地方,你可以在那儿休息一段时间,好好思考一下。"

"在哪儿？"

"我有一个新客户，他是个重量级的人物。我刚和他建立客户关系没多久。他有很多钱，我告诉他，我的另一个客户现在过得很艰难，这个人想帮点忙。他要去欧洲巡演，所以他的房子可以免费住。他住在华盛顿州，还说你想待多久就待多久。我派来的律师已经向法官确认了地址，一切都安排好了，你可以过去住了。"

"太好了。"

"听着，那地方很漂亮，明天咱们在那里见面。带你到房子之后，我也会住几天，确保你安顿好。我真的很期待自己能亲眼看到那个地方，那是一座豪宅，隔着西雅图的海湾。"

"那个城镇叫什么名字？"保罗问道。

"麦地那。"约瑟芬说。

00:70

保罗用从西联汇款公司拿到的现金买了几件像样的衣服，然后住进了湾城的一家酒店。他打算休息一下，尽量不去想即将到来的审判。作为保释条件的一部分，他被禁止与玛丽亚有任何接触，所以他没有尝试。反正也没什么意义，他想。自从她在追悼会上那样看他之后，就没意义了。相反，他打电话给孤独港警局，把他的酒店房间号码和酒店名称告诉了他们——这些都是他保释条件的一部分。他们会检查并确保他确实住在那里，毕竟他们不想让他跑掉。

洗了很久的澡后，他把自己裹在酒店的睡袍里，扑倒在床上。他不能打开电视——因为不想冒险在新闻上看到自己。过了一会儿，他迷迷糊糊地睡着了。

一阵敲门声把他吵醒了。他下床,从窥视孔里看门的另一边是谁。他叹了口气,低下头,不情不愿地开门让布洛赫进来。

她一言不发地走进酒店房间。保罗注意到,她没有穿制服,而是身着黑色牛仔裤、黑色靴子和黑色皮夹克——拉链一直拉到脖子。

"我已经和你们警局联系过了,我没有违反相关条款。"保罗说。

布洛赫用嘲弄的目光盯着他,在房间角落里的一把扶手椅上坐了下来。保罗仍然站着。

"你以为我是怎么知道你在这儿的?我知道你是登记入住的,保罗,我们需要谈谈。"

"也许我的律师应该在场。"

"如果你愿意的话,就去叫他吧,但我会离开。如果你想谈谈,那就只能有我和你在场,我想这对你有利。"她说。

保罗用手指梳了下头发,叹了口气问道:"说吧,怎么了?"

"我黑进了多尔警长的手机,他接到了玛丽亚的电话,她给他留言说达里尔就是 J. T. 勒博,从那以后多尔就再也没有出现过。洛杉矶警方在南区发现他开的公车被烧毁了,但是不知道车是怎么到那里的。"

"天哪,玛丽亚还好吗?"保罗问道。他突然感到不舒服,胃里一阵痉挛,并开始蔓延。

"我想多尔去找达里尔了,他没有请求支援,只给我打了电话。我跟他说了我父亲的事,我爸在他的辖区里帮几个收受贿赂的警察打掩护。多尔知道我了解规则——警察不会出卖警察。我觉得他去找达里尔了,但他没打算将其抓捕,我觉得他要杀了达里尔,但达里尔先找到了他。"

说这些话的时候,她面无表情,但语气带着一种失落和自责。她缩着肩膀坐在座位上,拳头攥得紧紧的。布洛赫内心有一股怒火,一股难以遏制的怒火。

"玛丽亚在哪儿？"他问道，这次保罗的声音嘶哑了。他咳嗽了一下，清了清嗓子。

"就像你说的，所有知道勒博身份的人都死了。帮我找到他，这一切必须结束。"

"我会帮忙的，但请告诉我，玛丽亚是不是……"他说不出来。

布洛赫的态度变了，她的眼神变得温柔，双手放松。她靠在扶手椅上，轻声说："我觉得你应该坐下来听。"

他坐到床边。

"保罗，玛丽亚遇害了。"

14个小时后，约瑟芬在机场的接机口拥抱了保罗，这是一个漫长而温暖的拥抱，充满了爱意。

"你看上去太瘦了，我得让你胖起来。谢天谢地，我安排了六家很棒的餐厅，快点，我的车在外面。"

约瑟芬领着他走进傍晚的阳光里，一辆绿色敞篷车停在出口附近。保罗把包放进后备厢，然后出发。

他的话很少，他更喜欢听约瑟芬说话。她没有提到审判和钱，也没有提到保罗现在面临的一连串问题，他为此感到高兴。

过了一会儿，他们来到了一个到处都是大房子的郊区，其中一些房子是传统风格的，一些是装饰艺术风格的，还有一些是工业风格的。这时，天色渐渐暗淡，变成了深红的黄昏。

"谁会想住在一个看起来像工厂的房子里呢？"她嘲笑地说。

很快，她把车开下公路，驶入一条两旁都是高大殖民时期风格的住宅的街道。在这条街的尽头，有一座特别古老且美丽的房子坐落在其他房子后面，花园里长着一棵大橡树。她把车停在车道上，下了车。

保罗从后备厢取出他的包，看见约瑟芬站在房子前面，欣赏着。这座房子有着古典的外观——木质壁板被漆成了亮白色，三层砖台阶通向一个门廊，门廊上的几扇天窗横跨这栋建筑的正面。在前院草坪的一端，甚至有一个白色的尖桩栅栏。

梦幻之家。

"漂亮吧？亲爱的。"约瑟芬问。

保罗点点头，微笑着。这座老房子经受住了时间的考验，看起来保养得很好，而且不知怎的，在阳光下，这座老房子看起来像一个任何人住在里面都可以感到快乐的地方。

他跟着约瑟芬走到前门。她用钥匙打开了门，他跟着走了进去。

进门的地方是一个两层的入口大厅，右边是一个巨大的旋转楼梯，楼梯的栏杆用的是抛光的红木，左边是一幅古老的油画——一个女人似乎被一只巨大的黑天鹅缠住了。

"漂亮吧？《丽达与天鹅》，你知道吧，源自叶芝的诗。"约瑟芬说。

保罗点点头，其实他并不知道。画下面的桌子上放着鲜花，鲜花的芬芳掩盖了老地方微微发霉的味道。

他看见正前方有一个落地双扇玻璃门通向厨房，毫无疑问，后面通向花园和池塘。他的右边，就在楼梯前面，有一个壁龛通向一间大客厅。他把注意力转回约瑟芬身上，她正站在画前，背对着保罗，用鼻子吸着气，然后用嘴慢慢呼出，仿佛同时陶醉在空气和画中。

保罗回头瞥了一眼，看见前门是关着的。保罗吐了口气，他失去了生命中所有美好的东西，现在是时候彻底结束这个故事了。

他放下包，走上前去，从后面抓住约瑟芬，右手的手指掐住了她纤细的喉咙。她张开嘴，大口喘着气。

"你在干什么？"她问，声音里透着惊慌。

"他在哪儿？我知道是你告诉了达里尔我的藏身之处。我想了很久，告密的人只可能是你。他在哪儿？你的新客户在哪儿？勒博在哪儿？"

客厅里传来一个既熟悉又陌生的声音。

"把她带到这儿来，保罗，别伤害她，那样很粗鲁。"

保罗猛地转过身去，让约瑟芬挡在身体前面。他用一只胳膊勒着她的喉咙，贴近自己，走上前去，用约瑟芬充当人肉盾牌。

穿过壁龛，保罗看到了一个宽敞的开放式起居空间。一张红木咖啡桌四周环绕着几张绿色的皮沙发，四张长沙发形成一个宽阔的正方形，桌子摆在中间。面对客厅入口的沙发上坐着一个男人，他身穿淡蓝色西装和白色开襟衬衫，皮肤黝黑。他的头发一定是用电子剃刀剃光的，或者这个人几天前刚剃了头，因为他的头上只有一层黑色的绒毛。是达里尔，但他看起来完全变了样子。达里尔只是另一个身份，一个他已经换掉的身份。现在坐在沙发上的人是勒博了，他的姿势、皮肤、眼睛全都变了样。

"在你做傻事之前，为什么不坐下呢？保罗。"勒博问。他指了指咖啡桌对面的沙发。保罗注意到勒博旁边的沙发上放着一把枪，他的右手漫不经心地移向枪，然后轻轻地放在握把上，食指放在扳机上——做好了拿起枪开火的准备。

"我在这儿挺好的。"保罗说。

"我不希望你伤害约瑟芬，"勒博说，"她帮了我很大的忙。没有她，我就找不到你。放了她，我就不开枪了。很高兴你来了，我有东西要给你看。"说话间，他瞥了一眼咖啡桌上的东西。

保罗花了一点时间看了看。那是一份装订好的手稿，放在笔记本电脑旁边。

"我有很多事情要感谢你，保罗。首先，谢谢你替我拿着钱。第二，谢谢你给了我这本新小说的灵感，我认为这是我目前为止写的得最好的一本，我想请你读一读。"

"让你和你的书见鬼去吧。"保罗说。

"让我走吧。"约瑟芬说。

"闭嘴。"保罗说道。

他目不转睛地盯着勒博。这个人有一种野性，保罗觉得很有吸引力，也很可怕，感觉就像和一只老虎在同一个房间里——那双大眼睛在算计着如何以及何时攻击。这个坐在沙发上的男人是个真正的捕食者。

保罗听到咔嗒一声，声音来自房子的某个地方，那是后院的方向，是门闩被打开的声音。

勒博也听到了。他的眼睛睁得大大的，嘴唇张开，露出牙齿，然后他动了，速度快得令人难以置信。

勒博立刻拿起了枪。他站起身，退到房间的另一端，那里有一扇门。勒博举起了枪。

保罗身后传来了脚步声，是靴子跑动的声音，从走廊那边传到他的耳中。

"警察，放下枪。"布洛赫走进房间时说，她伸出双臂，摆出开火的姿势，手里拿着一把格洛克手枪。

就在这时，约瑟芬扭到一边，反手一拳打在保罗的腹股沟上，他抓住她的手松开了。他感到剧痛像波浪一样穿过他的胃，把肺里的空气都吸干了。

他没有看到接下来发生了什么。他倒在地上，接着是两声枪响。布洛赫突然蹲伏到他身边的地板上，用沙发做掩护。空气中弥漫着厚厚的石膏粉尘，更多的子弹越过他们的头顶，射向身后的墙壁。

一连串的射击结束了，原本蹲伏着的布洛赫突然站起来，瞄准，开了一枪，接着被另一连串的射击打到了后面。她重重地撞在身后的墙上，瘫倒在地，头歪向一边。保罗看到她皮夹克上的破洞，好像被野兽撕破了。枪从她手中掉了下来，落在她身边的地板上。

从房间的另一端，保罗听到一声呻吟，还有身体撞在地板上的声音。布洛赫肯定打中了勒博。保罗爬向布洛赫的枪，但有人抓住了他的脚踝，而且还有什么重物砸在了他的后背上。他翻了个身，约瑟芬骑在他身上。她手里拿着一个沉重的玻璃花瓶，高高举过头顶。

她打算砸在保罗脸上。

约瑟芬弓起背，狂暴得脸都扭曲了。

接着保罗又听到一声巨响，他的脸被什么湿润的东西撞了一下。他睁开眼睛，看到花瓶从约瑟芬的头后面落了下去，她面无表情，胸部有一个巨大的伤口。她的眼睛转了转，然后从他身上摔了下来，接下来出现在他视野里的人是玛丽亚。

她手里拿着一把手枪，枪口指着约瑟芬倒下前的位置，不过她不可能是玛丽亚。

玛丽亚死了，布洛赫告诉他。然而她就在这里，穿着蓝色牛仔裤和黑色夹克，头发扎在脑后。她看了看布洛赫，然后朝保罗点了点头。保罗想坐起来，但胸口的一阵灼痛迫使他倒了下来。他看了看自己的胸部，把手放过去，摸到了一摊血。子弹穿过了约瑟芬的身体，击中了他的胸部。

在房子外面的时候，玛丽亚从布洛赫手里拿到了手枪。她们乘坐飞机，比保罗先到达这里，租了一辆车，等着他和约瑟芬的到来。玛丽亚相信布洛赫，她是唯一知道她还活着的人，知道她和达里尔在酒店房间里的时候，是假装自杀。

这座豪宅有几个大花园，她们很容易就爬上了栅栏。布洛赫发现后门开着，于是她俩悄悄溜了进去。保罗承担了大部分风险。布洛赫是个好人，玛丽亚看得出来。多尔已经死了，这一点她是肯定的。勒博阴险毒辣,她必须结束这一切,而布洛赫同意了。

现在,对玛丽亚而言,局势逐渐变得清晰起来。

她站在客厅门口,手里拿着枪,看着布洛赫胸部挨了两枪。她听见有个身体倒在房间另一头的声音,勒博也中枪了。她看见保罗爬向枪,约瑟芬正要用一个花瓶在后面砸他,然后保罗翻身时,约瑟芬骑到他身上——她正要杀他。当她把花瓶举过头顶时,玛丽亚毫不犹豫地开枪打死了她。

保罗这时看见了她,他看起来狂乱而茫然,似乎难以置信。她看到了他胸口的伤口,子弹穿透了约瑟芬的身体,击中了保罗。她不是故意的,那只是一场意外。她把恐慌和内疚放在一边,意识到如果再不动,自己就可能是下一个被子弹击中的人,勒博还在那个房间里。

她走进客厅,看见勒博躺在地板上,正试图从房间后面的门爬出去。地毯上的血又浓又黑,他丢了枪。玛丽亚这时才知道他被布洛赫的子弹伤得很重。

"达里尔,我亲爱的。"玛丽亚说。

勒博停了下来,翻了个身,惊恐地瞪大了眼睛。他的脸满是汗水,衣服上是一团血污,子弹击中了他的腹部,正中"靶心"。

"你已经死了,"他说,"我也死了吗?"

他的脸上带着一种愚蠢的表情,对死亡的恐惧使他瑟瑟发抖。

玛丽亚举起枪,指着他。

"我在医院醒来时,他们告诉我,我得了血管炎,这是一种潜在的疾病,是静脉发了炎,还说我把医生吓坏了,因为他们几乎找不到我的脉搏。我知道如果我装死,你也会上当。我赢了——你这个混蛋。"

他张开嘴想再说些什么,但那其实是个烟雾弹——此时他正伸手去拿几十厘米外的枪。玛丽亚扣了三下扳机,打断了他的话。第一枪射中了他的头部，最后两枪在胸口。

玛丽亚喘了口气，走回保罗身边，站住。

他大口喘着气，嘴唇上沾满了血。她跪了下来，抱着他的头。

"你还活着……真高兴你还活着，对不起……"他说。

玛丽亚吻了他，告诉他没关系，一切都会好起来的，这一切都不是他的错。

"不……是我的错。请……原谅我。"保罗说。

"我原谅你。"玛丽亚说。她握着他的手，直到他断了气，死在她怀里。

玛丽亚站起来，走向布洛赫。她轻抚着布洛赫的脸颊，温柔地对她说话。她的胸口没有血迹，防弹背心挡住了子弹，但她的后脑勺因为碰到了墙而留下了血迹。慢慢地，布洛赫恢复了知觉。

"一切都结束了。"玛丽亚说。

玛丽亚扶着布洛赫站了起来。等她站稳了，玛丽亚放开手。她把手枪放进口袋，从桌上拿起笔记本电脑和手稿，夹在腋下。

"你走吧，"布洛赫说，"我会打电话给当地警察，把事情讲清楚。"

布洛赫说完，玛丽亚就转身离开了。

00:71

玛丽亚调整了一下笔记本电脑，它几乎快从她的大腿上滑落下去了。她啜了一口椰林飘香鸡尾酒，把电脑放回沙滩上，旁边是她的莫罗·伯拉尼克牌的鞋子。

她把注意力集中在屏幕上，她有个稿子快到截止日期了。

布洛赫替她打了掩护。麦地那枪战发生后的第二天，新闻报道的都是一位名叫梅丽莎·布洛赫的勇敢警官,她追踪着一名"逃保者[①]"来到麦地那,并将其击毙,但在此之前,他已经杀害了两个人,是一男一女,他们的名字没有向媒体公布。

玛丽亚回到湾城一周后,给纽约一个叫富勒顿的人打了个电话,他在出版过勒博系列书籍的出版社工作。

"富勒顿先生,我是玛丽亚·库珀,谢谢你在追悼会上的好意,但我感到非常内疚。我必须告诉你真相,我的丈夫,保罗,或者叫 J. T. 勒博,他留下了一份未完成的书稿,我打算把它写完。我将成为你们新的 J. T. 勒博,而且我愿意同意你们的条款,但现在,请把它当作我们的秘密。"

通话结束两周后,玛丽亚拿到了一份价值 500 万美金的出版合同,还拥有了一群正在追查勒博房产和钱的律师。除了她,没人打算认领这些财产,玛丽亚有办法把这些财产变成她的。

她的新小说将被命名为《失真》。从那个豪宅里拿到书稿时,小说已经基本完成了,笔记本电脑上还有一份电子版,她可以做一些小改动。首先,故事的结局必须重写,原作者使用了假名,像是玛莎、索尔和达伦,而她则把名字改回了主角的真名。她没有改动小说的作者注。因为那部分也符合她的目的。除了相关人员,没人知道哪些是真实的,哪些是虚构的,而且除了她和布洛赫,其余的相关人员都死了,布洛赫永远不会告诉其他人真相。

玛丽亚又啜了一口椰林飘香鸡尾酒,抬头看了看巴巴多斯上空明亮的蓝天,然后又把目光转回到电脑屏幕上。她快要写完结局了,她把刚才打出来的部分又读了一遍——

---

① 指在保释期间逃离的人,尤指逃避法律追究的被告人。

玛丽亚站在客厅门口,手里拿着枪,看着布洛赫打出一发子弹,然后胸部挨了两枪,头撞在墙上,昏了过去。她听见有个身体倒在房间另一头的声音。勒博也中枪了。她看见保罗爬向枪,约瑟芬正要用一个花瓶从后面给他致命一击。

约瑟芬没有意识到自己身处险境。玛丽亚把枪对准约瑟芬的后背,扣动了扳机。那一枪立刻使她顿住,她倒地而死。

保罗震惊地转过身来,睁大眼睛看着玛丽亚。她救了他的命,他想站起来,但玛丽亚朝他大喊:"趴下,保罗。"

她走进客厅,看到勒博正试图从房间后面的门爬出去。地毯上的血又浓又黑,他丢了枪。玛丽亚这时才知道他被布洛赫的子弹伤得很重。

"达里尔,我亲爱的。"玛丽亚说。

勒博停了下来,翻了个身,惊恐地瞪大了眼睛。他的脸满是汗水,衣服上是一团血污,子弹击中了他的腹部,正中"靶心"。

他的脸上带着一种愚蠢的表情,对死亡的恐惧使他瑟瑟发抖。

"你已经死了,"他说,"我也死了吗?"

"是的,"玛丽亚说,"你现在也是个死人了。"

玛丽亚举起枪,指着他,一枪爆头,还朝他胸口补了两枪。

她转身离开。现在站在她面前的是保罗。

"你还活着,真高兴你还活着,我很抱歉。"保罗说道。

他站在她面前,伸出双手,脸上充满真诚的后悔。他还活着,毫发无伤,那时,玛丽亚知道,自己再也不会爱他了。

"我也很抱歉,保罗,很抱歉遇见了你。"玛丽亚说着,用枪指着他的胸膛,扣下了扳机。

保罗倒在地上,也死了。

玛丽亚选中她刚刚读过的那一段文字,删掉了。
她得编个更好的结局。
事实可能太过残酷了。

(全文完)